나는 천천히
아빠가 되었다

나는 천천히
아빠가 되었다

1판 1쇄 발행 2018년 12월 26일
1판 7쇄 발행 2022년 5월 10일

지은이 이규천
발행처 수오서재
발행인 황은희, 장건태
책임편집 황은희
편집 최민화, 마선영, 박세연
디자인 권미리
마케팅 장건태, 이종문, 황혜란, 안혜인
제작 제이오
주소 경기도 파주시 돌곶이길 170-2 (10883)
등록 2018년 10월 4일 (제406-2018-000114호)
전화 031)955-9790
팩스 031)946-9796
전자우편 info@suobooks.com
홈페이지 www.suobooks.com
ISBN 979-11-87498-39-1 03810 책값은 뒤표지에 있습니다.

이 도서의 국립중앙도서관 출판시도서목록(CIP)은 서지정보유통지원시스템
홈페이지(http://seoji.nl.go.kr)와 국가자료공동목록시스템(http://www.nl.go.kr/kolisnet)에서
이용하실 수 있습니다.(CIP제어번호: CIP2018040108)

도서출판 수오서재守吾書齋는 내 마음의 중심을 지키는 책을 펴냅니다.

아빠의 방목 철학

나는 천천히 아빠가 되었다

이규천 지음

수오서재

차례

1부

아 빠 의 철 학

2부

아 빠 의 도 전

3부

아빠의 믿음

들어가며 오늘도 계속되는 아빠 수업

들판의 꽃들은 화려한 몸짓으로 생명력을 발산하지만 사실 그 생명의 존재를 도드라지게 해주는 것은 그저 배경처럼 촘촘하게 뿌리내린 잡초다. 마찬가지로 우리 삶에도 눈에 잘 들어오지는 않지만 자잘하고 사소한 우연, 계기, 만남이 빼곡히 들어차 있다.

어느 날 우연히 이 책과 인연을 맺도록 해준 메일 한 통이 날아왔다. 메일을 보낸 쪽은 SBS 프로그램 〈영재 발굴단〉의 작가였다. 많은 사람들이 아이를 뛰어난 사람으로 양육하는 방법을 궁금해하는데 그 비법이 아버지에게 있을 것 같아 '아빠의 비밀'이라는 콘셉트로 프로그램을 준비한다는 것이었다. 어쩌다 나에게 연락이 왔을까? 아빠로서 두 딸을 귀하게 키우기는 했지만 남다르게 한 일은 없었다.

설 특집으로 아빠의 자녀 교육관에 관해 인터뷰를 하고 싶다는 담당 작가의 말을 듣고 나는 보탤 것도 뺄 것도 없이 평소의 생각을 그대로 전달했다.

"우리 아이들은 영재와 거리가 멀고 양육 과정에서 제가 특별히 한 것도 없습니다. 그저 다른 아빠들과 다를 바 없이 평범하게 키웠을 뿐입니다."

내 말재주가 부족한 걸까? 작가는 분명 무언가가 있을 거라 믿는다며 한번 만나 대화하고 싶다고 했다. 나는 '뭐 대화하는 것쯤이야' 싶어 대수롭지 않게 생각하며 가벼운 마음으로 약속한 카페로 나갔다. 한데 나는 카페에 들어서자마자 적잖이 당황하고 말았다. 약속 장소에서 나를 기다리던 PD와 세 명의 카메라 감독이 본격적으로 취재할 준비를 갖추고 있었기 때문이다.

직업의 특성상 딸들은 자주 언론에 노출되었지만 나와 아내는 그럴 일이 없었다. 더러 딸들과 관련해 인터뷰 제의가 들어오기도 했으나 우리는 한 번도 응하지 않았다. 그만큼 아내도 나도 언론에 노출되는 것이 낯설고 어색했다.

그날 덫에 걸린 듯 마음이 뒤숭숭했던 나는 인터뷰 내내 이 상황을 아내에게 어떻게 설명해야 할지 고민했다. 마음을 더 무겁게 만든 것은 내 말이 양육을 고민하는 다른 사람들에게 어떤 무게로 다가갈까 하는 문제였다. 내가 있는 그대로 이야기해도 그걸 자랑으로 볼 사람이 있을 테고 또 미담을 좀 보태면 그건 진솔하지 못한 행동이니 말이다.

어느 부모든 마찬가지겠지만 늘 최선을 다해도 가끔씩 '아, 아이들을 키우는 데는 정답이 없구나' 하는 생각이 들게 마련이다. '아이'라는 존재는 어디로 튈지 모르는 공처럼 둥글둥글 자라난다. 가능성을 360도로 내뿜으면서 말이다. 솔직히 털어놓자면 나는 자녀 교육과 관련해 특별히 할 말이 없다. 나와 아내는 여타 부모와 마찬가지로 그저 많이 믿어준 것, 아이가 힘들어할 때 어떻게 도와줘야 할지 묻고 함께 고민해준 것이 전부다.

그들은 물었다. 어떻게 두 딸을 그렇게 키울 수 있었느냐고. 글쎄, 내가 정말 어떻게 키웠지? 상대의 물음에 대답하기 위해서가 아니라 내 스스로 궁금해서 곰곰 생각해보니 딱 한 단어만 떠올랐다. 방목!

그리고 아이들이 어릴 때부터 내가 가장 자주 했던 말은 이것이다.

"잊어버려(Forget about it)."

우리 집에서는 이 말을 밥 먹자는 말만큼이나 자주 썼고 '방목'은 집안의 자연스러운 키워드였다. 나를 만난 제작진은 미국에 있는 두 딸까지 직접 취재했고, 가족의 시간을 조각조각 이어 붙인 끝에 〈영재발굴단〉 특집 '아빠의 비밀'을 방송으로 내보냈다.

글을 쓰는 것은 내게 인터뷰보다 익숙한 일이지만 내가 주로 쓴 것은 전공서적과 논문이지 나 자신이나 가족과 관련된 글이 아니었다. 어쩐지 남의 옷을 입은 듯 어색해하는 나를 컴퓨터 앞으로 이끈 것은 내 인생을 되돌아보면서 발견하게 될 기쁨이나 행복 못지않게 장성한 딸들에게 들려줄 분명한 이야기가 있을 것이라는 기대였다.

고백하건대 여기에는 내 나름대로 커다란 용기가 필요했다. 누구에게나 해답이 있고 또 누구에게도 해답이 없는 문제를 다뤄야 하니 길이 보이지 않는 빽빽한 숲에 들어선 듯했다. 양육 방법이 제각각일 뿐 모든 부모는 자녀의 행복을 바란다. 나도 그중 하나이고 그저 교육자로서 평소에 품었던 생각과 부모로서 아이들의 행복을 위해 고민하던 일을 민둥산에 나무를 심는 심정으로 풀어내고자 한다.

나는 육아법이나 교육론 관련 책을 세심히 읽어본 적이 없다. 다만 다른 부모와 다름없이 아이들이 커가는 과정을 함께하며 부모로서 어떤 입장을 취해야 할지 순간순간 많이 고민했을 뿐이다. 내 사고, 언어, 행동의 출발점에서 중심을 잡아준 것은 언제나 '나를 위한 것인가, 아니면 아이들을 위한 것인가?'라는 질문이었다.

좀 더 구체적으로 말해 아이들이 출세하기를, 성공하기를 바라는 부모의 욕심을 어떻게 내려놓을지 고민했다. 아내와 나는 정말 그 욕심을 최대한 내려놓고 살았다. 태어나는 순간부터 아이는 아이의 인생을 살아간다. 결코 내 인생이 아니다. 새롭게 세상을 살아갈 아이에게 이미 충분히 살아온 어른의 관점에서 욕심을 주입하는 것은 아이가 나아갈 대로를 샛길로 좁혀버리는 것이나 마찬가지다.

'어른의 관점에서 욕심을 부리지 말자.'

나는 이것을 내 판단과 언행의 기준으로 삼기 위해 노력했다.

아이들은 성장하면서 온갖 것을 다 경험한다. 분명 기쁘고 즐거운 순간도 많지만 부모에게는 유독 아이가 실망하고 낙심하거나 상처를 입는 순간이 크게 보이고 그때마다 아이보다 몇 배는 더 괴로움을 느낀다. 아이에게 자기감정을 이입하기 때문이다. 그래서 부모 노릇이 힘들다고 하는 것인지도 모르지만 달리 방법이 없다.

나는 아이들이 아픔과 고통에서 빨리 탈출하도록 "잊어버려"라고 말했다. 이런 말을 하는 건 그리 쉬운 일은 아니다. 잊어버리는 데 필요한 만큼의 시간이 지나야 하기에 믿고 기다려주어야 했다. 아이들에게는 잊어버리라 말했지만 한편으로 나는 자식이 소유물이 아니기에 내 뜻대로 해서는 안 됨을 잊지 않으려 했다. 난 그저 아이가 힘들 때 와서 쉬도록 넉넉한 언덕이 되어주고 싶었다.

머리가 둥근 우리 인간은 생각을 아무 쪽으로든 바꿀 수 있지만, 부모는 아이의 그 자유로운 흐름을 교육이라는 틀에 가두려 하는 경우가 많다. 부모의 생각이 모자라서가 아니라 사회의 분위기나 교육 환경 탓이기도 하다. 아이가 뇌를 암기용 기계로 쓰지 않고 둥글둥글 활용하며 용량을 확장하는 방향으로 나아가도록 하려면 어떻게 해야 할까? 내게는 이것이 늘 고민이었다.

아이와 자주 대화를 나누는 부모는 가끔 아이의 신선한 관점에 깜짝 놀랄 것이다. 나 역시 '아, 저렇게 생각할 수도 있구나' 싶어 오히려 내가 배운 적이 많았다. 아이는 '어른보다 나이를 덜 먹은 인격체'로 어른의 소유물이 아니라 있는 그대로 존중받아야 하는 존재다. 그런 의미에서 나는 아이들이 옳다고 판단할 때면 지체 없이 그 의견을 수용했다. 작은아이가 초등학교 사 학년일 때 내가 한 교육 과정을 제안하자

아이는 당돌한 요구를 했는데, 그 말을 듣고 나는 마음 깊이 뉘우쳤다.

"엄마 아빠, 나한테 공부하라고 하지 말고 '유익한 것을 하라'고 말해줬으면 좋겠어."

사실 부모가 아이의 의견을 인정하고 받아들이는 것, 아이를 진심으로 믿고 기다려주는 것은 말처럼 쉽지 않다. 그렇지만 나는 아이의 감정과 생각을 존중하는 것이 자존감 있는 아이로 키우는 길임을 확신했다. 가끔 나는 생각한다. 어쩌다 우리가 부모와 자식으로 만난 것일까? 아이들과의 사이에 갈등이 생기거나 긴장감이 감돌 때는 더 그렇다. 어쩔 수 없이 우리는 가족이라는 끈에 기대 관계의 어려움을 경험으로 배워 나간다. 아이들도 배우고, 나도 배우고.

큰아이는 자기주장이 강하고 고집이 세고 머리 회전이 빠른 반면, 침착하고 정직하고 솔직하다. 남에게 너그럽고, 피아노에 관한 욕심은 많지만 그 외의 것에는 크게 욕심이 없는 아이다. 모든 것을 대화로 풀어낼 줄 아는 작은아이는 결이 곱고 까다로우면서도 순수하며 자존심이 강한 아이다.

나 역시 여느 아빠들처럼 '아빠 공부'를 하고 아이를 낳은 것이 아니기에 숱한 시행착오를 겪었다. 어렵고 힘들 때는 그저 부모가 감내해야 하는 몫이려니 하고 견뎌냈다.

이 책은 우리 부부가 '함께' 두 아이를 키우면서 겪은 어려움과 갈등을 지혜롭게 풀어내려 노력한 과정을 기록한 이야기다. 아이를 낳은 순간부터 시작된 '아빠 성장기'를 책으로 내려니 좀 부끄럽기도 하지만, 누군가에게 조금이라도 도움이 되지 않을까 싶어 용기를 내본다.

이규천

삶이 내게 던져준 가르침은 아주 많지만
나는 최소한 의무 중심의 삶, 부지런한 삶,
열정과 끈기 그리고 자기 책임의식만큼은
딸들에게 전해주고 싶었다.

1부 아빠의 철학

"아빠, 어떻게 사는 것이 좋은 삶이야?"

큰딸이 자신의 이름으로 녹음한 다섯 번째 스크리아빈Scriabin CD를 보내왔다. 입 안 가득 미소를 머금고 표지를 한참이나 들여다본 나는 조심스레 뜯어서 플레이어에 넣었다. 아, 밀려드는 행복. 언제나 딸의 아름다운 선율과 함께하고 싶은 마음에 MP3 파일로 변환해 휴대전화에도 저장했다. 그렇지만 아이를 키우는 일에 늘 즐거움만 있는 것은 아니다. 어쩌면 근심과 걱정으로 잠까지 설치는 순간이 더 많을지도 모른다.

큰딸이 콩쿠르에 나갈 때면 아내는 딸이 연주하는 시간 내내 기도하는 마음으로 일하고 걷고 호흡마저 가다듬는다. 엄마의 간절함과 정성이 딸에게 전달되어 최소한 자기 실력만이라도 유감없이 발휘했으면 하는 마음에서다. 나 역시 세상의 온갖 신에게 빌고 싶은 마음이고 옛 어머니들이 정화수를 떠놓고 빌던 간절함이 이해가 간다. 대회가 일주일간 이어질 경우 우리 가족은 각자의 일터나 일상에서 긴장감을 내려놓지 못하고 수시로 기도하는 자세로 돌아간다. 자주 있는 일인데도 때때마다 초조하고 긴장하긴 마찬가지다.

세상의 모든 부모는 자녀의 기쁨과 행복, 성공을 위해 늘 마음을 졸이며 살아간다. 아주 어릴 때부터 조금이라도 더 낫다고 소문난 놀이방에 보내기 위해 새벽부터 줄을 서서 기다리는 수고는 수고로 여기지도 않는다.

수능을 치르는 날은 또 어떤가. 수많은 부모가 마치 교도소 문 앞에서 출소를 기다리는 가족처럼 찬바람을 맞으며 자녀가 실력 이상으로 시험을 치르길 애달프게 기원한다. 그리고 허리가 휘어지게 애를 써서 대학을 졸업시킨 다음에는 취직시험에 무사히 통과하도록 빈다. 부모는 그렇게 평생을 자녀의 안녕을 빌며 살아간다.

옛 어른들은 자식의 입에 밥이 들어가는 것을 보는 게 가장 즐겁다고 했다. 자식을 키우는 부모라면 모두가 이 말에 공감하리라. 옛날과 달리 먹을 것이 풍족한 지금도 자식을 잘 먹이는 일은 부모의 숙명이자 지고한 선이다.

한번은 TV 프로그램에서 저절로 눈시울이 붉어지는 장면을 본 적이 있다. 시골에서 농사를 짓느라 허리가 기역 자보다 더 굽은 채 홀로 사는 한 어머니가 장성한 아들이 방문한다는 소리를 듣고 코가 거의 땅에 닿을 정도로 구부리고 밭이랑에 앉아 나물과 채소를 다듬어 아들의 식사를 준비하던 그 모습이 오래도록 잊히지 않는다.

지금이라고 해서 어머니의 정성이 달라진 것은 아니다. 사실 요즘 신세대 엄마 중에는 설거지 한 번 하지 않고 자란 경우도 많지만 자신이 낳은 아이의 온갖 시중을 들어주며 스스로 좋아서 어쩔 줄 모른다. 내게 이것은 그리 낯선 풍경이 아니다. 큰딸은 피아노를 치는 손이라 부모가 귀하게 여기고 아껴준 그 손으로 자기 아이를 위해 오만 가지 일을 해주며 즐거워한다.

이 세상에 존재하는 모든 것은 소멸하고 변화하고 달라진다. 마찬가지로 아이에게 부모가 하늘이고 전부인 시기는 빠르게 흘러간다. 우물 안 개구리처럼 동그란 하늘이 전부인 줄 알고 자라던 아이는 어느새 부모의 품 안을 갑갑하게 느낀다. 이것은 모든 생명이 겪는 과정이고 나 역시 그렇게 어른으로 성장했으니 아쉽지만 받아들이는 수밖에 없다. 사춘기에 이른 아이는 심지어 부모의 모든 가치를 낡고 쓸모없는 것으로 여겨 부모와 팽팽하게 신경전을 벌이기도 한다. 놓아야 할 때 놓는 것은 부모이기에 해야 하는 일이지만, 또 부모이기에 정말 쉽지가 않다.

줄리아드 입학이 결정된 큰딸이 잠시 서울에 머물 때였다. 어느 날 내가 서재의 문을 열자 큰딸이 무슨 책인가를 열심히 읽다가 책을 덮으며 말했다.

"아빠, 오늘 철학 강의 해줄래? 내가 맛있는 디저트 쏠게!"

나는 듣던 중 반가운 소리라 얼른 옷을 걸치고 딸과 함께 가까운 커피숍으로 향했다. 큰딸은 어릴 때처럼 내 팔에 매달려 쉴 새 없이 종알거렸다. 대회를 치르면서 보고 들은 이야기, 학교에서 있었던 이야기, 교수님 얘기 등 수닷거리가 끝이 없었다.

"아빠, 어떻게 사는 것이 좋은 삶이야?"

자리를 잡고 앉자마자 딸은 남들이 흔히 무게 잡고 생각하는 질문을 너무도 가볍게 툭 던졌다. 그러더니 청량감이 묻어나는 목소리로 이렇게 덧붙였다.

"나는 아빠처럼 사는 게 가장 멋진 것 같아!"

그 씩씩하고 솔직하고 당당한 모습에 나는 잠시 딸을 쳐다보다가 말했다.

"아빠가 보기에는 네가 가장 멋지게 사는 것 같은데!"

모든 부모가 대놓고 표현하는 것은 아니지만 대개는 부모로서 바라는 자식의 삶이 있게 마련이다. 사실 나는 딸의 질문을 오래전부터 고민해왔고 아직까지도 그 질문의 답을 찾고 있다. 어쩌면 그 의문을 다 풀어내지 못하고 삶의 끝에 이를지도 모른다.

정말 어떻게 사는 것이 좋은 삶일까? 딸에게 어떤 말을 들려주어야 물질이 모든 것의 우위에서 군림하는 오늘날 내 딸이 건강한 정신과 마음으로 행복하게 살아갈 수 있을까?

꼰대 소리 듣기에 딱 알맞은 유교적 윤리와 도덕적 가치만 강조하는 것은 설득력이 약하다. 특히 지금은 '나 잘난' 사람 투성이라 잣대도 제각각이고 그 나름대로 꿰어 맞춘 논리들도 제법 그럴듯하다. 심지어 우리가 '이렇게 해야 한다'라고 정해놓은 틀마저 상황에 따라 다르게 해석하기도 한다. 그러니 당연히 헷갈릴 수밖에. 그렇다면 오히려 현실을 제대로 보고 스스로 선택해 결정할 수 있도록 도와주는 것이 바람직하지 않을까?

딸은 자신이 감정에 따라 선택하거나 결정해서 실수한 경험이 많다고 털어놓았지만, 생글생글 웃는 표정이 전혀 실수한 사람처럼 보이지 않았다. 나는 진심을 담아 얘기했다.

"젊을 때는 아무리 실수를 하더라도 그건 실수가 아니라 경험이라고 생각해."

판단도 결정도 빠른 큰딸과 감성이 발달해 하고 싶은 게 많은 작은 딸은 아직 길들이지 않은 야생마 같았다. 나는 딸들이 훌륭한 기수를 만나면 준마가 될 가능성이 있다고 생각하며 헤겔의 정반합 개념으로 감성과 이성의 관계를 설명해주었다.

"인간의 내면에는 이성과 감성이 동시에 존재해. 어릴 때 감성이 지배하는 삶은 '정'이고, 서서히 성장하면서 교육과 사색으로 '반'인 이성의 힘을 얻게 되지. 이어 시간의 흐름과 함께 감성과 이성이 균형을 이루는 '합'의 단계에 이르게 돼. 성인이 되면 궁극적으로 이성이 '정'이 되어 '반'인 감성을 통제하게 되는 거야."

사실 일관성 있는 사고와 행동을 유지하는 것은 결코 쉽지 않다. 나 역시 노력은 하지만 순간순간 감성과 이성 사이에서 합이 잘 이뤄지지 않아 애를 먹는다.

나 자신의 철학도 완벽하게 정립하지 못한 상태에서 어찌 딸들에게 '이런 삶을 살아라'라고 말할 수 있겠는가. 다만 그동안 수없이 해온 실수와 직간접적인 경험에 비춰보니 역시 '물질은 인간의 행복을 위한 필요조건이긴 해도 충분조건은 아니다'라는 생각이 크게 자리하고 있었다.

삶이 내게 던져준 가르침은 아주 많지만 나는 최소한 의무 중심의 삶, 부지런한 삶, 열정과 끈기 그리고 자기 책임의식만큼은 딸들에게 전해주고 싶었다.

단순히 '책임감을 가져라'라고 말하면 아이들은 그걸 추상적으로 받아들일 수밖에 없다. 단어의 뜻은 알지만 어떻게 생각하고 행동해야 하는지 그 구체적인 것은 알지 못해 그저 관념으로 흐르는 것이다. 관념적인 것은 공허하다. 나는 조금 더 쉽게 설명했다.

"책임감은 일부러 가지려 한다고
갖게 되는 것이 아니라
네 의무를 다하면 자연적으로 생겨난단다."

사회에 진출하기 전 대부분의 시간을 학생으로 보내는 아이들의 의무는 하나의 인격체로서 건강하게 살아가는 것이다. 그 건강한 삶에는 공부하는 것, 노는 것, 부모나 선생님에게 예의를 지키는 것이 모두 포함된다. 아이들에게는 자기 자신과 가정, 사회에 유익한 것을 하는 것이 의무다.

삶의 목표를 말할 때 우리는 흔히 '행복하게 사는 것'이라고 말한다. 그럼 행동도 그럴까? 아쉽게도 우리는 정신없이 시간에 쫓겨 살다가 문득 정신줄을 붙잡는 순간 자신이 행복의 길이 아닌 불행의 길로 빠져들고 있음을 깨닫는다. 세상에서 가장 가난한 대통령으로 알려진 우루과이의 호세 무히카 전 대통령은 이렇게 말했다.

"우리는 발전하기 위해 태어난 것이 아닙니다. 우리는 행복하기 위해 지구에 온 것입니다."

물질문명의 발달은 사람들의 가치관을 '돈을 많이 버는 것'으로 이끌었다. 더 많이 갖기 위해 "돌격, 앞으로!"를 외치는 추세가 이어지면서 물질적으로는 풍요로워졌지만 반대로 정신은 피폐해졌다. 그런 의미에서 우리는 현대를 가치관의 혼돈 시대라고 말한다. 실제로 아주 많은 사람이 종종 '내가 과연 제대로 살고 있는 것일까?' 하는 의문에 휩싸인다. 아이러니하게도 너무 가난해서 먹을 것도 별로 없고 삶도 그다지 편리하지 않았던 시절에는 오히려 사람들의 마음이 넉넉했다. 그때는 부족하지만 서로 나눠 쓰고 함께 먹으면서 행복해하는 여유로움이 있었다.

의대를 졸업한 지인의 딸은 자폐아를 돌보는 소아과 의사다. 미국의 의학계도 위계질서가 엄격해 인턴이나 레지던트 기간은 매우 고되고 힘들다. 그럼에도 불구하고 그녀는 동료들 사이에서 밝고 친절하기로 소문이 자자했다.

하루는 동료 의사가 그녀와 이런저런 이야기를 나누다가 어떻게 하면 그처럼 즐겁게 일할 수 있느냐고 물었다. 그녀는 별것 아니라는 듯 대수롭지 않게 대답했다.

“어릴 때부터 아빠한테 모든 사람이 각자의 책임과 의무를 다하면 자신도 사회도 행복해진다는 말을 많이 들었어요.”

학생으로서 열심히 공부하고 의사가 되어서는 맡은 일을 충실히 하니 자신도, 주변 사람들도 행복해하더라는 것이었다. 의무란 자기 위치에서 자신의 일을 성실히 수행하는 것이고 그 성실함이 우리와 사회를 건강하게 이끈다.

내가 살았던 시골집 옆에는 얕고 작은 개울이 있었는데 도란도란 흐르는 개울물 소리가 늘 정겹게 들렸다. 고등학교 다니던 큰딸이 방학을 맞아 집에 왔을 때 아내와 두 딸이 모여 앉아 이야기하는 소리를 들으면 그때의 개울물 소리가 떠오르곤 했다. 그러면 나도 슬며시 옆에 앉아 그들의 대화에 끼었다. 그런 날은 딸들이 즐겨 먹는 음식을 앞에 놓고 이야기하다가 졸음으로 눈을 뜰 수 없을 지경이 되어서야 잠자리에 들곤 했다.

이런저런 이야기를 나누다 보면 대화 내용은 자연스럽게 철학적 주제로 넘어갔다. 내가 가장 많은 시간을 들여 읽고 생각한 철학적 주제는 '정의론'이다. 딸들은 아빠가 공을 들이는 학문에 궁금한 것도 관심도 많았다. 개인에게 정의는 바르고 옳게 사는 것이고, 공동선을 추구하는 사회정의는 정의로운 정치로 구현되어야 한다는 것, 그래서 아리스토텔레스가 법적인 것이 정의라 했다고 설명하는 동안 딸들의 진지한 경청은 여느 강의실의 열기보다 강하게 느껴졌다.

생각과 철학을 공유하면 설령 그것이 서로 일치하지는 않더라도 자연스럽게 일반적인 삶의 가치를 공유할 수 있다. 그것을 내 가족, 그중에서도 자녀와 공유한다면 그보다 더한 행복이 어디 있으랴. 이런 공유가 없으면 가족 간에도 심리적 거리가 우주보다 더 멀 수 있다.

어느 날 큰딸이 물었다.

"아빠, 철학의 최고 표현은 음악이라고 했는데 그 배경이 뭐야?"

언젠가 내가 책에서 읽은 것을 딸한테 말해준 것인데 자기 전공이 음악이다 보니 그 말이 잊히지 않은 모양이었다. 하긴 딸이 작품과 작곡가가 살던 시대적, 사회적 배경을 이해하는 것은 좋은 연주를 하는 데 분명 도움을 줄 터였다.

"음, '철학의 최고 표현은 음악'이라는 말은 니체가 바그너의 음악을 성찰하면서 한 거야."

사실 니체는 바그너보다 늦게 태어났다. 그런데 음악을 향한 니체의 열정이 어찌나 컸던지 그는 성장한 후 바그너를 만났고 그에게서 많은 영감을 받았다. 쇼펜하우어의 염세주의 철학에서 영향을 받은 바그너와 니체는 심지어 음악만이 진리를 담고 있다고 생각했다.

특히 병든 정신과 육체를 비극으로 인식한 니체는 음악이 절망감 속에서 삶의 의지를 구할 힘을 주며, 현실적 허무주의와 물질문명의 퇴폐를 극복하게 해주는 것도 음악이라고 인정했다. 나중에 니체는 바그너와 결별하면서 바그너의 사상이 퇴폐적이라고 비난했다. 하지만 그는 자신의 철학사상이 바그너에게서 나왔고 철학의 최고 표현은 음악이라며 바그너의 음악을 성찰했다.

내 설명에 딸은 고개를 끄덕이면서 싱긋 웃으며 말했다.

"아빠, 이런 거 다 몰라도 괜찮지? 난 그냥 열심히 피아노 연습만 할 거야!"

나는 한바탕 웃음을 터뜨렸다. 천진난만한 순수 음악도의 정신세계를 아빠가 어찌 침입할 것인가? 나는 딸이 치는 베토벤의 〈비창〉과 〈열정〉을 즐겨 듣는다. 베토벤의 내적 갈등과 억제된 고통, 좌절 그리고 인생의 환희가 곳곳에서 묻어나는 곡이기 때문이다. 나는 딸이 자신의 음악세계에서 쑥쑥 성장하는 만큼 내 이해력이 거기에 뒤처지지 않도록 무진 애를 쓴다. 딸의 음악이 철학적 바탕 위에서 지속적으로 성장하길 바라는 마음으로.

○ 딸에게 보내는 편지

너 자신을 소중히 생각해라. 너를 가장 아껴야 하는 사람은 바로 너야. 자신의 노력 부족을 탓하지 마라. 할 수 있는 만큼만 해. 인간이 가진 기본 속성에는 남을 시기하고 질투하는 마음이 있어. 줄리아드는 경쟁이 심하니 네가 겪는 고통도 그만큼 크다는 것을 안다. 고통은 미래의 기쁨을 가져오는 데 필요한 과정이 아닐까? 가치 있고 행복한 사람이 되기 위해 이런 걸 생각해보는 건 어떨까?

항상 마음을 편하게 하고 활발한 상태를 유지하라.
나쁜 상황은 생각하지 마라.
자신을 낮추지 마라.
경쟁자들이 너에게 하는 말을 깊이 생각하지 말고,
남에게 나쁜 말을 하지 마라.
항상 너에게 호의적인 사람과 함께 있는 것처럼
어떤 상황에서도 자존감을 가지고 행동하라.
실패를 두려워하지 마라.

— 2002년 9월, 사랑하는 아빠가

결대로 자라는 아이들

어떤 사람도 온전히 부모가 될 준비를 하고 부모가 되는 사람은 없다. 아무리 자기 나름대로 준비를 하더라도 생각과 현실은 다르기에 결국 준비 없이 양육하는 것이나 마찬가지다. 실은 아이를 양육하면서 부모도 함께 큰다.

일단 아내가 임신하면 부부는 관련 서적을 뒤져보거나 어른들에게 이런저런 조언을 구한다. 그래도 그것은 대충 얼개에 불과할 뿐 막상 아이가 세상에 나오면 혼란과 의문투성이에 휩싸여 갈팡질팡하기 일쑤다. 말을 배우기 전에는 '대체 왜 우는 거야?' 싶어서 어리둥절하고, 좀 더 자라면 구석구석 돌아다니며 일을 저지르는 아이 앞에서 황당할 때가 한두 번이 아니다.

그렇게 부모는 아이와 함께 성장하는데, 문제는 아이가 학령기에 다다랐을 때 사회가 규정해놓은 교육제도에 따라 아이를 그 울타리로 몰아가려 한다는 점이다. 어리둥절한 시기를 지나 겨우 정신을 차린 부모가 자신의 관념적 바람과 판단 기준을 아이에게 강요하는 것이다. 다시 말해 온갖 희생을 무릅쓰며 아이를 좋은 대학, 좋은 직업이라는 사이클 안에 밀어 넣고자 조바심을 낸다.

얼마 전 TV 프로그램에서 자신만의 노하우를 찾기 위해 숱한 시행착오 끝에 성공한 빵가게 주인의 사례를 보았다. 일반적으로 빵은 밀가루를 반죽하고 이스트를 넣어 숙성시킨 재료로 원하는 모양을 만들어낸다. 언뜻 이것은 단순해 보이지만 성공한 사람들은 이 과정에 자기 고유의 노하우를 가미한다. 오히려 과정이 단순할수록 차별화하려는 노력에 엄청난 땀이 요구된다. 무수한 시행착오와 고민, 노력, 땀을 투입해야 자기만의 독특한 빵이라는 열매를 얻는 것이다.

제빵사는 똑같은 밀가루로 서로 다른 맛을 내는 빵을 만들어낸다. 마찬가지로 우리 아이들도 한 인간이라는 면에서 별다른 차이가 없다. 단지 환경적 요소에 따라 성장하면서 다른 길을 걸어갈 뿐이다. 그 환경적 요소에서 절대적 영향을 주는 존재가 바로 부모다.

어린 시절 작은딸은 봄부터 가을까지 아파트 뒤쪽에 있는 숲속을 들락거리며 놀았다. 어느 초여름 오후, 작은딸은 아빠에게 보여줄 것이 있다며 내 손을 잡아끌고 숲으로 갔다. 무언가 대단한 것이라도 발견한 양 싱글벙글 웃으며 잡아끌기에 나도 궁금해하며 걸음을 재촉했다.

여러 가지 잡목이 그늘을 드리운 숲속은 생각보다 시원했다. 어느 한곳에 이르자 동네에서 얼굴이 익은 아이 몇몇이 놀이에 열중하고 있다가 딸이 나타나자 반색을 했다.

알고 보니 작은딸은 동네 아이들에게 자신이 만든 이야기를 들려주는 스토리텔러였다. 그날 나도 숲속에서 아이들과 함께 둘러앉아 딸의 이야기를 들었다. 그 내용은《허클베리 핀의 모험》과《반지의 제왕》에 나오는 이야기를 조금 따오고 자신의 상상과 언니의 각색을 보탠 것이었다. 나는 이야기도 재미있게 들었지만 이야기 속에서 딸아이의 마음을 엿보는 좋은 기회도 얻었다.

어릴 때 영웅심이 강했던 작은딸은 모험심과 호기심까지 아주 많은 아이였다. 그런데 아이러니하게도 낯가림이 심해 가족처럼 친한 사람 앞에서는 조잘조잘 얘기하길 좋아했지만, 조금이라도 친하지 않은 사람이 있으면 어색해하며 엄마 뒤로 숨었다.

내비게이션이 나오기 전 아이들과 함께 운전을 하며 어딘가로 가다가 길을 찾기가 어려우면 지나가는 사람에게 물어야 했다. 나는 운전에 집중해야 하니 묻는 것은 아이들에게 부탁할 수밖에 없었다.

"얘들아! 어떻게 가야 하는지 좀 물어봐주렴."

그럴 때 행동에 나서는 쪽은 언제나 큰딸이었다. 집에 손님이 오면 작은딸은 익숙하지 않은 그 분위기에 압도되어 울음을 터뜨리기도 했다. 그것은 초등학교까지 이어졌고 새 학기가 시작될 때마다 새로 만날 친구에 대한 두려움과 설렘으로 잠을 이루지 못했다.

작은딸이 바이올린 대회에 참가했을 때 많은 참가자가 긴장해서 음을 잊거나 박자를 놓치는 와중에 작은딸은 아주 침착하고 대담하게 연주를 마쳤다. 어찌나 기특하던지 우리 가족은 있는 힘껏 박수를 보냈다. 한데 그 작은딸은 무대에서 내려와 말했다.

"너무 떨려서 혼났어! 티나지 않았어? 아빠."

우리 집에는 작은딸의 어록이 있다. 그중 유난히 내 마음을 사로잡은 말은 이것이다.

'유익한 일을 하라.'

작은딸이 초등학교 사 학년 여름방학 때의 일이다. 내가 방학 동안 교회에서 운영하는 한 교육 과정에 참여하는 게 어떠냐고 제안하자 그 녀석은 당돌하게 말했다.

"나한테 공부하라고 말하지 말고 유익한 일을 하라고 해줘. 나한테는 노는 것도, 잠을 자는 것도, 바이올린을 켜는 것도, 숙제하는 것도 다 유익하니까."

공부하라는 말보다 시간을 유익하게 보내라는 말이 더 좋다는 얘기였다. 이미 서너 살 때부터 부모의 일방적인 의견이나 강요보다 설명해주는 것을 좋아한 작은딸은 아내의 대화 상대였다. 스스로 이야기를 귀담아듣고 이해하면 군말 없이 움직여도 상대가 막무가내로 말하거나 시키면 꿈쩍도 하지 않으니 자연스레 아내는 설명에 익숙해져 갔다. 우리 집에서 '하라'는 명령조의 말이 사라진 것은 그처럼 어린 딸과의 대화에서 시작되었다.

사람은 정말 오묘한 동물이다.
나는 아이들이 성장하는 과정을 지켜보면서
새삼 인간이 신비롭게 느껴졌다.

작은딸은 새로운 것을 두려워하면서도 역으로 늘 새로움을 갈망하며 살아간다. 이 무슨 아이러니인가. 사람은 자신에게 부족한 것을 업으로 삼아 살아가는 존재일까? 실제로 자신에게 부족한 것을 극복하려 애쓰다 보면 오히려 그 일에 더 능숙해져 그걸 업으로 삼기도 한다.

작은딸은 성인이 된 지금도 변호사로서 새로운 일을 접할 때마다, 출장을 갈 때마다 늘 속으로 별의별 생각을 다 하느라 잠을 설친다고 한다. 여기에는 자신의 실수를 용납하고 싶지 않은 완벽주의자 같은 결벽성이 한몫하고 있다. 그러나 작은딸은 주변 사람들이 행복해하고 만족스러워할 때 자신이 더 행복해하는 상냥하고 사랑스러운 아이다.

큰딸은 자기애가 강하다. 어릴 때는 순하고 말 잘 듣는 어린이였다. 놀이터에서도 엄마 손을 놓지 않았고 빨간 구두에 모래가 달라붙는 게 싫어 모래밭에서 놀기를 꺼리는 깍쟁이였다. 근데 초등학생이 되자 동네 말썽꾸러기로 변했다. 싸움대장이었고 익살스런 표정으로 아빠를 웃겼다. 동생에게는 든든한 언니가 되어주었으며 책임이 따르는 일 앞에서는 꿋꿋하게 인내심을 발휘했다. 옳고 그름에 대한 판단이 빠르고 단호해서 때론 실수도 하지만 판단과 행동이 동시에 이루어지는 단호함과 여리고 순수한 감성이 혼합되어 있다.

그러한 큰딸에게도 두려움은 최악의 적이다. 피아노를 연주하는 큰딸이 최고의 연주를 망칠지도 모른다는 두려움에서 벗어나는 데는 오랜 시간이 걸렸다. 사실 큰딸은 자신의 가장 어두운 곳에 있는 그 정체불명의 '두려움'이라는 존재에 수없이 발목을 잡히는 아픔을 겪었다. 다행히 큰딸은 두려움을 에너지의 또 다른 형태로 받아들이려고 노력했다.

그런 의미에서 큰딸의 끈기는 오랫동안 두려움이라는 내면의 부정적인 에너지와 겨루면서 단련된 근육 같은 것이다. 일을 저질러놓고 보는 성향이라 실수도 많았지만 그것이 오히려 내구력으로 작용해 지혜도 얻고 끈기도 길렀으니 세상에 공짜는 없다는 말이 새삼스럽다.

그렇게 큰딸은 끈기 하나로 피아노와 씨름을 하더니 결국 피아니스트로 살아가고, 여전히 호기심을 주체하지 못하는 작은딸은 하고 싶은 것이 많아 늘 새로운 길에 서 있다. 연주하고 무대에 서서 노래하고 법정에서 변호하고 컨퍼런스에서 발표하며 내면에서 꼼지락거리는 또 다른 자신과 싸우며 지내고 있다.

언젠가 내가 작은딸에게 물었다.

"너는 노래할 때나 남 앞에 설 때 긴장되지 않니?"

"긴장도 되고 두근거리기도 해. 하지만 반복하고 경험할수록 담담해져. 사실 긴장과 설렘은 그리 차이가 많은 것 같지 않아. 긍정적인 스트레스로 전환하는 법을 경험을 통해 배운 것 같아."

나는 언제나 두 아이의 선택을 지지하고 그들의 노력에 박수를 보낸다. 특히 아직도 새로운 것을 찾아 좌충우돌하는 작은딸을 믿고 기다리며 응원한다.

어떻게 하면 아이들을 잘 키울 수 있을까?

교육학자들이 제시하는 이론은 수없이 많지만 아무리 좋은 방법도 내가 현실에서 구현하지 못하면 별다른 의미가 없다. 이것은 평균의 오류와 마찬가지다. 예를 들어 다치지 않을 확률이 평균 98퍼센트인데 만약 내가 다쳤다면 평균과 상관없이 내게는 100퍼센트의 확률이 되어버린다. 즉, 중요한 것은 '나'다. 다시 말해 내게 적합한지, 내게 쓸모가 있는지가 중요하다.

철학자 칼 포퍼Karl Popper는 "이론은 뒤집히길 기다리고 있고 뒤집혀질 때까지만 이론일 뿐이다"라고 말했다. 자녀 양육과 관련된 이론도 같은 운명이다. 아이들은 시간이 갈수록 자기만의 개성을 드러내며 늘 새롭게 성장해가기 때문이다.

결국 부모는 전문 제빵사처럼 밀가루와 물, 이스트의 배합이라는 기본을 숙지하는 것을 넘어 다양성을 바탕으로 자기 확장과 창의적인 교육까지 생각해봐야 한다. 아이가 살아가는 내내 부모가 옆에서 결정해주고 지침을 내리는 것은 불가능하다. 세월이 흐르면서 자연스럽게 세대교체가 이뤄지므로 부모에게는 아이들이 스스로 판단하고 결정하도록 독립적인 자세를 심어주려는 노력이 필요하다.

우리 부부는 주어진 환경 안에서 옳다고 생각하는 대로 살고 부족한 부분은 보충하려 노력했다. 무엇보다 가족이 함께하는 진솔한 대화, 자녀 존중, 탈권위와 인격적인 일상의 대화가 아이들과의 유대를 돈독히 하고 우리가 그들을 이해하는 데 도움을 주었다.

한때 초보 부모였던 우리는 작은아이가 큰아이와 같겠거니 싶어서 같은 방식으로 훈육하려다 난감한 지경에 놓인 적이 있다. 작은아이가 아직 어릴 때 큰아이와 똑같이 대했더니 아무리 혼을 내도 도무지 울음을 그치지 않았다. 큰아이에게 적용했던 엄격함은 작은아이에게 전혀 효과가 없었고 우리의 방식은 여지없이 무너졌다.

작은아이는 엄마가 안아주고 달래야 평온한 상태로 돌아갔다. 이후 우리는 작은아이에게 어떤 일이든 차근차근 설명했고 그 조그만 생명체는 알아들었는지 어쨌는지 더 이상 떼를 쓰지 않았다. 우리는 야단

치고 혼내는 것이 작은아이에게는 오히려 역효과가 난다는 사실을 알았다.

대화와 설명이 통하는 아이가 있는 반면, 어느 정도 강제가 필요한 아이도 있다. 때론 부모도 틀릴 수 있다. 그럴 때는 즉시 아이의 타고난 결이 어떤가를 가늠할 수 있도록 관찰이 필요하다. 아이들은 서로 다른 인격체이고 각자의 방식으로 엄마 아빠의 관심과 사랑을 필요로 할 뿐이다. 나는 아이가 본성에 따라 하고 싶은 것을 하도록 환경을 조성해주는 것이 양육의 핵심이라고 생각한다.

바르게 사랑하는 법을 배우다

무엇이든 가족이 함께 모여 시작하면 특별한 것이 만들어진다. 아이들에게 머리로 생각하면서 손발을 자꾸 움직일 기회를 줄 경우 흔히 어른들의 예상을 뛰어넘는 결과가 나온다.

큰아이가 초등학교 일 학년이 되었을 때 우리는 가족신문을 만들기로 했다. 일단 주제를 정하고 나자 그동안 신문이 집 안에 굴러다녀도 거들떠보지도 않던 아이들이 신문에 부쩍 관심을 기울이기 시작했다.

가족이 공동 작업을 하면서 부모가 아이에게 의견을 물어보고 의논하면 아이의 관심과 흥미가 무엇인지 새삼 깨닫게 된다. 교육이란 이미 아이의 내면에 있는 것을 끌어내도록 인도하는 것이라고 하지 않던가. 정말로 아이들은 무궁무진한 성장의 씨앗을 품고 있다. 한데 그것은 연약하고 여리기 때문에 실을 풀어내는 누에를 바라보듯 최적의 환경을 만들어주고 주의 깊게 지켜봐야 한다.

가족신문 만들기에 푹 빠져든 우리 아이들은 글자도 모르면서 도화지 위에 자기가 좋아하는 그림을 찢어 붙이고 큰 제목의 글씨를 흉내 내 그리기도 했다.

그렇게 아이들이 꼬박 이 주일 가까운 시간을 몰입해 만든 우리 가족의 첫 신문은 딸들의 잡동사니 상자에 꽤 오랫동안 자리를 차지하고 있었다. 특히 큰아이의 창의력이 돋보인 그 작품을 나도 오래도록 마음에 담아두고 있었다.

가족이 함께하는 시간은 그 자체로 교육적이다. 사실 아이들은 아빠 엄마가 별다른 관심을 보이지 않다가 불쑥 던져주는 선물보다 부모와 함께한 시간을 더 오래 기억한다. 부모의 따뜻한 손길과 눈빛이 안겨주는 포근함, 편안함, 안정감은 아이에게 그 어떤 것보다 강력한 선물이다. 아이가 부모를 바라보며 세상 편한 표정으로 웃는 모습은 오래도록 기억에 남지 않던가. 그것은 또 부모를 얼마나 행복하게 만드는가. 우린 이미 그때 아이들에게서 효도를 다 받았다. 그렇게 행복하게 커주는 모습만으로도 아이들은 효도를 다한 셈이다.

아이들의 성장이 자발적이고 자연스럽게 이뤄지도록 하려면 부모가 정보의 주입이나 반복을 강요하기보다 그들이 본래 가지고 있는 재능과 능력이 드러나고 발전하도록 도와야 한다. 부모가 아니면 누가 아이들의 잠재능력을 최대로 드러나게 도와줄 수 있을까? 가정은 학교나 사회에서 위축되고 상처받은 몸과 마음을 보듬고 감싸 원기를 되찾게 해주는 최후의 보루다.

세계적인 과학자, 문장가, 사상가 들은 대개 현대교육의 판에 박힌 제도나 방식의 수혜자가 아니라 방목에 가까운 삶을 살았다. 나는 교육의 본질은 젊은이들에게 꺾은 꽃을 주는 것이 아니라 그들 자신의 식물을 가꾸게 하는 것이라고 말한 존 W. 가드너의 말에 공감한다.

아이들의 자발적 참여로 가족이 함께 신문이나 이야기책을 만드는 가족문화 프로젝트는 아이의 지적 활동을 자극하는 좋은 방법이다. 이 과정에 참여하는 아이는 자신이 상상하고 생각하는 것을 그림과 글로 표현하며 지적 영역을 확장해간다.

누군가가 내게 아이들을 어떻게 키웠느냐고 물어올 때 떠오르는 단어는 단연 '방목'이다. 내게 방목이란 매우 단순한 것이다.

'아이를 위한 것인가? 나를 위한 것인가?'

이 한 가지만 생각하면 된다.

절제된 간섭, 아이의 자존감, 부모의 인내심, 원활한 가족관계는 아이들이 성장하는 과정에서 중요한 환경적 요인이다. 안타깝게도 합리적이고 이성적인 사고로 아이를 항상 너그럽게 대하는 것은 어느 부모에게나 거의 불가능한 일이다. 하지만 아이들에게 조급함과 답답함을 표현한다고 좋은 결과를 얻을 수 있는 것은 아니다.

세상에 자식처럼 부모를 훈련시키고 인생의 쓴맛과 단맛을 동시에 맛보게 하는 존재가 또 있을까? 내게 자식만큼 내 감정을 쥐락펴락한 존재는 없었다. 어차피 그런 존재라면 나는 아이들과 한바탕 멋지게 인생을 즐겨보는 게 어떨까 하고 생각했다.

> 나는 나 자신에게 다짐했다.
> 아이들이 원하는 대로 놀고 공부하고 생활하게 하자.
> 아이들과 나 사이에 놓인 모든 장애물을 걷어내고 하나가 되자.
> 체면, 권위, 소심함, 어색함은 모두 거둬들이고
> 내가 아이들의 세계로 들어가자.

좋은 부모가 되기 이전에 진정한 어른이 되고 싶었다. 나를 둘러싸고 있는 벽을 하나씩 허물면 내가 더 편하고 자유로워진다. 부모가 편하고 자유로워질 경우 아이를 대하는 시선 하나, 몸짓 하나도 더 여유롭고 건강해지게 마련이다.

방목이란 가축을 목장에 풀어두고 키우는 것을 말한다. 가축을 가둬서 키우면 스트레스를 많이 받아 면역력이 약해지면서 질병에 취약해지기 때문에 흔히 약품을 투입한다. 반면 자연에서 마음껏 뛰놀며 자란 가축은 면역력이 강하고 건강해서 항생제를 쓰지 않아도 된다. 밀폐된 환경에서 사육할 경우 가축은 구제역, AI 등의 질병에 취약할 수밖에 없다는 사실을 우리는 잘 알고 있다.

사람도 다르지 않다. 물리적으로 꼭 철창 안에 가둬놓아야 갇힌 것이 아니다. 아이들을 정해진 틀에 맞춰 키우는 것도 사육에 가깝다. 시계추처럼 늘 정해진 공간만 왔다 갔다 하는 것이 철창 안에 갇혀 있는 것과 무슨 큰 차이가 있겠는가.

방목은 아이들의 내면에 잠재된 욕구가 자연스럽게 드러나도록 도와주는 방법이다. 부모의 계획이나 틀, 인위적으로 형성된 사회적 환경의 영향을 늦게 받을수록 아이는 자신의 내적 공간을 최대한 확대한다. 이것은 곧 뿌리 깊은 나무가 되어가는 과정이다.

내게 방목은 자유를 갈구하는 철학적 사고의 바탕이자 믿음의 행동이다. 또한 그것은 기다림과 인내의 미학이다. 사람은 구조적 억압이 없는 상태에서는 각자 자기 나름대로 자유로운 판단과 사고를 하며 살아간다. 아이도 분명 하나의 인격체로서 존중받아야 하지만 약자인 그들의 순수함은 어른의 힘과 권위에 쉽게 지배될 수 있다. 때론 어른의 행동이 아이를 구속하고 강제한다는 것도 인식하지 못한 채 그렇게 한다.

방목 양육은 개인의 자유를 최대한 신장하도록 보장하는 민주주의 사회 이념에도 들어맞는다. 다만 자유가 자녀들을 방종으로 이끄는 우를 피하려면 보편적인 규범을 지키도록 부모가 이끌 필요가 있다. 나는 내 아이들이 창의적이고 자유로운 영혼의 소유자로서 삶을 적극적으로 살아가길 바랐다.

아이가 태어나는 순간 아이만 세상과 첫인사를 하는 것이 아니다. 부모에게도 지금까지와 전혀 다른 세상이 펼쳐진다. 부모는 자신들을 닮은 새 생명체에 경이로움을 느끼는 동시에 무한한 관심과 사랑을 퍼붓기 시작한다. 문제는 관심과 사랑이 커질수록 그에 비례해 욕심도 나날이 강해진다는 데 있다.

우리 부부는 아이들의 교육에 특별한 방법이 있다고 생각하지 않았다. 어떻게 키울까, 어떤 교육을 시킬까 하는 생각을 해본 적이 없다. 그저 그 작은 생명체를 있는 그대로 대하려 했을 뿐이다. 우리는 양육을 아이와 함께 제대로 바르게 사랑하는 법을 배우는 부모 교육 기간으로 여겼다.

아이들에게 숙제를 하라고 혹은 책을 읽으라고 말했던 기억이 없다. 무언가를 하지 말라거나 무언가를 하라고 얘기하는 것도 우리 부부에게는 낯선 일이다. 어쩌면 나 자신이 부모에게 어떤 지침을 받아가며 성장해온 것이 아니었기 때문인지도 모른다.

내게는 요즘 유행하는 선행학습이나 족집게 과외, 요점 정리 같은 단어가 정말 낯설다. 사실 그런 것이 중요한지 생각해본 적도 없다. 특별히 교육과 관련해 어떤 정보를 알아내려 노력한 기억도 없다. 요즘의 부모 관점에서 우리 부부는 그야말로 빵점 부모였다.

교육 정보보다 더 중요한 것은
자녀에 대한 믿음과
관계맺음이라고 생각한다.

부모가 자녀의 능력과 가능성을 깊이 믿지 않으면 자꾸만 간섭하고 싶어진다. 여기에는 당연히 부작용이 따른다. 부모의 간섭을 많이 받는 자녀는 자신의 능력을 계발하려는 의지가 약해지고 의존적으로 자라난다.

부작용이 여기서 그치는 것은 아니다. 지나친 간섭은 갈등을 초래하고 그 골이 깊어지면 대화의 단절이 온다. 어떤 관계에서든 마찬가지지만 대화가 사라지면 부모와 자녀 간의 관계가 허물어지고 만다.

자녀와의 관계에서 가장 중요한 것은 '기다림'이다. 자신이 정한 시간에 원하는 결과가 나오기를 바라는 부모의 조급함은 강요와 간섭으로 이어지는 악순환의 고리를 만든다.

아이는 부모의 못다 한 한을 풀어주기 위해서가 아니라 자기 인생을 살기 위해 태어난 존재다. 부모가 되기까지 설령 자기 인생에서 아쉽고 후회스러운 것이 있더라도 그것을 아이에게 이입해서는 안 된다. 아이와 부모의 인생은 별개다. 이것을 인정하고 받아들일 때 기다림의 여유가 생긴다.

법정 스님은《무소유》에 이렇게 썼다.

"인간은 물건만으로는 성에 차질 않아 사람까지 소유하려 든다. 그 사람이 제 뜻대로 되지 않을 경우는 끔찍한 비극도 불사하면서 제 정신도 갖지 못한 처지에 남을 가지려 하는 것이다."

이 적나라한 표현처럼 인간은 끝없이 소유하려는 욕심을 부린다. 그런데 아이러니하게도 다른 사람에게 소유당하고 싶어 하는 사람은 거의 없다. 그건 아이도 마찬가지다. 부모는 아이를 소유하는 것이 아니라 잘 키워낼 책무를 위임받은 존재일 뿐이다. 물론 아이가 자신들의 소유물이라고 대놓고 말하는 부모는 없다. 하지만 그 내면을 들여다보면 깊은 곳에 '내 자식', '내 것'이라는 의식이 무겁게 자리하고 있다.

아이들의 성장기를 함께해온 아내의 지론 중에서 내가 특별히 공감하는 것이 있다. 그것은 '아이는 도움이 필요한 한 사람의 인격체'라는 것이다. 부모의 도움이 아니면 먹을 수도, 입을 수도, 실례한 것을 치울 수도 없는 아이를 한 사람의 인격체로 대하는 것은 교육 중 가장 으뜸이다.

가정에서든 사회에서든 인간의 가장 강렬한 욕구는 바로 인정받고 싶어 하는 욕구다. 특히 예민한 사춘기 시절의 아이들은 무엇보다 부모와 선생님에게 인정을 받고 싶어 한다. 굳이 둘을 비교하자면 선생님보다는 부모에게 인정받는 것을 더 기뻐한다.

그런 만큼 부모가 별다른 뜻 없이 "너는 왜 그렇게 공부를 못하니!"라거나 "이래서야 나중에 어떻게 사회생활을 하겠니!"와 같은 말은 비수가 되어 아이들에게 커다란 마음의 상처를 입힌다.

상처는 누구에게나 쓰리고 아픈 법이다. 더구나 어른처럼 굳은살이 박이지 않은 아이의 마음에 그어진 상처는 덧나기 십상이다. 상처를 입은 아이는 일반적으로 '열심히 공부해서 나중에 멋지게 사회생활을 하겠다'고 결심하기보다 반항심으로 마음의 상처를 둘러친다. 이럴 때 부모가 변하지 않으면 그 반항심이 점점 더 자라나 마음의 문이 닫히면서 관계 단절까지 일어난다.

절대 아이가 먼저 변해주길 바라서는 안 된다. 아이가 마음의 문을 닫기 전에 서둘러 부모가 스스로를 돌아보고 변해야 한다. 일단 마음의 문이 닫히면 그걸 열기 위해서는 엄청난 희생과 노력이 필요하기 때문이다.

아이는 아직 모든 것을 부모에게 의존해 신체적, 정신적으로 한참 더 성장해야 한다. 그렇게 모든 것을 의지하는 탓에 아이에게 부모는 막강한 힘과 권위를 소유한 대상으로 여겨지고 거부하기가 힘들다. 그러니 부모가 먼저 진정한 어른의 모습을 보여주어야 한다. 결코 아이가 어른스럽기를 바라서는 안 된다.

부모가 아이를 키우는 책임을 위임받은 존재로서 더 나은 사람이 되려는 마음으로 아이를 돌보면 그 마음이 아이에게 그대로 전해진다. 그리고 아이의 자존감은 부모에게 인정받는다고 느낄 때 싹이 튼다. 자존감이 싹튼 아이는 지금은 비록 깨지기 쉬운 유리 같은 존재지만 당당한 인격체로 성장해간다.

부모는 결국 구도자다

가끔 아이들은 엄마 아빠 인내심의 한계가 어디까지인가를 시험하기도 한다. 초등학생 시절, 큰딸과 같은 학년으로 함께 등·하교하는 친구가 있었다. 그 아이는 우리 이웃에 살았고 엄마들끼리도 친해서 아이들은 학교가 끝나면 자주 같이 놀았다.

어느 날 아이들은 방에서 둘이 놀고 아내와 이웃집 엄마는 거실에서 대화하고 있는데, 갑자기 딸아이 친구가 시험지를 가져오더니 자기 엄마한테 보여주었다. 그러자 그 엄마는 시험지를 훑어보고 나서 사인을 해주었다. 아내가 왜 시험지에 사인을 하느냐고 묻자 그 엄마는 항상 사인을 해서 다시 학교로 보낸다고 했다.

집에 돌아온 아내는 큰딸에게 시험지를 보여달라고 했고 딸아이는 엄마는 안 봐도 된다고 말했다. 어딘지 모르게 행동이 수상해서 다그

쳐 물으니 그제야 시험지를 내놓았는데 이미 도장이 찍혀 있었다. 딸아이가 털어놓기를 아빠의 책상 서랍에 있는 도장으로 직접 찍었다고 했다.

아내는 심호흡을 한 후 아이의 눈을 똑바로 바라보았다. 자신이 그릇된 행동을 했다는 사실을 충분히 인지하고 있던 아이는 딱딱하게 굳은 표정으로 긴장하고 있었다. 그 모습을 바라보는 아내의 마음은 얼마나 아팠을까. 아내는 다시 긴 숨을 내쉬어 마음을 가라앉힌 뒤 가만히 아이의 손을 잡았다.

"소연아, 엄마가 미안해. 다음부터 엄마가 도장 찍어줄게! 소연이가 엄마 몫까지 다 했구나!"

불안과 혼란스러움이 뒤섞인 감정으로 바짝 긴장했던 딸아이는 안도하는 표정과 함께 눈가에 눈물이 그렁그렁 맺혔다. 아내와 딸 사이의 위험한 긴장이 풀어지고 다시 밝아진 딸의 모습을 지켜보며 나도 공범자 같아 내심 마음이 불편했다. 우리가 방목이라는 명목 아래 아이를 제대로 살피지 못한 것은 아닐까? 혹시 방목의 부작용일까?

큰딸이 초등학교 삼 학년 때 담임선생님이 의논할 일이 있다는 연락을 해왔다. 아내는 딸이 무슨 잘못을 했나 싶어 불안감을 안고 학교로 찾아갔다. 담임선생님은 큰딸이 사용하는 공책을 가져와 아내에게 보여주었다. 그 공책은 다른 아이들이 사용하는 것과 별로 다를 것 없는 평범한 것이었다. 아내가 어리둥절한 표정을 지으며 반문하듯 쳐다보자 담임선생님은 공책을 펼쳐 여기저기를 보여주었는데 그제야 다른 점이 눈에 들어왔다. 딸의 노트 사용법이 다른 아이들과 달랐던 것이다.

딸아이는 다른 아이들처럼 국어, 산수, 사회 등의 공책을 각각 따로 사용하지 않고 한 공책에 앞면에는 '국어'라는 제목을 쓰고 국어시간에 배운 것을 필기했다. 제일 뒷면부터는 '산수'라고 적고 산수 문제를 풀었고 중간은 '사회'라고 적어놓았다.

담임선생님은 딸아이가 하나의 공책에 여러 과목을 필기한 것을 보고 지적했고, 아내는 아이의 잘못된(?) 공책 사용법을 세심히 살펴보지 못한 불찰을 인정하고 사과했다. 집에 돌아오는 동안 아내는 아이가 왜 그렇게 필기했을까 하고 곰곰이 생각했지만 그것이 특별히 잘못된 일로 보이지는 않았다. 아내는 그날 당장 아이와 함께 문구점에 들렀다. 딸아이는 새 공책을 사는 것에는 기쁨을 표했지만, 왜 자신이 사용하는 방식대로 필기하면 안 되는 것이냐며 불만을 터뜨렸다.

다음 날 우리는 두꺼운 노트를 하나 더 사서 딸이 좋아하는 방식으로 사용할 수 있도록 선생님께 허락을 받았다. 이것은 막내이모의 대학노트를 본 딸아이가 한 권에 여러 과목을 동시에 정리하는 대학생처럼 공책을 쓰고 싶어 해서 벌어진 해프닝이었다.

모든 방식에는 부작용이 있게 마련이다. 방목 양육도 예외일 수는 없다. 문제는 아이와 관련해 예상치 않던 어떤 상황이 벌어졌을 때 여기에 대응하는 부모의 반응에 있다. 주어진 상황은 부모의 관점과 반응에 따라 부작용으로 나아갈 수도 있고, 오히려 작용의 에너지로 승화할 수도 있다.

나는 항상 아이들에게 규제 없는 자유로움을 주고 싶어 했다. 대관령에 넓게 둘러친 울타리는 소들의 자유를 제한하려는 것이 아니라 그들의 안전을 위한 장치다. 드넓게 펼쳐진 초원의 그 마지막 장치는 가축을 위한 주인의 지극한 사랑과 관심을 보여준다.

나는 딸들이 안전한 환경에서 스스로 시도하고 경험해본 다음 좋은지 싫은지 판단해 선택하도록 해주고 싶었다. 그리고 그 선택에 책임을 지는 청소년과 성인으로 자라도록 돕고 싶었다.

성장은 여러 종류의 에너지가 충돌하며 일으키는 변화다. 화살은 과녁에 명중시키기 위해 쏘지만 그 결과는 날아갈 때 바람이 부는 방향에 따라 달라진다. 물론 명사수는 바람의 세기와 방향까지 감안해서 화살을 쏜다. 그러나 우리는 명사수가 아니고 바람에 따라 원치 않는 방향으로 날아가는 일을 숱하게 경험한다. 괜찮다. 그곳에서 다시 출발하면 그만이다. 명중시킨 화살은 그 완성으로 끝나지만 아이들의 삶은 계속 이어지기 때문이다.

방목은 무관심이나 무절제가 아니다.
오히려 드러나지 않게 아이들의 본성과 독특함을
최대한 보장하고 유지해주려는 세심한 배려다.

말하기는 쉬워도 사실 방목은 부모의 절제와 고통의 산물이다. 그래도 아이들의 타고난 성향에 따라 신명나게 자신의 운명을 개척하도록 돕는 방식 중 방목만 한 게 없다.

방목은 부모와 자녀 사이에 상호작용이 원만하게 이뤄지는 배경이기도 하다. 이러한 상호작용은 아이와 부모가 함께 성장하게 하는 성장 동력이지만 동시에 아픔이 따르는 인내가 필요하다.

방목은 일반적인 사회 규범이나 틀에 맞춰 지원하고 간섭하는 방식보다 훨씬 더 실천하기 어려울 수도 있다. 때론 수도하는 마음으로 내 욕심을 비워야 하는 순간도 있다. 흥미롭게도 우리의 부모세대는 가축과 자식을 거의 구분하지 않고 방목을 했다. 행인지 불행인지 오늘날 양육과 입시교육의 혼재는 부모가 해내야 하는 수많은 강제목록을 탄생시켰고, 이것은 규제나 강제가 없는 방목을 더 실천하기 어려운 일로 만들고 있다.

내가 아이를 방목 방식으로 양육할 수 있었던 것은 나 자신이 입시교육의 환경으로부터 구속받는 것을 싫어하고 또 남을 구속하려 하지 않는 성향이 강하기 때문인지도 모른다.

그러면서도 순간순간 아빠로서의 욕심이 고개를 들었고 이것을 내려놓는 것이 힘들 때도 제법 있었다. 작은딸이 가수의 길을 선택했을 때 나는 아무 말 하지 않고 기꺼이 받아들였지만, 법률이나 저널리즘 분야를 공부했으면 하는 마음도 있었다. 세상에서 가장 내려놓기 힘든 욕심이 '자식이 잘되었으면' 하는 욕심인 것 같다. 그 욕심은 어디까지나 부모의 사고에서 비롯된 것일 뿐 아이의 의사와는 상관이 없다.

작은딸이 유학을 고려할 때 나는 마음속에 간직하고 있던 로스쿨을 염두에 두고 조언을 했다. 내가 로스쿨을 추천한 이유는 좀 다른 데 있었다. 단순히 로스쿨에 가서 변호사가 되었으면 하는 바람보다 딸의 긴 인생여정에 필요한 이성적 사고를 키울 기회를 누리길 원한 것이다. 로스쿨 과정을 경험하며 감성능력이 강한 작은딸이 이성적 측면을 키워 균형 잡힌 사람으로 성장하길 바랐다. 그러나 결정은 스스로 하는 것이고 내겐 딸이 선택하는 길을 지지하고 묵묵히 기다리며 지켜보는 것 외에 별다른 도리가 없었다.

큰딸이 진로를 피아니스트로 결정할 때도 예술가의 삶이 호락호락하지 않다는 것을 아는 나는 많이 걱정했다. 무엇보다 피아니스트로 나아가는 그 험난한 경로와 부족한 뒷바라지에서 오는 고난을 감수하게 하고 싶지 않았다. 그렇지만 내가 할 수 있었던 것은 딸의 재능이 발전하는 과정과 음악을 향한 욕구를 지속적으로 확인해보는 것밖에 없었다.

양육에서 내가 늘 주의한 것은 내 욕심을 고집하지 않고 아이들이 하고 싶어 하는 것에 중점을 두는 일이었다. 딸들이 초등학교를 다닐 때부터 나는 언제나 이렇게 강조했다.

"너희들 인생은 너희들 것이지 엄마 아빠의 것이 아니다. 모든 것은 너희 자신이 선택하고 결정해야 한다."

나는 부모로서 욕심을 드러내지 않았으나 어찌 보면 철저히 계산적이었을 수도 있다. 다만 그것을 표현하지 않았을 뿐이다. 딸들이 내게 진로 문제를 상의할 때마다 나는 항상 내심 '어떻게 하는 것이 효과적일지' 분주하게 판단하고 계산했다. 어떤 방향이 아이가 더 행복해지는 길일까, 지금 아이가 진짜로 원하는 것은 무엇일까, 나는 어떻게 아이를 키우고 싶었던가, 머릿속으로 분주히 생각했고 조금의 강요도 섞이지 않은 말투로 "아빠는 이렇게 생각하는데"라고 말해주었다.

> 마음을 차분하게 다스리고 억제하는 것은
> 무척 어려운 일이다.
> 자식 일 앞에서는 더욱더 그렇다.
> 딸들의 결정과 판단에 간섭하지 않으려고 애쓸 때
> 내게 가장 요구된 자질은 '절제'였다.

아이가 자기 목표를 달성하지 못해 괴로워하거나 원하던 기회를 놓쳐 실망에 빠져 있으면 그걸 지켜보는 나는 더 속이 쓰리고 아팠다. 나는 아이가 스스로 이겨내고 다시 평정심을 찾을 때까지 기다렸다. 섣부른 위로와 간섭이 아이의 상처를 덧나게 할지도 모르고 또 그걸 극복하는 방법을 스스로 찾아야 한다고 생각했기 때문이다.

인생은 평행선이 아니라 사이클이다. 즉, 올라갈 때가 있으면 내려갈 때도 있다. 그 굴곡진 인생에서 아이가 내려가는 시점을 극복하게 하려면 면역력을 키우듯 맷집을 다질 기회를 주어야 한다. 언제까지나 부모가 다 해줄 수는 없으니 말이다. 아이가 인생을 스스로 헤쳐나가는 방목의 생리를 습득하는 과정은 아이뿐 아니라 나 자신에게도 성숙의 기회를 제공했다. 아이가 가라앉아 있을 때는 나도 마음이 저리고 아팠지만 아이가 그걸 극복해내면 그만큼 몇 배로 행복했다.

결국 내게도 아이들에게도 불행은 없었다. 단지 삶이 우리의 기대에서 벗어났다가 돌아오는 과정이 되풀이되면서 점점 나선형으로 성숙해가는 사이클만 있었을 뿐이다.

물론 아이는 여러 면에서 어른에 비해 아직 덜 자란 상태다. 그런 이유로 많은 부모들이 자녀가 판단력이 부족할 거라 생각하며 자기 의견을 강요한다. 어쩌면 그것은 자녀의 능력과 가능성을 확신하지 않기 때문인지도 모른다.

나도 때론 답답했고 조급함이 밀려들기도 했다. 그렇지만 아이들에게 답답함과 조급함을 토로해봐야 부작용만 생길 뿐이라는 걸 알고 있었다. 더 좋은 결과를 얻기 위해서는 우리 부부가 절제하는 수밖에 없었다.

모든 부모는 내 자식만큼은 절대 잘못되지 않을 것이라고 믿는다. 설사 아무리 최악의 상황이더라도 결코 포기할 수 없는 존재가 바로 자식이 아니던가. 그러니 멀리 있든 가까이 있든 부모는 그저 믿어주는 것 외에 달리 방법이 없다. 자식이라는 영원한 십자가를 짊어진 이상 이것은 숙명이다.

아이의 인생은 부모의 인생과 별개라는 것을
인정하고 받아들이면 기다림의 여유가 생긴다.

부모가 자신을 믿고 있음을 아이가 느끼면 설령 길에서 벗어나더라도 다시 제자리로 돌아온다. 이러한 일탈은 인생 전체적으로 볼 때 그다지 마이너스 요소가 아니다. 때론 그 경험이 오히려 아이를 성장하게 하는 기회로 작용한다.

흥미로운 점은 아이들은 이상하게도 하지 말라고 하면 더 하고 싶어 한다는 것이다. 부모가 가로막으면 숨어서라도 한다. 그럴 바에야 멋지게 풀어주는 것이 낫지 않을까? 마음의 흐름은 거대한 파도와 같아서 아이들도 어쩔 수 없다. 해보고 싶은 걸 어쩌란 말인가. 부모가 그 흐름을 막아서면 아이는 자칫 거짓말을 할 수 있다. 반면 부모가 신뢰하고 기다리고 믿어준다는 것을 아는 아이들은 잘못될 확률이 아주 낮다.

내게 방목은 편안한 관망이라기보다 믿음, 기다림 그리고 인내하는 과정이었다. 본질적으로 방목은 자유를 의미하지만 그 자유에는 정치적, 사회적, 윤리적으로 분명한 한계가 있다. 즉, 자유는 일탈이나 방종의 개념과는 차원이 다르다.

아이가 이 한계를 넘지 않고 자유롭게 사고하고 행동하면서 성장하면 자유로운 영혼을 소유한 존재로서 매사에 적극적이고 창의적으로 살아간다. 우리 부모들은 이를 알고 있을 것이다. 하지만 아는 것을 행동으로 옮기기까지 너무 많은 시간을 흘려보낸다.

나 역시 부모로서 마음의 평정심이 흔들리고 깨진 경우가 많았음을 고백한다. 나는 아이들이 이해할 수 없는 행동을 할 때 느껴지는 답답함, 빤히 보이는 좋은 길을 가지 않으려고 할 때의 안타까움, 특별히 내가 해줄 수 있는 게 없을 때의 안쓰러움 같은 감정과 늘 함께했다. 심지어 때론 아빠로서 스스로 자괴감을 느낄 때도 있었다.

부모 수업에서 스승은 아이다. 부모는 아이가 성장하는 과정을 함께하며 부모이자 한 개인으로서 성장해간다. 이 부모 수업은 가끔 나를 넘어선 나를 요구하고 내가 알지 못했던 나 자신을 가르쳤다. 또한 '나' 중심의 사고에서 벗어나 좀 더 희생적이고 절제하며 인내하기를 요구했다. 방목은 딸들을 전적으로 신뢰하는 믿음의 탑 위에 쌓아올린 행동인 동시에 기다림의 과정이었다.

큰딸에게 아빠는…

"소연아, 이건 안 돼!"

"왜 그렇게 했어!"

나는 아빠에게 이런 말을 들은 기억이 없다. 아빠는 명령어나 지시어를 사용하지 않는다. "소연아, 연습해야지" 혹은 "공부해라"라는 말 역시 들은 적이 없다. 무엇을 강요하지 않을 뿐 아니라 한 번도 내가 하는 일이나 행동에 대해 비난의 말을 한 적이 없다.

어렸을 때는 레고 장난감으로 집과 배를 만들며 동생과 잘 논다고 대견해하셨고, 중·고등학교에 다닐 때는 피아노 치는 것을 자랑스러워하셨고, 대학에 다닐 때는 매일 연습하고 일하면서도 잘 논다고 대단해하셨다.

성인이 되어 결혼하고 첫 아이를 가졌다고 대견해하셨고, 연주하며 학교에서 강의도 한다고 자랑스러워하셨고, 사회인으로 씩씩하게 잘 살아간다고 대단해하셨다. 아빠는 늘 감탄하셨다. 아빠는 항상 나를 잘나고 크고 대단한 사람처럼 느끼게 한다. 그래서 나는 내 능력에 상관없이 늘 자신감이 넘쳤다. 나는 성적이 잘못 나와도, 대회에 실패하고 여러 번 떨어져도 아쉽고 화는 났지만 당당했다. 오히려 큰소리치며 내가 못해서가 아니라 심사위원 평가 방식이 마음에 안 든다고 아빠에게 전화를 하곤 했다.

아빠의 근면하고 성실한 삶의 모습은 나에게 그대로 가르침이 되었다. 내게 주어진 일을 불평불만으로 포장할 수 없었고, 게으름으로 소중한 시간을 낭비할 수도 없었다.

아빠의 말씀은 나와 소은에게 곧 약속이자 신용장이었다. 일상적인 대화 중에 나온 사소한 이야기도 기억하셨다가 말씀대로 이행하셨다. 딸들과 관계되는 일이라면 어떤 것이든 귀찮아하신 적이 없다. 아빠가 보여준 본보기 같은 삶은 내 삶의 주인이 되는 방법을 알게 했고 강한 사람이 되게 했다.

나는 가끔 학생들과의 레슨 시간에 이런 말을 한다.

"지금 여러분이 있는 곳은 시리아나 아프가니스탄의 전쟁터도 아니고 생계를 위협받는 북한도 아니다. 연습이 힘들고 모르는 것을 배우는 것이 쉽지는 않겠지만, 계속 푸념하거나 불평하는 것은 자신의 삶에 대한 책임을 지지 않으려는 핑계에 불과하다."

아빠는 나의 사회적, 음악적 성장 과정을 한결 같은 모습으로 지켜봐주셨다. 사춘기의 변덕, 정체성을 찾기 위한 몸부림, 피아니스트의 길 위에 돌풍처럼 찾아오는 강한 좌충우돌…. 아빠는 이 모든 과정을 묵묵히 지켜보고 용기와 격려와 지지를 보내며 늘 함께했다. 가끔은 박장대소로 때로는 헛웃음으로 또 때로는 소리 없이 아파하며 말이다. 지금도 새 앨범을 낼 때마다 세상의 리뷰나 비평보다 나에게 더 용기가 되고 의미가 있는 것은 아빠가 누구보다 기쁘게 열심히 내 음반을 듣고 계시다는 믿음이다.

아빠는 내가 아는 사람 중 가장 열린 분이다. 내가 내 삶의 중요한 결정을 내릴 때, 예를 들면 결혼할 때나 진로를 결정할 때 내 생각과 의견을 전적으로 존중하고 격려해줌으로써 내 자존감이 상승하도록 도와주셨다. 내가 하는 모든 것을 있는 그대로 인정하고 돕는 것은 당신의 생각이나 가치를 고수하지 않고 내려놓기에 가능한 일이다. 아빠의 그런 개방성과 자유로움은 나를 나답게 만들었고, 내 삶 또한 자유롭게 만들었다. 인간적인 자유분방함뿐만 아니라 음악적 자유, 사회의 포퓰리즘 그리고 인기에 편승하지 않는 자신감을 나는 아빠의 삶에서 배운다.

아빠를 떠올리면 동시에 따라오는 미소와 자유로움, 편안함, 안정감은 지금까지 꾸려온 내 삶의 궤적 안에 고스란히 담겨 있다. 성인이 되어 생각해보니 아빠가 엄마의 의견이나 하는 일에 언짢은 기색을 보이거나 못마땅해 하는 걸 본 적이 없다. 엄마에 대해 불만이나 불평을 하는 것 역시 들은 적이 없다. 여성을 존중하고 여성의 사회적 역할에 한계를 두지 않는 아빠 덕분에 나는 세계 여러 곳에서 연주할 수 있었고, 수많은 사람과 교류하고 소통하며 온전한 나 자신이 될 수 있었다. 주어진 내 역할을 마음껏 해낼 수 있었다. 내가 하는 일에 대한 자신감은(그것이 일이나 공부, 피아노, 놀이조차도) 나를 향한 아빠의 긍정적 반응에서 나왔음을 부인할 수 없다.

삶이란 무엇인가를 향한 지속적인 활동이라고 생각한다. 이것이 정신적 활동이든 육체적 활동이든 계속되는 에너지의 흐름이다. 아빠는 내게 이 에너지가 끊임없이 흐를 수 있는 통로를 제공해주었다. 그중에서도 삶의 가치는 물질에서 나오지 않고 나한테 주어진 일을 성실하게 열심히 할 때 비로소 발견하는 자신의 철학에서 나온다는 가르침을 주셨다. 아빠의 이런 철학적 신념은 내가 일상생활을 더 안정되고 활기차게 사는 데 원동력이 되어준다. 그리고 나도 우리 아빠처럼 내 아이를 부모의 간섭과 통제에서 자유로운 아이로 자라게 하고 싶다. 거인의 어깨와 같은 아빠의 목마를 기억하며 더 멀리, 더 높이 오를 수 있는 꿈을 가진 아이로.

— 큰딸 이소연

"Forget about it"

1988년 서울 올림픽이 임박했을 무렵, 온 가족이 저녁을 먹고 TV를 보며 즐거운 시간을 보내고 있었다. 방송에서 체조 부문의 역대 메달리스트들이 연기하는 모습을 방영하고 있었다.

체조에 관심이 많았던 작은딸은 가만히 있지 못하고 체조선수들의 몸동작을 흉내 내며 원을 그리고 트리플 스윙을 따라 했다. 그러던 어느 순간 스윙을 시도하던 작은딸이 장식대에 얹어놓은 도자기를 발로 걷어차고 말았다.

도자기는 박살이 나서 바닥에 뒹굴었고 가족은 얼어붙은 듯 시선을 잠깐 작은딸에게 고정했다. 그 시선은 곧바로 작은딸에게서 내게로 향했다. 나는 어찌나 당황스럽던지 졸지에 일어난 그 어이없는 일 앞에서 아무 말도 하지 못했다.

우리 가족은 여러 번 이사를 했는데 그때마다 내가 가장 소중하게 보관한 물건이 도자기 세 점이었다.

1979년 내가 자유아카데미에 있을 때 왕승 장군 초청으로 대만을 방문한 적이 있다. 당시 그는 특별한 의미를 담은 도자기를 제작해 내게 선물로 주었다. 그 도자기는 새의 깃털과 부리에 뱀의 형상을 한 전설적인 동물과 기상하는 용의 모습을 청색으로 도안한 청자였다. 전체적으로 항아리 모습인 그 청자의 뚜껑을 열면 두 개의 항아리가 합쳐진 모양이었다. 그는 내게 도자기를 건네며 거기에 어떤 의미를 담았는지 설명해주었다.

"한국과 대만은 두 나라지만 위에서 도자기 안을 보면 하나인 것처럼 서로 잘 지내자는 의미입니다."

그때 그는 내게 군용기로만 접근이 가능한 금문도의 군사적 요충지를 방문할 기회를 주었는데 그곳은 고량주와 도자기 특산품으로 유명했다. 거기에서 고량주가 담긴 도자기를 포함해 두 점의 도자기를 구입했다. 아름다운 검정색 도자기와 청자였는데 소중하게 보관해온 도자기 세 점 중 두 점이 깨져버린 것이었다.

작은딸은 나이가 어렸지만 자신이 큰 실수를 저질렀음을 알고 어쩔 줄 몰라 했다. 너무 화가 난 나는 아무 말 없이 미동도 하지 않았다. 내 표정이 어땠을지는 가히 짐작이 갈 것이다.

시간이 지나면서 서서히 마음이 가라앉았다. 사실 아이의 입장에서 그 사건은 놀다가 일어난 단순한 일에 불과했고 잘잘못을 따지자면 그걸 그곳에 놓아둔 내 실수가 더 컸다. 말할 수 없이 아쉬웠지만 이미 엎질러진 물인 데다 아이까지 혼내는 것은 두 번 실수하는 것이라는 생각에 나는 아이를 다독였다.

"소은아, 괜찮아. 도자기는 다시 구하면 돼."

아이의 마음에 상처를 주느니 차라리 도자기가 깨지는 편이 더 낫다고 나 자신을 위로했다. 내 감정을 흩트리는 어떤 일을 마주했을 때 나는 무의식중에 마치 주술처럼 이 말을 중얼거린다.

'잊어버려.'

실수는 누구나 한다. 나는 감정을 주체하기가 힘들었지만 마음을 다잡고 우선순위를 생각하려고 했다. 아무리 도자기가 귀하다 해도 내 아이만 할까.

무언가 실수를 한 순간 아이는 이미 자신이 잘못했음을 알고 있다. 거기에 대고 잔소리를 퍼부어가며 상처를 긁어댈 필요는 없다. 화를 내며 꾸중한다고 벌어진 일을 되돌릴 수 있는 것은 아니다.

잠깐만 이성을 찾고 마음을 가라앉히면 더 중요한 존재가 내 아이라는 것이 눈에 들어온다. 아이가 유리컵을 깼다면 먼저 아이가 다치지 않았는지 살펴보고 그냥 조용히 치우면 그만이다. 유리가 박살이 나는 장면을 본 것만으로도 아이는 충분히 상처를 받은 셈이니 말이다.

우리 가족이 어떤 상황이나 문제를 해결할 때 가장 많이 쓰는 말은 '잊어버려'이다. 작은딸이 반 친구들로부터 따돌림을 받고 풀이 죽은 모습으로 돌아왔을 때, 열심히 준비하고도 기대하던 성적을 받지 못했을 때, 큰딸이 손끝이 터지도록 연습하고도 입상하지 못했을 때, 대학 기숙사에서 외톨이가 되었을 때, 지하 자취방에서 바퀴벌레 꿈을 꾸고 일어나 정말 바퀴벌레를 발견했다고 전화했을 때, 나는 딸들에게 수없이 "잊어버려"라고 말했다.

젊은 시절 나는 지나간 일을 후회하며 회한과 아쉬움에 젖어 대책 없이 고민하기도 했다. 드물게 세상을 향한 분노가 머릿속에서 쉽게 사라지지 않던 때도 있었다. 어쩌면 이것은 내가 부모를 일찍 여의고 혼자 힘으로 살아내며 많은 어려움을 겪었기 때문인지도 모른다. 어쩔 수 없는 한계에 부딪혀 진한 슬픔도 맛보고 삶을 치열하게 고민하면서 단순하게 생각하고 행동하지 않으면 세상살이가 더 힘들어진다는 것을 체감했다. 그때 결심한 것이 '지난 것은 잊자'였다.

우리 가족에게는 우리말의 '잊어버려'보다 'Forget about it'이라고 영어로 말하는 게 자연스럽게 자리잡았다. 딱히 꼬집어 말하기는 어렵지만 '잊어버려'에는 과거의 실수뿐 아니라 지난 성취조차도 잊어야 앞으로 나아갈 수 있다는 의미와 함께 다른 무언가가 더 담겨 있다. 그 무언가를 굳이 표현하자면 '용서하라'는 의미에 가깝다.

미국의 정치가이자 사상가인 벤저민 프랭클린은 이렇게 말했다.

"과거에 어리석은 일을 했어도 그것 때문에 고민할 필요는 없다. 고민한다고 흘러간 물이 다시 돌아오는 것은 아니다. 슬프든 분하든 과거는 묻어버리고 오늘을 새롭게 시작해야 한다. 과거에 벌어진 일 한 토막 때문에 날이면 날마다 새날을 더럽혀서는 안 된다. 백 명의 왕이 권력을 모아도 지나간 과거를 되돌릴 수는 없다. 왜 지나간 일로 괴로워하고 슬퍼하는가. 물은 이미 흘러갔고 물을 쫓아갈 필요는 없다. 사람은 과거의 원한과 씨름하지 않으면 훨씬 더 행복해질 수 있다."

상대뿐 아니라 나 자신도 용서해야 지나간 일의 굴레에서 벗어날 수 있다. 용서에는 타인과 함께 나를 용서한다는 의미도 들어 있다. 나를 용서해야 과거에서 벗어나 현재의 삶을 제대로 볼 수 있기 때문이다. 물론 잊으라고 한다고 금세 잊히는 것은 아니다. 잊는다는 것은 시간을 필요로 하는 일이다. 그래서 딸들에게 잊으라고 조언하기가 쉽지 않았지만, 그것에 익숙해지자 아이들은 그 안에 어떤 의미가 담겨 있는지 충분히 이해했다.

"네 스스로 너를 괴롭히는 생각에서 탈출하는 게 어떨까?"

삶의 모든 단계에서 행위의 주체는 바로 자기 자신이다. 아이가 항상 주체적, 능동적으로 행동하길 바란다면 그것을 습관화하도록 기회를 주어야 한다.

나는 아이들에게는 물론 나 자신에게도 이 말을 자주 사용한다. 내게 '잊어버려'는 내가 한 실수와 판단착오에 따른 고뇌에 빠지지 않고 나를 용서하는 동시에 후회의 늪에서 벗어나게 해주는 진정제와 같다. 앞으로도 나는 어려울 때 헤쳐나오도록 힘을 주고, 고통과 번민에 빠져 있을 때 나를 치유해주는 주술 같은 이 말을 계속 사용할 것이다.

아이들이 힘들어하고 아파할 때 위로해줄 적절한 말을 찾지 못하거나 어떤 말로도 도움이 되지 않을 듯하면 나는 어김없이 "잊어버려"라고 말했다. '잊어버려'는 어느새 우리 가족의 공통어가 되었다. 이야기 도중에 적당한 말이 생각나지 않아 물끄러미 쳐다보다가도 '잊어버려'를 외치며 깔깔대는 딸들은 이 말을 나를 나타내는 대명사로 여긴다.

실패와 실수라는 단어가 우리의 발목을 잡을 때가 있다.
그것이 내 아이들의 발목까지 잡게 할 수는 없었다.

인생길에서 나는 '실패'보다 '실수'라는 말을 사용하는 것이 더 적절하다고 본다. 실수나 실패는 이미 일어난 상태로 과거의 영역에 속한다. 그렇다면 그것을 아쉬워하며 후회하고 원망하고 분노할 것이 아니라 어떻게 하면 자양분으로 활용할 수 있을까를 고민하는 것이 낫다.

토머스 에디슨이 전구를 발명할 때 그는 무려 이천 번이나 실패를 했다. 당시 한 기자가 에디슨에게 실패했을 때의 기분이 어땠는지 묻자 에디슨이 가볍게 대답했다.

"실패라니요? 나는 실패한 것이 아니라 전구가 빛을 내지 않는 이천 가지 원리를 알아낸 것뿐입니다."

인간의 진보 과정은 실수나 실패의 과정과 맞물려 있다. 진보는 실패의 다른 이름이고 실패는 곧 발전이다. 그러므로 부모는 아이의 실수를 발전 과정으로 받아들이고 아이에게 용기를 주는 일에 더 관심을 기울여야 한다.

그리 대단한 요령은 아니지만 딸들이 실수나 실패를 했을 때 내가 대처하는 두 가지 방법이 있다.

먼저 아이가 스스로 딛고 일어날 시간을 준다. 이것은 비록 소극적인 방법이지만 아이에게 무한한 믿음을 보내며 기다려주면 아이는 자기 나름대로 해결 방안을 찾아낸다. 부모가 더 힘들어하거나 아이에게 불만을 표시하면서 마지못해 기다리면 오히려 아이를 좌절시켜 사태가 악화될 수도 있다.

나는 그저 아빠와 엄마가 믿고 있다는 것만 표시하면서 대화 채널을 열어놓고 기다린다. 아이 스스로 실패를 딛고 일어설 것이라는 굳은 믿음으로 든든하게 지켜주고 있음을 아이가 느끼게 하는 것만으로도 충분하다.

그다음으로 실패가 낳는 순기능을 들려주며 이를 적극 축하해준다.

모든 일에는 양면성이 있게 마련이고 어떤 상황에서든 긍정은 존재한다. 보려고 하면 긍정적인 면은 얼마든지 보인다. 예를 들어 아이가 컵을 깨뜨리면 아내는 "와, 새것을 살 기회가 생겼네" 하면서 별일 아니라는 듯 말한다. 아이의 실수를 꾸짖는다고 깨진 컵이 원형을 되찾는 것도 아닌데 마음까지 다치게 할 필요가 어디 있는가.

물론 실수와 실패를 축하하기란 쉽지 않다. 이를 축하하려면 부모가 먼저 아이를 믿어주고 실패가 미래의 성공을 위한 자양분으로 작용하리라는 확신으로 동요 없이 기다려주어야 한다. 아이가 실패를 극복하는 과정에서 적어도 '부모의 비난'에 따른 두려움과 고민만 덜어주어도 아이는 스스로를 가다듬고 길을 찾는 데 자신의 모든 에너지를 쏟을 수 있다.

로스쿨 첫 학기 시험을 보았을 때 실망스런 결과를 얻은 작은딸은 무척 낙심하며 힘들어했다. 딸의 공부 방식과 사고패턴을 알고 있던 우리는 첫 몇 개월이 고비일 것이라고 예견했지만 딸이 어찌나 심하게 좌절하던지 몹시 걱정스러웠다.

작은딸이 로스쿨에서 처음 쓴맛을 본 그때는 첫 학기의 중간쯤이었고 마침 아내가 시카고에 머물고 있었다. 아내는 공부하느라 지친 딸을 위해 닭에 마늘과 작은 인삼 몇 뿌리를 넣고 푹푹 끓이다가 잘게 자른 홍당무, 감자를 넣어 삼계탕을 만들었다. 그리고 딸이 좋아하는 그 엄마표 치킨수프가 딸아이의 몸과 영혼을 달래주길 바라며 한 번 먹을 양만큼씩 통에 담아 냉동실에 넣어두었다. 여기에 더해 아내는 멸치조림, 콩자반, 김무침, 쇠고기장조림도 만들어 쟁여놓았다.

시카고의 추위는 악명이 높다. 딸아이가 다니는 로스쿨 바로 앞에는 오대호 중 하나인 미시간호가 있고 그 경관이 이루 말할 수 없이 장엄하지만, 겨울에는 그에 따른 추위를 감내해야 한다. 그곳에서는 바람이 사람을 날려버릴 정도라 건물을 지을 때 바람을 견더내도록 설계한다. 학생들은 학교 주변 건물 사이의 통로를 이용해 강추위와 강풍을 피하며 등·하교를 했다.

오랜만에 엄마를 만난 작은딸은 그 어느 때보다 행복해했고, 시험을 마친 터라 가벼운 마음으로 엄마와의 데이트를 즐겼다. 그날은 주말이었고 두 사람은 맛있게 브런치와 커피를 즐긴 뒤 미시간호 주변을 걷기 전에 아름다운 선물가게에 들렀다. 바로 그때 휴대전화에서 무언가를 확인한 딸은 조금 전의 명랑함은 온데간데없이 사라지고 금방이라도 눈물을 흘릴 것 같은 표정을 지었다. 아내는 딸의 손을 잡고 근처 커피숍에 데려가 자초지종을 들었다.

실망과 낙담 그리고 인정하고 싶지 않지만 인정할 수밖에 없는 자신의 한계와 실체를 체험한 딸아이는 엄청난 절망 앞에서 무너져 내렸다. 커피숍 테이블에 있는 냅킨 한 통을 우느라 다 써버렸다는 이야기를 나중에 들었다. 얼마나 마음이 아프고 실망이 컸을까. 어떤 위로나 격려도 소용이나 다름없었으리라.

나는 절망이 어떻게 오는지는 알 수 없지만 그 순간이 어떤지는 잘

안다. 우리에게 절망을 안겨주는 일은 무수히 많다. 특히 불치병 선고, 부음, 파산, 감당하기 힘든 사고, 기대와 욕망을 꺾어버리는 강렬한 좌절은 인간을 허무하게 만들고 용기를 주저앉힌다.

좌절처럼 무서운 병은 없다.

1979년 오월 팔 일 어버이날을 맞아 임신 구 개월인 아내는 장모님과 함께하는 조촐한 이벤트를 준비했다. 어머니의 옷을 한 벌 사고 어머니가 좋아하는 식당에서 점심을 먹기로 한 것이다. 백화점으로 가기 전 아내는 미리 예약해둔 성모병원에 가서 어머니의 건강검진 결과를 확인하기로 했다. 모처럼 외출에 나선 모녀는 마음이 들떠 있었고 잠깐이면 끝난다는 간호사의 말을 들은 아내는 병원 복도의 의자에 앉아 어머니를 기다렸다.

이윽고 진료실 문이 열리고 간호사가 나오더니 옆에 있는 다른 진료실로 아내를 데려갔다. 아내가 자신은 진료를 받을 필요가 없다고 말하려는 순간, 의사가 의자를 당겨 앉으며 다른 가족은 없느냐고 물었다. 장인어른은 출타 중이라 연락이 되지 않았고 나는 장교 훈련 기간 중이었다. 할 수 없이 아내는 가까이 사는 삼촌을 불렀다. 의사가 삼촌과 얘기를 나누는 동안 아내는 긴장감 속에서 장모님과의 약속에 차질이 빚어지지 않기를 바라고 있었다.

잠시 후 진료실 문이 열리더니 삼촌이 다가와 말했다.

"엄마가 위암이란다. 지금 당장 입원수속을 밟아야 한대."

어리둥절함은 잠깐이었고 머릿속이 하얘진 아내는 현기증이 나고 입술이 마르면서 아랫배가 아파오기 시작했다. 삼촌은 서둘러 입원수속에 들어갔지만 장모님은 기어코 다시는 어버이날을 맞지 못했다.

그해 유월 아내는 장모님이 입원한 병원의 다른 병동에서 첫딸을 낳았다. 첫손녀의 백일잔치 음식을 손수 마련해준 장모님은 그해 십일월에 돌아가셨다. 아내는 실신하다시피 무너져 내렸다. 절망은 우리에게 아무것도 남겨놓지 않는다. 그런 절망을 경험한 아내는 절망이 주는 내면의 어둠과 허망함을 누구보다 잘 알고 있었다.

절망의 자리에서 희망을 찾을 수 있다고 믿는 사람은 흔치 않다. 아픔의 가장 깊은 곳까지 닿아 모든 것을 치유해주는 것은 시간뿐이다. 그러나 절망의 한가운데에서 허덕이는 사람에게 시간의 흐름은 견디기 힘들 정도로 더디다. 그 시간을 앞당겨주는 존재는 바로 '사람'이다. 절망의 순간을 함께해주는 사람은 겹겹이 다가오는 제이, 제삼의 사고를 방지해주고 위로를 준다. 본래 고통스런 일은 떼로 달려와 한꺼번에 덤벼들지 않는가.

작은딸은 엄마의 등에 기대 소리 없이 울었다. 자신이 최선을 다했음에도 불구하고 허망한 결과를 손에 쥐면 우리는 한없이 무너져 내린다. 평소에 우리는 실패를 수용하는 방법을 잘 배우지 못한다. 오히려 그런 상황은 생각조차 하지 않으려고 한다. 어린 시절부터 잘한다는 칭찬을 받으며 살아온 사람은 자신의 나약함을 발견했을 때 더욱

더 치명적인 상처를 입는다.

삶은 실패와 실수의 연속이다. 스티브 잡스는 인생에서 찍는 모든 점은 미래로 연결된다고 했다. 나는 우리가 살면서 겪는 숱한 실수와 실패 하나하나가 그가 말하는 미래로 연결되는 점이라고 생각한다. 넘어지지 않고는 걸음마를 배울 수 없듯 수많은 실패를 겪으면서 우리의 인생은 여물어간다. 실패는 그저 삶의 또 다른 모습이고 도전이며 자극이다. 우리는 흔히 성공적인 결과만 바라보지만 거기에 이르기까지는 무수한 출혈이 함께하기 마련이다.

넘어지면 그 자리에 주저앉아 지나간 시간을 곱씹으며 한탄할 게 아니라 툴툴 털고 일어나 계속 나아가면 그만이다. 성공이란 한 번의 도전이 아니라 수많은 시도와 오류를 거치며 한 발짝씩 전진해 임계점에 이른 상태를 말한다.

나는 상실감에 빠진 딸에게 이런 글을 보냈다.

"잊어버려. 아빠는 네 전부를 사랑한다. 네 실수와 실패까지도."

아내는 딸에게 말했다.

"성적은 성적일 뿐이고 넌 이소은이야. 성적과 너를 분리해서 생각해. 아빠와 엄마가 사랑하는 건 이소은이야! 네 실패를 축하해!"

그날 아내와 작은딸은 계획대로 미시간호 주변을 거닐며 그동안의 일들과 앞으로 할 일에 대해 이야기했다.

우리는 매 순간 선택을 한다. 마음은 하늘의 구름처럼 떠돌아다니다가 검은 구름과 합류해 소나기로 내리기도 하고, 강렬한 햇빛에 반사된 푸른 하늘 아래서 한가롭게 떠돌기도 한다. 우리는 햇빛을 선택할 수도 있고 검은 구름과 합류할 수도 있다.

모든 것은 우리의 선택에 달렸다. 세상에 정해진 것은 하나도 없다. 다만 세월의 흐름과 함께 우리 스스로 만들어갈 뿐이다.

나는 천천히 아빠가 되었다

"합계가 오 달러입니다. 자, 거스름돈입니다. 감사합니다."

두 딸이 식탁에서 한 사람은 물건을 사고 또 한 사람은 거스름돈을 내주는 가게 놀이를 하고 있다. 긴 수저통을 가게에 있는 전자계산기처럼 두드리면서 입으로는 "찌르릉, 찌릉" 하며 계산기가 열리고 닫힐 때 나는 음향 효과까지 낸다.

하루 중에서 우리 가족이 다 함께 모이는 시간은 저녁식사 시간이다. 그 시간만큼은 온 가족이 모여 함께 밥을 먹는다. 그때 늦깎이 학생이던 나는 공부할 게 너무 많아 늘 허둥거려야 했다. 아빠가 늦게 오는 날이면 두 딸은 아빠를 기다리며 가게 놀이와 카페 놀이에 열중했다.

사 학년 큰딸과 일 학년 작은딸이 이름을 지은 '촛불 카페'의 첫 손님은 언제나 아빠다. 두 딸은 엉겨 붙어 있던 팔을 풀고 식탁으로 돌아가 손님인 내게 주문을 요청한다.

“무엇을 주문하시겠어요?”

나는 항상 주문하는 콜라와 물을 달라고 하고는 손을 씻고 저녁식사를 위해 식탁 앞에 앉는다. 식사시간은 놀이의 연장이다. 아이들은 카페 테이블이자 식탁에 엄마가 덜어준 음식 접시를 각자의 자리에 놓고 밥을 먹으며 하루 종일 어떤 일이 있었는지 재잘거린다.

학교에서 있었던 일, 친구 때문에 기분 나빴던 일, 쪽지시험 결과를 보고 실망한 일, 옆집에 사는 친구와 숲속에 갔던 일, 피아노 선생님의 우스꽝스러운 발음 등을 교대로 늘어놓으면서도 먹을 것은 다 입으로 가져간다. 아내는 간간히 거든다.

“소연아, 오늘 배운 피아노 레슨 이야기도 해드려!”

나는 양배추와 돼지고기에 알맞게 배인 고추장 맛이 좋다고 느끼며 아이들의 이야기에 맞장구를 쳐준다. 어느 순간 아이들의 재잘거림과 그릇이 부딪치는 소리가 멀어졌다 가까워졌다 하고 아내와 아이들의 웃음소리가 꿈결처럼 들리기도 한다. 화들짝 놀라 일어나면 어느새 식탁은 치워지고 두 딸은 식탁 위에서 미뤄둔 숙제를 하느라 여념이 없다.

누군가가 집은 벽돌과 시멘트 반죽으로 만들지만 가정은 그곳에 사는 사람이 만든다고 했다. 가족 구성원 모두가 이해받고 있다는 것을 인지할 때 자신감과 감사의 마음이 우러나온다. 나는 가정에서 행복을 찾지 못하면 어느 곳에서도 행복을 찾을 수 없다는 말에 공감한다.

어느 날 갑자기 나는 아빠가 되었다. 갓난아기를 품에 안으면 날아갈 듯 기쁘고 감격스럽다고 하는 아빠도 있지만 나는 솔직히 그 느낌이 무엇인지 잘 모르겠다. 비록 나는 어리둥절함이 더 컸지만 기쁨과 감격의 정도, 느낌, 표현은 다르게 마련이니 아빠가 된다는 것은 기쁘고 감격스러운 일임엔 분명하다.

격한 기쁨과 감격도 정점을 찍고 나면 이후로는 잔잔한 행복과 만족감 정도로 바뀐다. 그리고 한두 달이 지나면 빠른 속도로 그 감정에 익숙해진 자신을 발견한다. 가끔은 짜릿한 기쁨도 따르지만 실은 책임감과 의무감이 더 자주 찾아온다.

아빠는 어떤 존재일까? 가정의 걸림돌인가, 아니면 받침돌인가? 아빠라는 존재의 의미는 가정의 모습에 따라 결정된다. 세상의 모든 아빠는 가정의 받침돌이 되고 싶어 한다. 그러나 마음과 달리 오히려 걸림돌이 되는 경우도 많다.

외형상 받침돌과 걸림돌에는 차이가 없다. 그렇게 모양은 같지만 놓인 위치는 같지 않다. 제자리에 굳건히 서서 가족 구성원을 받쳐주면 받침돌이지만 중심을 잡지 못하고 여기저기 굴러다니면 걸리적거리는 걸림돌에 불과하다. 간단히 말해 능동적인 아빠는 받침돌이, 수동적인 아빠는 걸림돌이 될 확률이 높다.

딸들이 중·고등학교에 다닐 때는 불행히도 자매가 떨어져서 생활할 수박에 없었다. 어릴 때부터 같은 방에서 뒹굴며 자랐던 딸들은 서로가 필요한 시기에 헤어져 지내면서 많이 아쉬워하고 그리워했다. 아내와 나는 두 딸이 겪는 허전함과 부족함을 보충해주려고 기회나 여건이 허락할 때면 함께할 시간을 만들려고 애를 썼다.

가수로 활동하며 학교에 다닌 작은딸은 시간을 내기가 여간 어렵지 않았다. 아내가 큰딸한테 가고 없을 때 나는 모처럼 공연 일정이 없는 작은딸과 함께 치악산에 갔다. 바쁜 일정에 지친 딸도, 주말 없이 계속되는 일에 피로가 누적된 나도 일상에서 탈피하고 싶었다. 우리는 더덕구이와 산채비빔밥으로 점심식사를 하고 단풍이 절정인 길을 따라 구룡사까지 걸었다.

딸은 무대에서 노래하는 것을 즐기고 좋아했지만 무대에 설 때까지 진행되는 일련의 과정은 아직 어린 딸에게는 감당하기 어려운 듯했다. 밤늦게까지 이어지다 아침 일찍 학교에 가서 수업을 듣고 다시 방송국으로 가야 하는 일정이 지속되면서 매니저나 방송국 관계자들의 사소한 지침에도 마음이 힘들다고 호소했다.

나는 딸의 이야기를 다 듣고 나서 예쁘게 물든 단풍잎 몇 개를 주워 딸한테 선물했다. 그리고 한 움큼의 낙엽을 모아 하늘 높이 날렸다. 예쁜 나뭇잎이 이리저리 흔들리며 천천히 떨어지자 딸은 두 팔을 벌리며 뛰어다녔다. 어릴 때 눈이 오면 눈을 잡으려고 이리 뛰고 저리 뛰던 꼬마 그대로의 딸이었다. 그때 내가 할 수 있는 것은 눈앞에 지천으로 깔려 있는 낙엽을 밟고 줍고 날리며 딸의 마음 한구석에 있는 어둠도 날아가기를 기원하는 것뿐이었다.

내려오는 길에 아이들이 어릴 때 계곡에 텐트를 치고 놀다가 갑자기 물이 불어나는 바람에 피신했던 절을 둘러보았다. 그 절의 방 아랫목에는 장판이 아직도 누렇게 변해 있었다. 폭우를 피해 찾아온 행락객을 위해 군불을 땐 방은 그 수고스런 마음에도 불구하고 너무 뜨거워서 잠을 잘 수가 없었다. 이러저리 옮겨다니다가 급기야 잠을 포기하고 처마 끝에 앉아 낙숫물 소리를 듣던 그날 밤의 이야기를 나누며 딸과 나는 일상에 찌든 무거운 마음을 훌훌 털어내고 그곳을 떠나왔다.

여름방학 때 큰딸이 집에 오면 비어 있던 자리가 채워지고 내 마음도 채워진다. 딸들은 그동안 밀린 이야기를 나누고, 동대문 새벽시장도 가고, 연극도 보러 가고, 집에서 수박도 먹는다. 다른 가족이 일상 속에서 즐기는 일을 우리 가족은 몰아서 한다. 저녁을 맛있게 먹고 네 식구가 함께 뒷길을 산책하다가 돌아올 때면 작은딸이 즐겨 찾는 동네 아지트, 을지로 골뱅이에 들르기도 한다. 평소에 그곳을 지나갈 때 가족이 함께 모여 노상 테이블에서 웃고 떠드는 모습이 보이면 우리 아이들 모습이 오버랩되곤 했었다.

딸들은 술을 좋아하는 마음은 엄마를 닮고, 술을 해독하는 효소가 거의 없는 체질은 아빠를 닮아 괜시리 내가 미안해질 때가 있다. 그 가게에 가면 늘 비슷한 장면이 연출된다. 나름 술집인데, 술 마시는 사람은 아내 한 명뿐, 나는 콜라를 시키고 계란을 좋아하는 큰딸은 계란말이를 시킨다. 작은딸은 고추부추전을 시키고 엄마는 유일하게 생맥주를 시킨다. 작은딸은 엄마 맥주를 조금 홀짝거리고는 얼굴과 목, 다리까지 시뻘겋게 달아올라 술에 취했다고 해롱댄다.

그리고 딸들은 만나고 싶은 이상형의 남자 이야기, 하고 싶은 일, 다음 학기 혹은 대회에서 이루고 싶은 일에 대해 쉴 새 없이 쏟아낸다. 그리고 더 커서 엄마 아빠를 위해 모든 것을 사주겠다고 근거 없이 큰소리치며 자기들끼리 물잔으로 건배를 하고 깔깔댄다. 그래 항상 이렇게 재미있게 살아라. 일 년에 한 번이면 어떻고, 이 년에 한 번이면 어떠하냐! 자주 함께할 수는 없어도 이 시간을 몇 배로 더 즐겁고 소중하게 보내면 되지!

딸들은 종종 아내와 내게 말한다.

"우리 엄마 아빠가 최고야. 우리는 정말 행운아야."

빈말일지언정 그런 말을 들을 때면 내 인생에 남은 후회 같은 게 생길 여지가 없다.

한 지인은 아이들이 대여섯 살이 될 때까지 아이들 주변을 겉돌았다고 한다. 그건 지인이 아이들을 싫어해서가 아니라 아빠 노릇이 무엇인지, 자신이 무얼 어떻게 해야 하는지 몰라서였다. 어쩌면 그것은 자신이 보아온 아버지의 모습이 그의 마음이나 기억 안에 별다른 이미지를 만들어주지 못했기 때문인지도 모른다. 혹은 자신이 보아온 아버지의 모습과 자신이 원하는 아버지의 모습에 차이가 컸기 때문일 수도 있다.

어느 날 그는 눈치를 보다가 아이들에게 슬금슬금 다가가 함께 놀기 시작했다. 그의 아내는 농담처럼 남편이 밤낮없이 아이들과 뒹굴고 놀아서 두 아들에다 나이 든 아들까지 합쳐 셋을 키우느라 정말 힘들었다며 웃었다. 어릴 때부터 아빠가 그렇게 함께 뒹굴며 놀아준 덕분에 아이들은 자라서도 여전히 격의 없이 지내고 있다.

아버지로서의 내 모습은 어디서 오고 어떻게 형성되었을까? 영웅전이나 저명인사 스토리에 나오는 전통적인 아버지 모습, 내 아버지가 내게 보여준 모습, 사회적·윤리적으로 요구받는 아버지상 등 다양한 요소가 복합적으로 얽혀 빚어낸 것이 아닐까 싶다. 이처럼 어렴풋하게 형성된 아버지상은 자녀를 키우는 과정에서 지속적으로 변화하고 구체화된다. 자식 키우기에 정답이 없듯 바람직한 아버지상에도 정답은 없다. 다만 양육에는 때로 한계를 초월하는 인내와 노력이 요구된다는 것은 부정할 수 없는 사실이다.

내 기억에 남아 있는 내 아버지의 모습도 지인의 아버지 모습과 거의 비슷하다. 사실 우리 세대는 아버지로부터 아버지 역할을 거의 학습하지 못하고 자랐다. 말수가 적고 집안 법도를 우선시하는 아버지와

밥상머리를 마주하고 식사하는 동안에도 내 머릿속에는 줄곧 빨리 먹고 일어나야지 하는 생각뿐이었다. 꿇어앉아 밥을 먹으면 발이 저리고 몸이 불편했기에 꾹 참고 반찬 없는 밥만 입 안에 욱여넣었다.

내가 학교에서 아버지가 기대하는 만큼 성적을 받아오지 못할 경우 아버지는 비가 와도 마당에 서 있게 하는 벌을 내렸다. 밤이 깊어도 아버지가 그만 들어오라는 말을 하지 않으면 나는 그대로 서 있었다. 나는 형제만 다섯인데 사내들만 있다 보니 단체로 벌을 받기도 했다. 우리는 각자 필요한 회초리를 구해와야 했고 나는 항상 굵은 몽둥이를 들고 아버지 앞으로 갔다. 아버지는 그 몽둥이로 종아리를 때렸다.

자라면서 나는 우리 집에 누나든 여동생이든 여자가 더 있었으면 좋겠다는 생각을 했지만 그건 불가능했다. 무뚝뚝한 사내들만 우글거리는 우리 집 분위기는 늘 칙칙했고 마른 낙엽처럼 감수성이 메말랐다.

내가 자라온 환경이 내 아빠 노릇에 어떤 영향을 미쳤는지는 확인할 길이 없다. 분명한 것은 내가 아버지의 모든 것을 존중하고 그대로 받아들여서인지 마음속에 그다지 불만이 없었다는 사실이다. 어쩌면 아버지가 일찍 돌아가셔서 내가 그런 모습의 아버지를 그리워하는지도 모르겠다.

흥미롭게도 남자들 틈바구니에서 자란 나는 내 가정을 꾸린 뒤 두 딸과 아내의 틈에서 유일한 남자가 되어버렸다. 당연히 그 분위기는 내가 자라면서 경험한 것과 확연히 달랐고 나는 가끔 순간적으로 어색해서 멈칫하는 경우도 있었다. 아마 아내는 그런 내 근본을 이해하고 받아들이는 데 어려움이 있었을 것이다.

아이는 세 살 때까지 기본적인 심성과 성향이 거의 완성된다고 하는데, 내가 그 과정에 어떤 영향을 미쳤는지는 가늠하기 어렵다. 나는 아빠와 엄마의 역할을 구별하는 관습에 길들여져 있었고, 아이는 엄마가 키운다는 고착화된 인식이 자리하고 있었다. 엄마들이 겪는 육아의 고충을 이해하기 전까지는 몰라서 용감하고 편하게 지낼 수 있었던 것 같다. 하지만 딸들을 키우면서 조금은 관습으로부터 비켜서려는 생각을 하게 되었다. 육아나 교육에 관한 한 가정에서의 역할 분담은 있을 수 없다는 사실도 딸들을 키우면서 서서히 알게 되었다.

여성의 분위기에 젬병인 나는 딸들이 성장하면서 함께 성숙해갔다. 딸들은 이름처럼 나를 '아빠'라고 불렀고 나는 아빠가 되었다. 한번 아버지가 되고 나니 그 이전의 나와는 절대로 똑같을 수 없었다. 내 안의 변화는 한동안 감지하지도 못한 채 서서히 진행되었다.

마음 사이사이로 공기창이 새로 만들어지는 것 같았고, 단단히 잠겼던 빗장이 풀리듯 아이들 쪽으로 열리는 마음을 더 이상 도로 잡아넣을 수 없게 되었다. 아이들이 눈앞에 없어도 마음은 자주 아이들을 찾았고 또 보았다. 딸들과 함께 내 삶이 계발되고 달라지며 발전해갔다. 백지 상태라 그런지 받아들이는 것이 그리 어렵지 않았다. 과속으로 진행되던 딱딱함과 투박함도 그 속도가 느려졌고 단답형에 익숙하던 말투도 변해 조금씩 말수가 많아지기 시작했다. 내가 하는 일은 아이들을 위해서 하지 않으면 안 되는 중대한 임무가 되었다.

두 딸은 특유의 명랑함과 밝은 웃음으로 나를 전염시켰고 그들의 즐거움은 곧 내 기쁨이 되었다. 자칫 걸림돌이 될 수도 있었던 나는 애쓴 덕분에 받침돌이 되는 방법을 터득하며 서서히 기본을 갖춘 아빠로 변화해갔다.

아내가 언젠가 내게 말했다.

“아이들이 아빠를 신뢰하고 존중하니 성공한 삶이네.”

아이는 어른을 보고 배운다

누군가에게 필요한 존재로 살아간다는 것은 즐거운 일이다.

지난 방학 동안 큰딸 부부가 엄마 아빠를 임시 베이비시터로 지명하는 바람에 우리 부부는 함께 미국에 다녀왔다. 그렇게 손자와 함께하며 나는 얼마 전까지만 해도 다소 어색하고 쑥스럽던 '할아버지' 호칭에 어느덧 익숙해져 갔다. 세 살배기 손자가 "할부지" 하며 작은 손을 내밀어 악수를 청하자 세상을 얻은 듯 행복해지니 팔불출이 따로 없었다.

미국 신시내티에 사는 큰딸 부부는 여름방학 때마다 뮤직 페스티벌에 참가하는데, 올해는 스페인으로 연주 여행을 떠나며 우리 부부에게 아이를 부탁했다. 우리는 얼씨구 좋아라 하며 혼자 남은 손자와 마음껏 놀아보기로 했다. 딸은 손자가 매일 지켜야 하는 몇 가지 규칙과 지침서를 적어놓은 메모를 남겨놓았지만 우리는 개의치 않고 우리만의 노하우로 손자를 돌보기로 했다.

아침이면 평소 일어나는 시간에 맞춰 손자를 깨운 뒤 미지근한 우유를 반 컵 조금 넘게 마시게 했다. 나는 그 맑은 눈망울에 촉촉함이 배어 있는 것을 아직 잠에서 완전히 깨지 않았다는 표시로 이해하고 아이가 아침 워밍업을 끝낼 때까지 기다렸다.

삼 년 지기 단짝 토토(푹신한 강아지 인형)를 한 손에 안고 다른 한 손으로는 우유병을 쥐고 천천히 일상의 감각을 회복하는 손자를 바라보는 시간은 내게 잠시 정지된 느낌으로 다가왔다.

"할아버지, 오늘 주말이야?"

영어보다 한국말을 더 좋아하는 손자가 아침에 일어나 정신이 들면 혀 짧은 소리로 늘 묻는 말이다. 주말을 기다리는 사람은 어른뿐이 아니다. 세 살짜리 손자도 주말을 아주 좋아했다.

"오늘은 한 주일을 시작하는 월요일이야. 다섯 밤이 지나야 주말이 되지."

아이가 주말을 물어보는 데는 이사하고 새로 옮긴 유치원에 아직 익숙지 않아 가기 싫다는 의미가 담겨 있었다. 그래도 우리가 오후에 데리러 가면 좀 더 놀다 가겠다고 하는 것으로 보아 정말 싫어하는 것은 아닌 듯해 마음이 놓였다.

오늘은 날씨가 더우니 긴바지보다는 반바지를 입자고 하니 긴바지를 고집한다. 할 수 없이 긴바지를 골라 입히니 주머니가 없다고 불만이다. 다시 주머니가 달린 바지를 찾아 입히자 만족한 듯 운동화를 신고 집을 나선다. 승강기 입구에 걸린 거울에 자신을 비춰보고 웃는 듯 마는 듯한 마력의 미소를 보이며 양쪽 주머니에 손을 넣고 할아버지를 쳐다본다.

옆에 있던 아내가 양쪽 주머니에 들어가 있는 내 손을 얼른 빼낸다. 아차! 그제야 손자가 왜 주머니가 달린 긴바지를 입으려고 했는지 알아차린다. 손자는 나를 한 번 쳐다보더니 다시 거울에 비친 자신의 모습을 바라본다. 유치원 앞에 이르러 선생님과 인사하고 으쓱으쓱 친구 쪽으로 걸어가는 뒷모습을 바라보니 과연 가관이다. 긴 청바지에 티셔츠를 바지 안으로 말쑥하게 넣어 입고 주머니에 손을 찌르고 걸어가는 모습이 영락없이 할아버지 판박이다. 웃음이 난다.

> 아이들은 어른의 행동을 보고 배운다.
> 무엇이든 그대로 배운다.
> 아이들은 부모가 하는 말이 아니라
> 사는 모습을 보고 배운다.

어릴 때 나도 누군가를 보며 자랐을 게다. 6.25 전쟁 중에 태어난 나는 여러 차례나 피난길을 떠났다 돌아왔다고 들었다. 내가 주변을 자각하고 의식할 무렵 나를 둘러싼 것은 황폐하고 가난한 시골 환경이었다. 초등학교에 다니던 시절 우리는 인사할 때마다 '재건합시다!'라는 구호를 외쳤다.

학교는 교실이 모자라 한 학기의 절반을 운동장에서 책보를 펴놓고 배웠고, 2부 수업(다른 반의 교실 수업이 끝나면 우리 반이 교실 수업을 하는)도 했다. 음악 시간이면 조그만 학생 네댓 명이 교무실에 가서 풍금을 들어 교실로 가져왔고 수업을 마치면 다시 교무실에 가져다놓았다. 가방이 없어 책보를 어깨에 사선으로 메고 다녔는데 수업을 마치고 집에 돌아오면 대문에 들어서기가 무섭게 멀리서 마루를 향해 책보를 내던지고 밖에 나가 놀다가 저녁때가 되어서야 집에 돌아오곤 했다.

벼를 수확하는 철이 오면 들판에는 벼 베는 사람들로 가득 찼다. 사람들이 벼를 베고 지나온 자리에는 한 다발씩 묶어 세워놓은 볏단이 즐비했다. 논의 벼를 다 베고 나면 세워놓은 볏단을 논둑으로 옮겨 가지런하게 담장처럼 줄을 세워놓고 말렸다. 그 과정을 거쳐 벼가 다 마르면 하루에도 수없이 지게에 볏단을 지고 집으로 옮겼다. 달구지가 있는 집에서는 볏단을 달구지에 실었다. 우리 집 마당에는 발 디딜 곳이 없을 정도로 볏단이 가득했고 다음 날이면 품앗이 사람을 고용해 손으로 탈곡을 했다.

수확을 끝낸 넓은 들판이 시커먼 얼굴을 드러내면 우리는 이때부터 신나게 참게를 잡기 시작했다. 논둑의 참게구멍을 찾아 손을 뻗어 집어넣고 참게를 잡은 것이다. 손가락을 물려가며 잡은 참게를 볏짚으로 굴비 두름처럼 엮어 집으로 가져오면 어머니는 그것으로 찌개를 끓였고 그날은 온 식구가 포식을 했다.

아버지에게는 지병이 있었다. 창백한 얼굴에 눈빛이 유난히 강했던 아버지는 간혹 찾아오는 사람들을 만나는 것 외에 대부분의 시간을 책을 읽거나 글을 쓰면서 보냈다. 아버지는 우리 동네에서 유일하게 일본 유학을 다녀왔지만 병으로 고생하다가 내가 중학교 이 학년일 때 돌아가셨다. 아버지가 오래도록 편찮아서 그랬는지 어머니는 여장부처럼 억척스레 일해 우리 오 형제를 키웠다.

어릴 때부터 나는 밭에 나간 어머니를 대신해 할머니가 부엌에서 저녁 준비를 하면 불쏘시개를 넣어 불이 장작에 제대로 붙을 때까지 매운 연기를 마셔가며 불을 피웠고, 물지게를 지고 독에 물을 채웠다. 더 커서는 어머니가 밭에 농약을 치려고 준비하면 등에 약통을 메고 밭으로 나갔다.

가난한 시골에서는 하루 종일이 모자랄 만큼 일거리가 쌓여 있었다. 학교 공부는 일을 하고 시간이 남을 때만 가능했다. 나는 약을 치다가 등이 쓰라리면 헛간 구석에 앉아 책을 보았다. 날이 어두워져 글씨가 잘 보이지 않을 때가 되어서야 약통을 메고 집으로 돌아왔다.

철이 들면서 해마다 반복되는 그 생활에 끝이 없을까 봐 초조하고 답답해서 힘들어한 적도 많았다. 공부는 내 유일한 즐거움이었다. 아니, 즐거움이라기보다는 하지 않으면 안 되는 의무와 책임 같았지만 공부하는 동안에는 내가 나답게 산다는 느낌이 들었다.

중학생이 되자 나는 시간이 없어 동네 친구들과 자주 놀지 못했다. 늘 일해야 했고 남는 시간에는 숙제와 밀린 공부를 해야 했기 때문이다. 생각해보면 그 열악한 환경이 나를 계속 앞으로 나아가게 한 듯하다. 왠지 모르지만 그 자리에서 멈추는 순간 내 앞뒤로 버티고 있는 어둠이 나를 삼켜버릴 것만 같았다.

학교는 집과 걸어서 두 시간 거리나 떨어져 있었다. 새벽에 일어나 도시락을 가방에 넣고 학교로 향하면 한 시간쯤 지나 배가 고팠다. 중간에 도시락을 먹어도 학교에 도착해 한두 시간이 지날 때쯤 다시 배가 고팠다. 점심시간을 겨우 견디고 학교 수업이 끝난 뒤 한 시간 정도를 걷다 보면 배와 등짝이 들러붙을 듯 허기가 져 서리를 했다. 무, 가지, 오이, 수박, 참외 등 주인한테는 미안하지만 참 많이도 서리를 해서 먹었다. 운이 좋은 날이면 일하던 밭주인이 지나가는 학생들에게 수확한 참외나 수박을 나누어줄 때도 있었다.

언젠가 아빠가 서리를 해서 배불리 먹고 노곤해져 공동묘지의 한 무덤을 베개 삼아 누웠다가 잠이 들었는데, 눈을 뜨니 별들이 눈앞에 가득 들어와 잡으려고 손을 뻗었다고 하니 딸들은 탄성을 내질렀다. 손뼉을 치며 웃던 딸들의 눈에 그때 본 별들처럼 눈물이 맺혀 있었다.

당시 우리 집 환경에서는 일하지 않고 공부만 하는 것은 사치였다. 그렇지만 아버지는 학교 공부를 소홀히 하거나 성적이 떨어지면 호되게 벌을 내렸다. 어느 해 여름 성적이 떨어지자 아버지는 내게 장대비가 내리는 마당 한복판에서 교복을 입은 채 손을 들고 서 있으라고 했다. 해가 지고 밤이 깊도록 아버지는 들어오라는 말을 하지 않았고 보다 못한 어머니가 그냥 들어가라고 하셨지만 나는 아버지가 벌을 거둘 때까지 기다렸다.

일찍 세상을 떠난 아버지와의 기 싸움은 이것이 처음이자 마지막이었다. 그날 헛기침 한 번 하지 않고 호롱불을 밝힌 사랑채에 다섯 시간이나 흐트러짐 없이 앉아 계셨던 아버지의 모습이 지금까지도 기억에 남아 있다.

중학교에 다닐 때 나는 왕복 24킬로미터를 걸어 다녔다. 검정고무신은 왜 그리 빨리 닳던지 새 신발을 사도 몇 달 지나지 않아 바닥이 해졌다. 손기정 선수가 마라톤 연습을 하면서 운동화를 무수히 없앤 것처럼 나 역시 고무신을 많이도 닳아 없앴다. 그나마 학교를 다닐 수 있는 것도 다행이었다. 그때는 학교에 가지 못하는 친구들이 많았다.

비가 오는 날은 더 난감했다. 세 시간 정도 비를 맞으면 모자는 무거워지고 교복은 완전히 젖어버린다. 집에 돌아와 젖은 교복을 벗으면 검은 염색물이 속옷까지 까맣게 물들여놓았다. 집에까지 오는 신작로는 그냥 자갈로 덮인 비포장도로였다. 비가 오면 어쩌다 지나가는 버스가 패인 웅덩이에 고인 물을 나한테 뒤집어씌우기 일쑤였다. 마른 날에는 자갈이 발에 걸렸고 지나가는 차가 날리는 자욱한 흙먼지를 뚫고 걸어야 했다.

지나고 나니 그 모든 것이 추억으로 남았다. 내게 주어진 환경을 받아들이지 않고 살아갈 수는 없지 않은가! 치열하게 살아낸 그 경험 덕분에 지금까지 몸을 움직이는 일 앞에서 수동적인 자세를 취해본 적이 없다. 지금도 육신의 건강이 허락한다면 운동이든 일이든 몸을 놀리는 것에 거부감이 없다.

한때는 고등학교 진학을 포기할까도 생각했지만 아버지 덕분에 나는 공부에 대한 열망을 놓지 않았고 틈만 나면 공부했다. 아버지는 그 엄한 눈초리 하나로 내가 공부의 끈을 놓지 않도록 다잡았다. 그런데 당시 나를 아껴주던 김성태 선생님(후에 충남 교육감을 지낸)이 상업학교에 들어가 은행에 취직하면 대학에 갈 수 있으니 그쪽으로 진학하라고 나를 설득했다. 어머니도 같은 마음이었다. 그 탓에 나는 고등학생 시절을 몹시 우울하게 보냈다. 뒤늦게야 상업학교 교육 과정이 내가 생각하던 교과목과 상당한 거리가 있음을 알았기 때문이다.

나는 별 수 없이 취업을 위해 주산과 영어를 열심히 공부했고 결국 한국산업은행에 들어갔다. 그 시절만 해도 시골에서는 산업은행에 취직하면 명문대학에 진학한 것처럼 아주 성공한 것으로 여겼다.

입사하고 나서 일 년 뒤 나는 대학에 들어갔다. 공부와 일을 병행하느라 쉽지 않은 하루하루를 보내야 했지만 못할 것도 없었다. 잠을 줄이면 그만이었다. 그러나 은행 업무는 내게 맞지 않았고 나는 딱 오 년만 다니기로 마음을 굳힌 뒤 오 년이 되던 해에 퇴사해 공부를 계속했다. 그렇게 대학원 과정을 마치고 자유아카데미를 거쳐 육군3사관학교 교관으로 군복무를 시작했다.

내 성격은 아버지를 많이 닮았다. 해야 할 일이라고 생각하면 결론이 날 때까지 매달리는 것이 특히 그렇다. 일이 성사될 때까지 나는 모든 것을 걸고 최선을 다한다. 대학 시절에 만난 아내와 결혼에 골인한 것도 그러한 노력의 결과물이다.

자녀가 스승이다

아이들은 성장하면서 때 묻지 않은 그 순수함으로 세속적인 부모에게 부끄러움을 안겨주기도 하고 자신의 실체를 돌아보게 만들기도 한다. 또 어릴 때는 부모에게 인내심을 동반한 사랑법을 가르쳐준다.

양육 과정에서 부모는 수많은 실수를 한다. 엄마 아빠도 처음 부모가 되니 아이와 함께 배울 수밖에 없고 여기에는 당연히 실패와 실수가 따르게 마련이다.

실수는 진정한 엄마와 아빠로 성장해가는 데 필수적인 요소다. 특히 첫아이를 키울 때는 대다수 부모가 모든 것이 낯설고 힘들어서 실수투성이다. 그래도 그 시절을 견디게 해주는 것은 생명을 향한 뜨거운 책임감과 사랑이다.

내가 장교 훈련을 마치기 일주일 전, 첫아이가 태어났다. 처남이 갓 태어난 딸의 사진을 갖고 장교 임관식에 찾아왔다. 나는 그렇게 아빠가 되었다.

사 개월의 장교 훈련을 마친 나는 영천에 있는 육군제3사관학교에서 교관으로 군대생활을 했다. 첫딸이 삼 개월이 되었을 때 우리는 서울에서 대구로 이사를 했다. 대구에서 영천까지는 출퇴근하기에 꽤 먼 거리였지만 아내의 고향이 대구라 동대구역 근처에 집을 구했다.

한데 하필이면 이사하는 날이 그해 여름 들어 최고로 더운 날이었다. 그때는 지금처럼 포장이사라는 편리함을 누리지 못하던 시절이었고, 4톤 트럭을 임대한 우리는 일일이 이삿짐을 싼 뒤 팔월의 대구 폭염과 사투를 벌이며 짐을 옮겼다.

딸은 원래 태어나면서부터 저녁에 젖을 먹이고 눕히면 깨지 않고 아침까지 잘 자는 수월한 아이였다. 그런데 그렇게 잘 자던 아이가 대구로 이사한 날 낯선 환경과 무더운 날씨에 잠도 자지 않고 어찌나 울어대던지 우리 부부는 그야말로 녹초가 되고 말았다. 초보 엄마, 아빠라 아는 게 거의 없는데 아이 역시 할 줄 아는 거라곤 우는 것밖에 없었으니 서로 얼마나 당황스러웠겠는가.

여느 아빠와 마찬가지로 나도 부모가 될 준비를 하지 못한 상태에서 그런 상황과 맞닥뜨린 터라 어찌해야 할지 모르고 속만 바짝바짝 타들어갔다. 단 하나의 의사표현만 가능한 아이는 계속 울어댔고 그게 무슨 의미인지 알아듣지 못하는 초보 부모는 그저 당혹스러울 뿐이었다. 그 생소함이라니!

우리는 오직 '사랑받은 아이가 사랑할 줄도 안다'는 말을 떠올리며 교대로 아이를 달래는 데 매달렸다. 되는 대로 옮겨놓은 이삿짐은 널브러진 채 그대로 있었고 슬레이트 지붕의 천장에서 머리 위로 쏟아져 내리는 복사열이 어찌나 뜨거웠던지 앉아 있을 수도 없었다.

달궈진 천장의 열기는 밤늦게까지 쉽게 가시지 않았다. 아이는 그때까지 보채며 몸부림을 쳤다. 그날 이후 새벽 두세 시가 넘도록 아이를 안고 밖에서 서성이며 재우려고 애를 쓴 기억이 새록새록 떠오른다.

당시 우리는 새로 이사 간 동네의 상수도 사정이 몹시 열악하다는 사실을 전혀 알지 못했다. 한마디로 그곳은 겨우 삼 개월 된 아이를 키우기에 결코 쉽지 않은 환경이었다.

낮은 지대에 사는 사람들이 물을 다 사용하고 난 밤 열두 시가 지나야 높은 지대에 있는 우리 집에 물이 조금씩 나오는 상황이라 빨래는 새벽 한두 시쯤에나 겨우 할 수 있었다. 그 시간이면 빨래도 하고 식수를 받느라 매일이 전쟁이었고 우리는 늘 잠이 부족했다.

집안일에 익숙지 않은 아내는 매일 쏟아져 나오는 천기저귀를 모아놨다가 밤늦게 빠느라 엄청나게 고생을 했다. 찜통더위에 물이 모자라고 잠도 제대로 잘 수 없는 생활이 이어지면서 아내는 혼이 나갈 정도로 지쳐버렸다. 그렇게 삼 개월 된 아이는 우리 부부에게 참는 것이 무엇인지 제대로 가르쳐주었다.

모든 사람이 누군가의 부모가 된 순간부터 세상을 떠날 때까지 부모로 산다. 결국은 삶 전체가 누군가의 부모다. 부모는 자녀를 키우면서 비로소 삶의 껍질에서 알맹이 속으로 들어가는 길을 발견한다. 아이가 주는 문제를 풀어가는 과정은 삶의 내용이자 핵심으로 그것은 부모의 내면을 채워 진정한 어른이 되게 만든다.

우리는 이사를 많이 다녔다. 우리에게 찜통더위와 물 부족으로 고통을 안겨준 대구에서는 일 년 정도 살다가 영천의 군인 아파트로 이사했다. 물론 나는 출퇴근하기가 훨씬 수월해졌지만 아내에게는 낯설고 불편할 수밖에 없는 곳이었다.

하루 종일 어린 딸과 함께 작은 아파트 안에서만 지내는 것이 쉽지 않아 아내는 한 달에 한 번 서울 친정에 다녀오곤 했다. 더구나 그 아파트에서는 지켜야 하는 규칙이 많았고 여기에 익숙지 않은 아내는 많은 불편을 겪었다.

어느 날 퇴근하고 집에 돌아왔는데 오층 아파트의 오층에 있는 우리 집 앞에 많은 부인들이 모여 있었다. 내가 영문을 모르는 채 문을 열려고 해도 안에서 열어주지 않았다. 노크를 몇 번 더 하고 딸아이 이름을 부르자 그제야 문을 연 아내는 내가 들어서자마자 황급히 문을 닫았다. 아내는 피곤한 모습으로 오늘 겪은 사건의 전말을 들려주었다.

군인 아파트에는 정해진 규칙이 있었다. 주부들은 가끔씩 잔디의 풀을 뽑는 일이나 화단을 가꾸는 일에 동원되었다. 행인지 불행인지 아내가 서울 친정에 가 있을 때마다 아파트 주변 풀 뽑기 단체 노역이 있었다. 그런데 그날 집에 있던 아내는 어린 딸이 잠든 상태라 깨워서 업고 나가지 못했다가 또다시 규칙을 위반하고 말았다.

급기야 어머니회 부인들이 괘씸죄를 성토하기 위해 함께 몰려온 것이었다. 노크 소리를 듣고 문을 연 아내는 많은 부인들이 한꺼번에 모여 있는 것을 보고 놀라 다시 문을 닫았다. 밖에서는 갈수록 더 세게 문을 두드렸고 소리가 커지는 만큼 아내는 안에서 더 세게 저항했다.

집 앞에 모여 있던 부인들은 아내의 위반사항 목록을 제시했는데, 그중에는 자신들을 '사모님'이라 부르지 않은 항목도 있었다. 아내는 "사모님은 선생님 부인에게 쓰는 말"이라며 항거했다. 요즘은 남의 부인이나 윗사람의 부인을 일컫기도 하지만 아내는 내심 그들의 행동거지가 그 호칭에 합당하지 않다고 생각했으리라. 그다음 날 출근한 나는 같은 아파트에 사는 상급자에게 불려갔다.

큰딸은 대학 졸업 후에도 자신의 음악적 능력을 극대화하려는 노력을 계속했다. 특히 피아노의 테크닉과 독창성을 연마하기 위해 우수한 교수들의 독자적 해석이 담긴 정제된 연주를 많이 듣고, 자신의 연주를 평가 혹은 지도받을 기회를 놓치지 않으려 했다. 한번은 독일에 사는 R선생님이 여름 휴가차 뉴욕에 왔을 때 딸은 레슨을 받을 기회를 마련했다.

첫 레슨을 받은 딸은 그 선생님의 음악적 독창성과 해석에 많은 감동을 받고 돌아왔다. 일주일 후에 있을 레슨을 준비할 때는 평소보다 더 많은 연습을 하며 그날을 기대했다.

그런데 두 번째 레슨을 받은 딸은 지난번의 감동은 고사하고 낙담과 혼란스러움이 뒤섞인 감정을 안고 돌아왔다. 딸이 일주일 동안 열심히 연습한 곡들을 들은 선생님은 딸이 연주하는 모든 곡을 비판하는 것을 넘어 줄리아드 학생들의 자질까지 매도하며 주저 없이 모욕적인 말을 했던 것이다.

R선생은 자신의 교수법이 최고라고 믿는 독선적인 사람 같았다. 그를 믿고 배움의 열망을 안고 찾아오는 젊은 음악가들의 자신감을 훼손해 자신의 위치나 명성을 공고히 하려는 의도를 드러내는 것인지도 몰랐다. 그 선생님의 무례한 태도에 크게 놀란 딸은 그에게 단호하게 말했다.

"선생님의 레슨이 음악적으로 감동적이고 영감을 주더라도 인간적인 면에서는 존중할 수 없습니다. 제 가치와 존재를 경시하는 분위기 속에서 음악을 배울 생각은 없어요!"

당황한 쪽은 오히려 선생님 쪽이었다. 딸이 아파트에 돌아와 확인한 전화응답기에는 자신의 지나친 비평을 만회하려는 메시지가 들어 있었다. 하지만 딸은 더 이상 R선생의 가르침을 받지 않았다. 나는 딸의 이야기를 들으면서 젊었을 때의 아내를 떠올렸다.

부모가 원하든 원하지 않든 아이들은 부모의 영향을 받으며 자란다. 어느 아동심리학자의 말에 의하면 어린아이는 어른들이 무심하게 하는 말을 통해서 많은 것을 흡수한다고 한다. 예를 들면, 부모가 아이의 잘못을 지적하며 "이건 이렇게 하는 거야"라고 할 때 어린아이의 뇌는 자동으로 작동정지 모드가 된다. 대신에 어른들이 통화할 때, 혹은 부부가 편하게 이야기하는 동안 아이의 뇌는 모든 것을 열어놓고 받아들인다고 한다. 은연중에 하는 부모의 모든 것이 아이의 본보기가 되고, 아이는 부모의 모습을 그들 나름으로 각색하여 받아들인다.

'사과는 사과나무에서 멀리 떨어지지 않는다'는 영어 속담도 부모의 성격이나 특성이 아이들에게 나타날 때 하는 말이다. 사과 수확기에 과수원에 가면 말 그대로 사과나무 아래에는 제 무게를 견디다 못해 떨어져 있는 많은 사과들을 볼 수 있다. 나는 한때 아이들이 부모의 단점만 닮으면 어쩌나 하는 걱정도 했다. 그런데 굳이 사과나무에 비유하지 않고 가벼운 홀씨가 바람을 타고 멀리 날아가 단단한 대지 곳곳에서 나름의 모습으로 꽃을 피우는 민들레를 생각하니 마음이 편했다.

나는 아이들이 보이는 작은 반응이 모두 부모의 생활 방식이나 태도에서 모방되고 개발된다고 생각했다. 특히 딸들이 인형이나 장난감을 가지고 엄마 아빠가 한 말이나 행동을 흉내 내며 노는 것을 보면 나와 아내의 모습이 겹쳐 보였다. 물론 아이들이 모방하는 것은 부모뿐만 아니라 주변에서 일어나는 모든 것일 게다.

작은딸이 초등학교 저학년일 때 피아노 레슨을 받고 있는 언니를 기다리며 음대의 큰 강의실에서 혼자 머무는 시간이 많았다. 아내는 큰아이의 레슨이 끝나는 시간에 맞춰 아이들을 데리러 갔다. 조용한 교실에서 작은딸은 칠판 가득 문장을 써놓고 긴 막대기로 칠판을 짚어가며 선생님 놀이에 열중해 있는가 하면, 어느 때는 엄마가 와서 지켜보고 있는 것도 모른 채 학생을 꾸짖는 선생님 역할을 하느라 칠판을 치며 누군가를 혼내고 있었다. 모방이나 흉내가 다 부정적인 것은 아니다. 이 세상 모든 것은 이중적이라고 한다. 작은딸은 유명가수의 노래를 따라 부르면서 가수의 꿈을 키웠고, 큰딸은 중학생일 때 러시아의 피아니스트 블라디미르 아슈케나지Vladimir Ashkenazy가 차이코프스키대회에서 우승하기까지의 모든 연주를 보고 들으면서 최고 피아니스트의 열정을 가슴에 품었다.

나는 아이들이 자라면서 보이는 사소한 잘못이나 비뚤어진 모습을 어른들이 판단이나 비난 없이 기다려주면, 때가 되어 아이들 스스로의 판단으로 옳고 그름을 알고 그 시기를 벗어난다고 믿는다. 아이들이 실수나 잘못을 했을 때 부모가 인내하고 배려하는 것은 아이들의 넉넉한 품성을 키우는 데 도움을 준다. 다른 사람의 입장을 헤아리는 부모의 모습은 아이들을 너그러운 품성의 소유자로 자라게 하며 외유내

강하고 자신감이 있는 사람이 되게 한다.

부모가 아이에게 줄 수 있는
가장 큰 선물은 믿음이다.

큰딸은 나를 닮아 성격이 급하고 작은딸은 엄마를 닮아 결정하는 데 시간이 오래 걸린다. 의견의 대립이나 마찰로 흐트러지기 쉬운 가족이라는 환경에서 자주 나를 되돌아보게 한 것은 아이들이었다. 부모와 자식의 관계는 가족공동체라는 삶의 한가운데서 일어나는 배움의 상호작용 관계다. 이 배움의 상호작용 관계를 건강하게 하는 것은 서로의 믿음이라고 생각한다.

믿음이라는 매개체는 미래사회의 화두가 되는 융합이나 호환성을 키우고 확대하는 데 최적인 가정의 필수 덕목인 것 같다. 믿음은 아이들에게 안정감과 자신감을 갖게 해준다. 아이들이 자신감을 갖고 살아가면 아이를 향한 부모의 믿음이 커진다. 부모가 아이에게 준 믿음이 긍정적인 상호작용을 일으키기 때문이다.

특히 부모와 자녀의 관계맺음에서 그 기저에 믿음이 자리하면 아이들은 자신의 모든 문제를 부모와 상의한다. 그러므로 아이가 어릴 때부터 믿음의 통로를 만들어가는 프로젝트를 놓치지 않아야 한다.

부모와 자녀 간에 보이든 보이지 않든 항상 옆에 있다는 믿음은 위대한 힘이다. 엘리자베스 퀴블러 로스의 《인생 수업》에는 이런 구절이

나온다.

"삶에는 굴곡이 있게 마련입니다. 우리는 사랑하는 사람의 문제를 모두 해결해줄 수 없지만 그냥 옆에 있어줄 수는 있습니다. 결국 오랜 시간을 두고 본다면 그것이 가장 강한 사랑의 표현이 아닐까요?"

아빠는 딸의 든든한 후원자다

군 생활 막바지에 얻은 둘째딸은 대구의 더위와 추위에도 아랑곳없이 사랑스럽게 잘 자라주었다. 네 살이 된 큰딸은 하루 종일 장난감 실로폰을 치면서 엄마가 냉장고나 책상에 써 붙인 글씨를 읽으며 박자를 맞췄다. 선풍기에는 흰 도화지를 오려 '선풍기'라고 써 붙였는데, 딸은 선풍기 바람을 타고 날아가는 종이를 보며 '훨훨훨' 하고 읽었다. 그래서 그 옆에 다시 '훨훨훨'이라고 써 붙였다. 딸아이는 그걸 읽으며 음절에 맞게 실로폰을 쳤다. 그 뒤부터 아내는 사물의 이름과 함께 특징도 써서 붙여놓았다.

그 무렵 큰딸은 동네에 있는 어린이집에서 한나절을 놀고 왔다. 저녁식사 후 딸아이는 어린이집에서 배워온 춤이나 노래로 장기자랑을 펼쳐 가족에게 즐거움을 선사했다. 어느 날 딸이 유일한 악기인 실로

폰으로 무언가를 열심히 치고 있기에 가만 들어보니 '일송정 푸른 솔은… 지금은 어느 곳에 거친 꿈이 깊었나'였다. 나는 딸아이의 실로폰 소리에 맞춰 마지막 구절을 나직이 불렀다.

그때 딸아이의 연주를 듣던 아내가 갑자기 나를 쳐다보았다. 어디서 배웠지? 누가 가르쳐줬지? 하는 많은 의문과 놀라움이 가득한 표정으로 말이다.

시골에서 자란 나는 내가 음악이나 미술을 좋아하는지 아닌지 생각할 겨를도 없이 성장기를 보냈다. 늘 농사일을 거들어야 했기에 하루 종일 일하고 남는 시간에 겨우 숙제를 하는 것이 전부였다. 중·고등학교 때 배운 노래 중에서 내가 가사 전체와 곡을 기억하는 가곡은 유일하게 〈선구자〉뿐이다.

"이~일~송정 푸른 솔은…."

영천 3사관학교 연병장에 누워 어린 딸아이와 놀 때마다 나는 그 노래를 불렀다. 큰 소리로 힘껏 노래를 부르고 나면 가슴이 뻥 뚫리는 듯한 느낌이 들면서 속이 시원했다. 세상이 그렇게 아름답게 보일 수가 없었다. 눈부신 태양과 둥둥 떠 있는 구름, 연병장에 끝없이 펼쳐진 잔디밭, 아빠는 아랑곳하지 않고 나비를 쫓느라 정신이 없는 작고 귀여운 딸, 그 사이사이를 휙 하고 지나가는 바람….

그냥 더없이 행복했다. 그렇게 내가 사관학교 연병장에서 딸이 노는 것을 지켜보며 부른 노래를 딸이 실로폰으로 연주하다니 그저 놀라울

따름이었다. 딸아이는 실로폰으로는 성에 차지 않았는지 동네 피아노 교실에 가서 레슨을 받기 시작했다.

어느새 성인이 된 두 딸의 요청으로 내가 성장한 고향을 방문한 적이 있다. 내가 다닌 초등학교를 둘러보았는데 충청도 부여의 작은 시골마을 학교에서 딸들은 까까머리에 촌티 나는 아빠의 모습을 그리며 나보다 더 감개무량해 했다.

우리 가족은 백제시대 수도였던 부여를 방문하기 위해 차를 몰고 지나가면서 내가 새벽에 출발해 수십 리를 걸어서 다니던 등굣길과 수박이나 무를 서리하던 곳도 알려주었다.

우리는 부소산 사자루에서 낙화암을 내려다보며 잠시 꽃잎처럼 떨어져 내렸을 삼천궁녀의 애절하고 아름다운 모습을 그려보았다. 물론 이성적으로 당시 인구수를 고려하면 삼천궁녀는 지나친 과장이고, 이 표현에 승전국이 패전국을 깎아내린 저의가 있음을 모르는 바는 아니었다. 역사는 승자의 기록이라고 하지 않던가.

아무튼 사람이 세월을 따지든 말든 강줄기는 말없이 무심하게 흘러가고 있었다. 미국 맨해튼 한가운데서 이십 년 가까이 학교에 다니며 생활하고 있던 큰딸과 맨해튼 로펌을 다니고 있던 작은딸은 나라와 문화와 시대를 훌쩍 뛰어넘어 아빠의 추억 안에서 하나가 되는 시간을 보냈다.

부여를 떠나 서울로 돌아오는 차 안에서 나는 내가 음악 듣기를 좋아하게 된 계기를 털어놓았다. 이것은 내 아이들이 늘 궁금해하던 일이기도 했다.

내가 클래식을 처음 접한 시기는 고등학교 일 학년 때다. 당시에도 학생들은 요즘과 다름없이 대학진학이나 취업에 필요한 과목에만 관심을 집중하고 있었다. 음악, 미술, 체육은 단지 규정된 시간수를 채우기 위해 편성한 과목으로 취급받았다. 그중에서도 음악은 대부분의 학생이 관심을 기울이지 않았고 오히려 싫어하는 편에 속했다.

한데 선생님들 중에서도 제법 연세가 많은 축에 든 50대 초반의 음악선생님이 한 학기 동안 음악시간에 클래식을 듣게 했다. 시험도 열 곡의 클래식을 듣고 제목이 무엇인지, 작곡가가 누구인지 알아맞히는 것으로 했다.

내가 처음 접한 클래식은 〈소녀의 기도〉와 〈엘리제를 위하여〉였다. 두 곡을 들은 나는 나도 모르게 클래식이 나를 확 끌어당기는 듯한 느낌을 받았다. 음악선생님은 남달리 클래식을 좋아한 나를 각별히 대해주셨고, 내가 먼 길을 걸어 통학하는 것을 알고는 여름방학이 되기 직전에 이런 제안을 하셨다.

"방학 동안 우리 집에 머물면서 중학생인 아들의 공부도 좀 봐주고 편안하게 공부하며 지내는 게 어때?”

말하자면 입주과외를 제안한 셈이었다. 그런데 막 방학이 시작되어 내가 어머니의 허락을 받고 떠나기 전날 갑자기 청천벽력의 소식이 날아들었다. 음악선생님이 심장마비로 세상을 떠나셨다는 게 아닌가. 그 순간 머리가 하얘져 아무 생각도 떠오르지 않은 나는 서둘러 선생님 댁으로 달려갔다.

음악선생님은 내가 클래식과 첫 인연을 맺게 해줌으로써 음악과 소통하도록 이끌어준 분이다. 큰딸이 진로를 피아니스트로 정했을 때 내게 조금도 거리낌이 없었던 것도 그런 경험이 한몫했을 것이다.

고등학교를 졸업하고 서울에 오자마자 내가 돈을 모아 제일 먼저 한 것은 포터블 전축과 클래식 레코드판을 사서 음악을 들은 것이었다. 음악을 듣고 있으면 마음이 평온해지면서 가슴 저 밑바닥부터 은은한 행복감이 밀려왔다.

늦깎이 유학생이 되어 공부를 하면서도 음악 CD를 구입해 듣는 습관은 계속되었다. 가족을 데리고 무모하게 미국 유학을 떠났을 때도 내가 가장 먼저 구입한 것은 CD플레이어였고, 이후로 매달 두 장씩 클래식 음악 CD를 구입해 즐겨 들었다.

지금도 나는 집에서는 물론 차에도 여러 장의 판을 넣고 다니며 운전할 때마다 듣고 있다. 요즘에는 큰딸이 녹음한 다섯 장의 피아노곡 CD와 작은딸의 앨범 네 장을 휴대전화에 저장해 산책하거나 걸을 때마다 듣는다.

딸들이 연주하고 부르는 음악은 내게 남다른 감흥을 안겨준다. 비록 딸들은 멀리 떨어져 있지만 그들의 연주와 노래를 들을 때마다 마치 내 곁에 있는 듯한 느낌이 들면서 마냥 행복해진다.

큰딸은 아빠의 마음을 아는 듯 이렇게 말했다.

"아빠가 세상에서 내 음악을 제일 많이 듣고 또 가장 많이 좋아하는 것 같아."

정말 그럴지도 모른다. 그리고 그러고 싶다. 나는 아빠로서 딸의 가장 든든한 후원자가 되고 싶고, 딸이 자신이 좋아하는 피아노를 실컷 즐기며 행복하게 인생을 살아갔으면 하는 바람이다.

자신이 좋아하는 일을 찾아내 그 길을 걸어가는 사람은 행운아다. 나는 내 딸들이 인생 백 세 시대를 밥벌이만을 위해 살면서 지루하게 보내기를 바라지 않는다. 인생이 길어진 만큼 아이들은 더욱더 자신이 좋아하는 일을 찾아야 한다는 것이 내 소신이다.

안 하면 더 고통스러워서 가는 길도 있다

대구, 영천, 대구, 서울, 원주.

정착을 불허하는 내 직업의 특성상 아내와 나는 아직 어린 딸 둘을 데리고 여러 번 이사를 다녔다. 그러다가 사관학교 교수요원 시험을 거쳐 교관으로 지낸 뒤 원주에 소재한 대학에서 교수로 초빙을 받았다. 그때 네 식구가 처음 정착한 곳이 단구동에 위치한 주택의 이층이다.

그 집은 겨울에는 따뜻하고 여름에는 시원했다. 갓 결혼했을 때 아내는 거의 결벽증에 가까울 정도로 집 안을 유리알처럼 반들거리게 쓸고 닦았다. 한때 손가락 지문이 다 없어질 지경이라고 말하면서도 연신 닦던 아내가 어느 순간부터 완전히 손을 놓아버렸다.

아이들이 한창 소꿉놀이며 장난감을 흩어놓고 제멋대로 놀 시기라 도무지 대책이 서지 않았기 때문이다. 방이고 마루고 치우면 어지르고 또 치우면 어질러서 한시도 정리한 티가 나지 않았다. 아내는 차라리 마음을 비워버리는 쪽을 택했다.

"그래. 지금이 아니면 너희들이 언제 그렇게 놀겠니."

겨울 햇살이 따뜻하게 스며드는 마루에서 나는 딸들과 가위질을 하며 그림 맞히기 놀이를 했다. 마루에는 잘린 도화지와 색종이가 여기저기 어지럽게 흩어져 발 디딜 틈이 없었고 색연필도 이리저리 굴러다녔다. 가족 사이에 그림을 못 그리기로 유명한 내가 도화지에 소를 그리고 있는데 작은딸이 외쳤다.

"아빠, 바위!"

돼지를 그려도 도무지 돼지 같지 않았고 토끼는 커다란 귀 때문에 아이들이 간신히 알아봐주었다. 나보다 그림을 훨씬 더 잘 그리는 큰딸은 공주와 왕자, 왕관까지 그려서 오린 다음 그림인형 놀이를 했다. 아내는 그 북새통 한가운데서 루이제 린저의《생의 한가운데》를 읽었다.

여름에 일찍 퇴근하고 집에 돌아오면 집은 항상 텅 비어 있었다. 아이들이 마루에 어질러놓은 잡동사니만 여기저기 흩어진 채 내게 개구쟁이들의 행선지를 말해주고 있었다.

해가 질 무렵이면 왁자지껄한 소리와 함께 아내가 두 딸을 데리고 나타났다. 세 사람은 늘 대단한 일이라도 완수하고 오는 것처럼 의기양양한 모습으로 들떠 있었는데, 두 딸은 집에 들어와서도 흥분을 감추지 못하는 표정이었다. 매일 놀면서도 그렇게 즐겁고 재미있을까 싶었지만 그 모습을 보니 슬며시 웃음이 나왔다.

동네에서 십 분 정도 걸어가면 하천이 나오는데 그곳은 넓고 경사가 완만해서 아이들이 물장난을 하며 놀기에 더없이 좋은 장소였다. 아내는 플라스틱 통 안에 비누와 빗 등의 소품을 넣고 약간의 먹을거리를 준비한 뒤 아이들을 데리고 그곳으로 갔다. 셋은 하천이 길게 흐르는 언덕의 나무 그늘 아래 자리를 잡았고 해가 질 때까지 그곳에서 놀았다.

아내가 하천 둑에서 책을 읽는 동안 두 아이는 하천 가장자리에서 머리도 감고 옷을 입은 채로 물속에 들어가 물놀이를 했다. 한번은 큰딸이 이모가 서울에서 사준 까만 구두가 떠내려갔다며 울음보를 터뜨리자, 동생이 우는 언니를 어루만지며 위로했다.

주말이면 우리 가족은 간단하게 먹을 것을 챙겨 치악산 골짜기로 피서를 갔다. 골짜기 사이로 흐르는 물속에 발을 담그면 아무리 찌는 듯 더운 날씨에도 한기가 느껴졌다.

숲, 물, 바람, 바위, 벌레, 물고기 그리고 아이들. 있는 그대로 바라보고 느끼기만 해도 행복한 존재들이 내 주위에 모두 있었다. 그 순간만큼은 삶이 내게 얹어놓은 온갖 먼지와 때가 다 날아간 것처럼 몸과 마음이 가벼웠다.

아이들의 재잘거림이 물소리 속에 잦아들고 골짜기 건너편이 그늘로 가려지면 우리 네 식구는 바람소리와 물소리를 자장가 삼아 낮잠을 즐겼다. 대자연의 지극한 손길은 우리를 너그럽게 감싸주었고 보약

이 내 안으로 스며든 것처럼 심신이 충만해졌다. 감사했다. 더 이상 뭐라 표현할 말이 없을 만큼 감사했다.

그렇게 우리는 대자연이 펼쳐놓은 드넓은 마당의 한 모퉁이에서 훗날 대해로 흘러갈 아이들의 작은 물줄기를 만들고 있었다. 사실 우리는 모두 일상에서 작은 물줄기를 만들고 있다.

대해를 향해 조심스럽게 흘러가던 내 삶의 물줄기는 유신체제라는 거대한 지류를 만나면서 흐름이 확 바뀌고 말았다.

대학에 다니던 시절 나는 유신체제를 접하면서 진로를 바꿔버렸다. 기본법인 헌법의 의미가 퇴색되면서 더 이상 법학을 공부하는 것은 무의미했고 결국 나는 대학원에서 행정학으로 방향을 전환했다. 이것은 대학원을 졸업하고 자유아카데미에서 공산주의 연구원으로 일할 때 인권과 사회정의에 깊이 관심을 기울이는 계기가 되었다.

당시 내가 원주에서 몸담고 있던 학교는 재단 비리 문제가 끊임없이 불거지고 있었다. 재단 부패를 시정해달라는 학생들의 요구는 무시당했고 학교는 파당 싸움에 몰두했다. 학생들이 피해를 보거나 말거나 동료들은 재단을 중심으로 양쪽으로 나뉘어 학생들의 권리와 상관없이 자신의 안전과 출세를 위해 줄서기에 혈안이었다.

집권당의 후원자 역할을 한 이사장은 그 권력으로 학교에서도 제왕처럼 군림했다. 어쩌다 그가 학교를 방문하면 교무처장을 비롯한 보직자들이 친절하게도(?) 교수들에게 일일이 전화해 알려주었다.

"이사장님이 오셨으니 삼삼오오 가서 인사하세요."

나는 한 번도 인사하러 가지 않았다. 내가 인사하지 않는 교수로 소문이 났는지 한번은 이사장이 내 연구실로 찾아와 빈정대듯 말했다.

"바쁘신 교수님께 인사차 왔어요."

소위 상아탑이라는 곳이 사회의 모범이 되는 것은 고사하고 대학사회가 지향해야 할 최소한의 규범마저 무시하고 있었다. 교수들은 양심과 소신을 내팽개쳤고 학교는 탐욕스런 개인회사 사장이 경영하듯 개인의 탐욕을 채우는 장소로 변질되고 있었다.

재단이 제시하는 지침을 잘 따르는 교수는 진급이나 논문 게재에 차질이 빚어지지 않았다. 반면 바른 말을 하고 합리적으로 행동하는 교수는 우수논문임에도 불구하고 논문집에 게재할 기회를 얻지 못했고 진급에서 누락당하는 사례도 잦았다. 이런 비민주적인 환경을 개선하기 위해 나는 다른 두 동료와 함께 문제를 제기했다. 그 결과 우리는 재단이 말하는 소위 '불온분자'로 낙인찍혔다. 처음에는 많은 교수가 우리의 뜻에 동조했으나 막상 개혁을 위한 민주화운동을 시작하자 여기에 따르는 교수는 고작 세 명에 불과했다.

대한민국에서는 새 정권이 들어설 때마다 '정의사회 구현'이라는 거창한 국시를 내걸었다. 하지만 현실은 이와 정반대로 나아갔고 대학에는 입학 비리를 비롯해 부당하고 부정한 학사운영을 눈감아주는 일이 비일비재했다. 정치가 비민주적이다 보니 덩달아 사회 곳곳에서 민주주의에 반하는 현상들이 두드러지던 시국이었다.

학내 민주화를 주장한 나와 동료교수 두 명을 향한 조직적 괴롭힘은 극에 달했다. 논문의 선별 삭제와 게재 누락은 당연하고 진급에서 제외했으며 동료들마저 요즘의 집단 따돌림과 유사한 방식으로 괴롭혔다. 그래도 간혹 몇몇 교수가 '학문적, 인간적, 양심적으로는 우리의 주장에 동조하지만 먹고살기 위해 동참하지 못함을 이해해달라'는 편지를 전해오기도 했다.

사회에 만연한 분열과 갈등이 교수사회라고 해서 다를 것은 없었다. 많은 동료교수가 살기 위해 중립을 지켰고 다수는 재단의 편에 서서 재단과 학교의 지시를 받고 우리를 저지했다. 그러다가 어느 일요일, 이들을 중심으로 징계위원회를 연 학교 측은 재단 비리를 말하는 동료교수와 나를 파면했다. 우리가 파면되기 전 안기부, 보안대, 경찰 관련자 들은 계란으로 바위치기라며 우리의 항변을 진정시키려 애를 썼다.

파면되기 하루 전인 토요일, 학교 사무실에서 수업 준비를 하던 우리 세 명은 교직원들이 소방장비 호스로 퍼붓는 물세례를 받았다. 갑자기 사무실 문이 열리더니 거대한 물줄기가 얼굴과 온몸으로 쏟아져 들어왔는데 그 힘이 어찌나 강하던지 정신을 차릴 수가 없었다.

내가 잠깐 혼미한 상태에 있는 동안 한 명당 교수와 직원 십여 명이 달려들어 우리를 각기 다른 지역으로 납치한 뒤 감금했다. 나는 학교에서 이십여 분을 달려 도착한 어느 지하실 방에 감금되었고 다른 두 동료의 행방은 알지 못했다.

납치되어 가는 도중 나는 지하실로 가기 직전 우연히 지나가는 경찰을 보았다. 내가 경찰에게 납치되었다고 소리쳤으나 그는 잠시 약간의 반응을 보이더니 납치조 책임자의 귓속말을 듣고 이내 사라져버렸다.

밤늦게 학생들의 연락을 받고 내 감금 사태를 알게 된 아내는 평소에 친분이 있던 이웃의 도움으로 내가 신분상 위험은 없다는 것에 안도했으나, 동료교수 중 한 분이 납치 중 쇼크로 병원으로 실려 갔다는 사실을 알았다. 아내는 그분의 상태를 확인하려고 원주 시내 병원을 염탐하다가 한 병원에서 수상한 기미를 알아챘지만 병실로 들어가려다 학교 당국자의 저지를 받았다.

아내의 단호함에 구실을 대기가 궁색해진 관계자는 물러섰고 아내는 병실로 들어갔다. 당시 정신이 혼미했던 그 동료는 아내를 알아보지 못했다. 아내는 가족의 연락처를 수소문해 연락을 취했고, 서울에 있는 가족이 내려오기를 기다리는 동안 총동원된 응급처치로 겨우 위기를 넘긴 동료를 본 그의 가족은 놀라움을 금치 못했다.

그다음 날 아침 한 사람은 병원에서 다른 한 사람은 이천 설봉호텔에서 그리고 나는 수안보의 어느 지하실 방에서 학교 본부 이층 회의실로 끌려갔다. 막 회의실 문이 닫히기 직전 도착한 아내가 회의실로 들어가려다 저지당하고 문이 닫혔다. 나는 징계위원회에서 "일요일에 징계위원회를 소집하는 것을 인정할 수 없으니 당신들 마음대로 하시오"라는 말을 남기고 회의장을 나왔다.

징계위원회에 나타나지 않을까 초조해서 납치하고 감금한 것이었던지 위원회가 끝나자 더 이상 붙잡거나 납치하는 짓은 하지 않았다. 거수기 징계위원들은 날조된 근거로 토론도 없이 학교당국이 계획하고 지시한 그대로 우리를 파면 조치했다.

많은 사람이 조용히 사표를 내고 나가면 다른 곳에 취직하는 데 문제가 없을 거라며 아내와 나를 설득했다. 심지어 아내를 따로 만나 파면당하면 다른 직장을 얻지 못할 텐데 무얼 먹고 살려고 하느냐며 남편을 설득하라고 했다.

만일 사표를 내면 우리가 주장한 개혁은 물거품이 되고 그건 우리의 행동에 정당성이 없음을 증명하는 것이나 다름없었다. 나와 동료교수들은 스스로 사직하는 것을 거부했고 그들이 그려놓은 각본대로 우리는 결국 파면되었다.

우여곡절을 거쳐 탄생한 제5공화국은 사회를 정화하겠다며 전담기구를 설치했다. 우리는 인척관계에 있는 학생의 소개로 최고책임자를 만날 수 있었다. 그때 그에게 비정상적인 학교 운영과 재단의 횡포를 더 이상 볼 수 없어서 행동한 것이라며 그간의 과정을 털어놓았다. 우리는 그분이 정의감이 강한 사람이라는 말을 익히 들어온 터였다. 그가 말했다.

"당신들에게 잘못이 없다는 것은 알고 있습니다. 나도 돕고 싶지만 힘이 없습니다."

무슨 말을 더 하겠는가. 더 이상의 대화는 무의미하다는 것을 알고 우리는 "사회정의는 누가 세웁니까?"라는 말을 던지고 일어섰다.

때론 하면 고통이 따른다는 것을 알면서도 안 하면 더 고통스러워서 가는 길도 있다. 나는 고통스러울 것을 알면서도 더 큰 고통을 피하기 위해 파면교수가 됐다.

아빠의 숙제

한때 우리나라에 "청소년들이여, 야망을 가져라"라는 말이 유행했다. 이 말은 일본이 메이지유신 때 농업혁신을 위해 초청한 미국의 윌리엄 스미스 클라크라는 과학자가 삿포로 농학교(현 홋카이도대학) 학생들에게 한 말이다. 클라크가 말한 야망은 현대인이 얻고자 하는 부나 권력, 지위 확대, 입신출세와는 거리가 멀다. 현대인이 성공이라고 믿는 부와 권력은 어느 순간 사라지고 변화하는 일시적인 가치다. 클라크는 우리가 삶에서 경험과 학습으로 얻는 '변하지 않는 가치를 추구하려는 열정'을 야망이라고 했다.

많은 사람이 꿈을 말하고 이상을 꿈꾸며 원대한 포부를 가슴에 담는다. 설령 실현 가능성이 희박하더라도 가슴에 꿈, 이상, 포부를 품으라고 말한다. 그런데 아이러니하게도 꿈을 꾼다는 말 자체가 실현 가능성을 희석해버리고 만다. 심지어 꿈이 꿈으로 끝나버리도록 만든다.

물론 커다란 포부와 야망을 품는 것은 좋은 일이다. 다만 막연히 동경하거나 입으로만 이상과 야망을 들먹이면 결코 거기에 도달할 수 없다. 아주 어린 시절이라면 꿈이 막연해도 상관없다. 오히려 그 시절에는 실현 가능성과 상관없이 무궁무진하게 꿈을 펼치는 것이 좋다. 그러나 어느 정도 나이가 차면 이상과 꿈을 실현하기 위해 구체적인 계획을 세우고 단계적으로 실행하는 노력이 필요하다.

요즘은 사회적으로 인식 변화가 일어나고 있긴 하지만 열심히 공부해서 좋은 대학을 졸업하고 좋은 회사에 들어가면 행복할 거라는 프레임은 여전히 건재하다. 과연 그럴까?

실은 '좋은 회사'의 정의나 행복의 의미마저 사람마다 제각각 다르다. 사회가 남발하는 평균값은 실질적인 삶을 반영하기 어렵다. 우리 사회에는 양심적인 소수의 개인, 정치 제도가 용인하는 다수, 부와 권력이라는 막강한 힘을 행사하는 극소수의 보이지 않는 힘이 불균형을 이루며 뒤섞여 있다. 그러다 보니 대다수가 삶에서 혼란을 겪는다. 더구나 소수로 대표되는 개인은 무시되고, 다수라는 제도적 장치 안으로 몰아넣으려 하는 극소수의 힘(보이지 않는 힘)이 사회를 좌지우지하고 있다.

보이지 않는 손과 보이지 않는 힘은 사회 곳곳에서 부패의 온상이 될 수 있다. 그 극소수가 휘두르는 힘의 지배에서 벗어나지 않는 한 개인의 행복은 보장되지 않는다.

외형적인 화려함과 편리함에 함몰된 다수는 불나방이 불을 보고 달려들 듯 그 소수의 힘이 흔드는 깃발에 따라 이리저리 움직인다. 그 깃발에는 이쪽은 성공으로 가는 길, 저쪽은 오래 사는 길 그리고 다른 한쪽에는 좁은 길 혹은 힘든 길이라는 고정불변의 이정표가 붙어 있다. 여기에 대중의 알 권리를 위임받고 있는 대중매체의 보도나 정보마저 이미 위험수위에 가깝도록 편승 혹은 편협되어 있다. 우리의 아이들이 정신 차리지 않으면 그들의 꼭두각시로 살아갈 수도 있다.

듣기만 해도 가슴이 설레는 '성공'이라는 말은 공교롭게도 그것을 단번에 움켜쥐려고 뛰어드는 사람들을 이용하는 수단으로 더 많이 쓰인다. 많은 책과 강연, 매스컴, 광고, 유명회사 상품, 학교 선택 기준 등이 모두 성공적인 삶에 대해서 이야기한다.

지식인은 성공 기술과 방법을 가르치며 지식을 상품화하거나 지위를 활용해 정치나 고급관료의 길을 택한다. 관료 출신 낙하산 인사는 권력을 이용해 자리를 차지한다. 그런데 사회는 공평하고 합당한 법이나 제도적 장치로 이런 폐단을 극복하려는 노력보다 그들을 성공의 아이콘인 양 부러워하는 모순에 빠져 있다. 교수들은 외도의 길을 가면서도 돌아올 자리를 유지한다. 사회가 건강하려면 학생들에게 배울 권리를 보장하는 것은 물론 신학문을 연구하고 가르치는 것을 천직으로 삼는 실력 있는 학자에게 기회를 부여하는 것이 정당하다.

각각의 아이는 사회에서 가장 약하고 부드러운 존재다. 그런 만큼 아이들은 개개인으로서 쉽게 오염되고 영향을 받고 상처를 입는다. 이들의 몸과 정신이 건강하게 성장해 힘의 노예가 되지 않을 때 사회는 변화할 수 있다. 이를 뒷받침하기 위해 어른들은 끊임없는 관심과 사랑으로 그들과의 유대를 이어가야 한다.

지금 우리 아이들은 세계의 온갖 뉴스와 정보, 지식을 그들의 손 안에 있는 휴대전화로 검색하는 환경에서 지낸다. 자칫하면 상대적 빈곤이나 열등감으로 정서적 롤러코스트 신드롬을 겪기 십상이다. 폭풍 같은 감정이 밀려들면 아이들은 감당하기 힘든 좌절과 절망을 경험한다. 그럴 때 이들은 지푸라기라도 잡고 싶은 심정으로 가족이나 지인의 도움과 손길을 갈망한다. 나는 아빠의 거친 손이나 기댈 수 있는 엄마의 어깨는 그들에게 대양을 건널 용기와 힘을 준다고 믿는다.

작은딸이 로스쿨에서 어려운 고비를 맞았을 때 아내가 딸한테 들려준 말은 많은 것을 함축하고 있었다. 로스쿨 첫 학기 관문을 통과하는 중요한 중간시험에서 실패했을 때 딸의 실망과 좌절은 이루 말할 수가 없었다. 아내는 딸한테 '다음 시험을 잘 치르면 만회할 수 있을 것'이라고 위로하지 않았다. '이번에는 망쳤어도 다음에 잘하면 되니까 너무 속상해하지 말라'고도 하지 않았다.

"성적과 너를 분리해서 생각해. 너는 성적이 아니라 이소은이야!"

아내는 '너를 평가하는 숫자와 자신을 동일시하지 말라'고 말했다.

현대는 여러 종류의 숫자가 우리를 개념화하고 규정한다. 시험 성적, 각종 평가, 카드 등 온갖 번호와 숫자가 나를 대신하는 정체성의 혼란 시대에 우리는 가끔 내가 누구인지 잃어버린다.

사랑은 계발하고 진화하고
변화해야 한다.

아이는 날마다 자라고 변한다. 오늘의 아이는 한 달 전의 아이와 생각이 다르고 마음도 다르다. '너는 왜 항상 그러니?'라는 말은 아이의 변화와 진보를 놓치고 있는 말일 뿐 아니라 상처를 주기도 한다. 자녀를 바라보는 시선은 한 지점에 머물러 있지 않아야 한다. '지금 이 아이는 어떤 사랑을 필요로 할까?' 시시각각 변화하는 아이를 지켜보는 과정은 부모에게도 행복하고 풍요로운 시간임에 틀림없다.

그렇지만 현실은 많이 다르다. 과장해서 말하면 요즘 아이들의 행복한 미래를 맡고 있는 곳은 바로 전단지에 나오는 학원이다. 학원과 학원교사가 그들 대부분의 교육을 전담하다시피 하고 있다. 공허하고 메마른 마음을 안고 대학에 들어간 아이들은 또다시 취업시험 준비를 하느라 마른수건마저 쥐어짠다. 이들은 행복하기 위해 태어난 걸까,

아니면 최고의 밥벌이 도구가 되는 과정에 올인하려고 태어난 걸까.

그들의 내면에는 분명 자아가 웅크리고 있지만 그걸 돌보고 육성할 시간과 마음의 여유가 없다. 아이들은 자아 개념을 터득하기도 전에 준비체조도 없이 사회라는 바다로 뛰어든다. 그 바다에서 허우적거리다 운이 좋으면 지나가는 구조선이나 대형 유조선의 도움을 받아 제법 안정적으로 안착한다. 그러나 대개는 파도에 이리저리 떠밀리는 작은 조각배를 타고 전전한다.

성공은 매일 작은 성취에서 얻는 힘의 합산이다. 어릴 때부터 아침에 일어나 침구를 정리하고, 방을 치우고, 부모를 도와 식탁을 차리고, 자신에게 필요한 물품을 스스로 챙기는 일은 아이들에게 작은 성취를 맛보게 한다. 작은 일을 완성하는 경험을 쌓으면서 아이들은 다른 일도 할 수 있다는 자신감을 얻는다.

무언가를 성취하려는 동기는 자긍심에서 나온다. 자긍심의 기본은 부모의 무조건적인 사랑이다. 아이들은 부모의 사랑이 외적 요소, 즉 시험 성적이나 아이의 잘잘못에 따라 변하면 부모를 신뢰하지 않는다. 오히려 아이의 성적이 떨어졌을 때, 친구와의 갈등으로 불편해할 때 이야기를 들어주고 의견을 묻고 조언하며 함께하면 아이는 문득 자신의 가치를 깨닫고 자신감을 찾는다.

미국 대통령의 자서전을 쓴 어느 작가는 대통령 어머니들의 공통점을 발견했다. 대통령의 어머니들은 어려움을 겪거나 힘든 상황에서 평소 상태로 돌아가는 활기와 복원력이 강하다고 한다. 이런 태도는 자녀들의 정서 안정과 긍정적인 자세를 계발하는 데 중요한 역할을 한다.

아이들이 자신을 이기는 힘을 기르고 자신이 하는 일에 대한 확신과 자신감을 가진다면 무슨 일이든 해낼 수 있을 것이다. 나는 아이들의 행복한 삶을 위해 나 자신이 꼭 지켰으면 하는 '아빠의 과제 다섯 가지'를 정해놓고 지키려 노력했다.

첫째, 아이들이 잘못하거나 실수한 것을 강조하기보다 발생한 문제를 어떻게 해결할 것인가에 초점을 둔다. 아빠가 이런 자세를 보여주면 삶을 대하는 아이들의 태도가 긍정적으로 변한다.

둘째, 아이가 좋은 성적을 받아오면 좋은 성적 자체만 칭찬하지 말고 그 노력을 더 많이 칭찬한다. 그러면 실패했을 때도 잘할 때까지 노력하려는 투지를 키울 수 있다. 시험에서 매번 좋은 성적을 거두는 것은 어려운 일이다.

셋째, 아이의 실패를 의연히 받아들인다. 아이가 실패했을 때 아빠가 그것을 의연하게 받아들이면 아이는 성공했을 때도 자만하지 않고 더 노력하려 한다. 무엇보다 실패가 곧 부모의 실망으로 이어지지 않는다는 것을 알고, 새로운 도전을 두려워하지 않는 아이로 성장한다.

넷째, 아이들의 호기심을 격려해 그 범위를 넓혀줌으로써 더 많은 기회를 얻게 한다. 어른이 앞을 가로막지만 않으면 아이들의 호기심은 무궁하게 솟아나온다. 샘물처럼 호기심이 마르지 않는 아이는 끊임없이 새로운 것을 추구하면서 더 많은 것을 경험해 삶의 지혜를 쌓는다.

다섯째, 아이가 무언가를 성취했을 때 아무리 작은 것이라도 가족 모두가 나서서 함께 충분히 기뻐해준다. 가족의 응원을 받으면 아이는 다른 목표를 세워 또다시 도전하려 한다.

또 다른 기억을 위한 장치, 잊음

다시 전쟁 같던 내 시간으로 돌아가 보겠다. 재단 측의 부당하고 말도 안 되는 방식으로 파면당한 이후 길고 고독한 법정 다툼이 시작되었다. 변호사를 선임해야 하는데 정권의 눈치를 보는 사람이 어찌나 많던지 시작부터 난관이었다.

검토해보겠다고 해서 일주일쯤 지나 찾아가면 죄송하지만 변호를 맡을 수 없다는 말을 여러 변호사들로부터 들었다. 그러던 중 한 현직 판사의 소개로 당시 박원순 변호사를 찾아가 상황을 설명하자 그는 기꺼이 맡겠다고 했다. 재판은 잘 진행되었고 분위기가 대충 보아도 이길 것 같다는 희망을 주었다.

그렇지만 얄궂게도 운명의 여신은 우리를 외면했다. 어찌된 일인지 1심 재판을 진행하던 중간 시점(육 개월이 지난 시점)에 갑자기 재판부의 태도가 확 바뀌었다. 분위기가 변했음을 감지한 우리는 패소를 직감했고 결국 제대로 된 이유도 없이 지고 말았다.

마치 한 줄기 빛도 들어오지 않는 암흑 같은 골방에 갇혀버린 듯 절망감이 밀려왔다. 우리는 남산에 올라가 더러운 세상을 향해 고래고래 소리를 지르고 내려왔다. 우리가 박 변호사를 찾아가자 그는 “제가 유명하지 않아서 그런 것 같습니다. 유명한 변호사를 선임했으면 좋겠습니다”라고 말했다.

우리는 동료의 고등학교 선배로 민변협 회장으로 있는 조준희 변호사를 찾아가 상황을 설명했다. 그는 일이 너무 많아 직접 뛰어들 수는 없지만 박 변호사와 공동 변론하는 것으로 해줄 수는 있다며 기꺼이 이름을 내주었다.

고등법원 2심 재판이 시작되자 1심 재판에서 했던 내용의 재판을 다시 진행했다. 지금 생각해도 고맙고 미안했던 것은 내가 가르친 제자가 자진해서 증인을 서겠다고 찾아와 실제로 증인을 서준 일이다.

재판의 핵심 논점은 우리가 민주화 항변을 하는 과정에서 교수의 품위를 지키지 않은 것으로 몰아 파면한 것이 정당한가 아닌가에 있었다. 품위와 관련된 주장에서 그들은 “부정과 부패가 만연하는 것을 알면서도 재단 편에 서서 시키는 대로 말도 안 되는 증언을 하는 부류의 교수들을 쓰레기”라고 말한 것을 문제 삼았다.

재단 측 증인으로 나온 동료교수는 자신들을 쓰레기라고 했다고 증언했고, 우리 측 증인인 제자는 쓰레기나 다름없는 사람들을 쓰레기라고 부르는 것은 이상할 것이 없다고 증언했다. 경위야 어찌되었든 그야말로 부끄럽고 참담한 심정이었다.

재판은 사필귀정으로 결론이 났다. 고등법원은 우리가 교수의 품위를 잃지 않았고 단식 중에도 수업을 소홀히 하지 않은 점 등을 보아 파면은 부당하다는 판결을 내렸다. 그리고 법리 심리를 하는 대법원에서 최종적으로 승소해 우리의 파면은 무효가 되었다.

그러나 나는 다시 학교로 돌아가고 싶은 마음이 조금도 없었다. 우리를 납치해 감금하는 범죄행위에 가담한 교수들, 일요일에 징계위원회를 열어 파면을 결정한 교수들과 마주하고 싶은 생각이 전혀 없었다. 다만 곳곳에서 우리처럼 어려움을 겪는 많은 해직교수를 위한 판례를 만들어냈다는 뿌듯함에 잠시나마 행복했을 뿐이었다.

삼 년의 소송 기간은 심신의 피폐와 함께 생활고를 떠안겼다. 파면과 동시에 월급이 끊겼고 우리에겐 남은 돈이 없었다. 이웃들이 우리를 걱정하며 찬거리나 아이들이 좋아하는 간식을 문 앞에 두고 가기도 했다.

나는 사방으로 일자리를 알아보며 유학을 결심했다. 그 죽은 시간을 유용하게 보내는 길은 늘 마음에 품고 있으면서도 차일피일 미뤘던 일을 실행에 옮기는 것뿐이었다. 비록 파면을 당했지만 나는 소송과 일, 유학이라는 세 마리 과제를 두고 골몰하느라 아주 바쁘게 지냈다. 유학 준비에는 시간이 필요했고 또 소송은 소송대로 절차를 밟아 진행해야 했기에 그동안 가족의 생활을 담보해줄 일자리가 필요했다.

더 이상 원주에 있을 이유가 없어진 나는 새로운 과제를 떠안고 가족과 함께 서울로 이사했다. 우선 원주에서 출퇴근하던 아내의 상황이 좀 수월해졌고 나도 다음 과제를 실질적으로 준비하는 데 도움이 되었다. 힘들긴 했어도 우리 가족은 각자의 위치에서 자기 나름대로 즐거움을 누리며 새로운 삶에 적응해갔다.

두 딸의 청랑한 웃음소리와 장난을 치는 모습은 지친 심신을 풀어주는 진정제 효과를 냈다. 우리가 이사를 많이 다니는 바람에 딸들은 한곳에서 깊이 있게 친구를 사귈 수 없었지만 다행이 늘 붙어다니는 자매가 있어 외롭지 않았다.

초등학교 이 학년이 된 큰딸은 어딜 가든 언니의 역할을 제법 잘해냈다. 부끄럼이 많은 동생이 낯선 곳에서 쭈뼛거리고 있으면 다른 친구들이 해코지하지는 않는지 살피며 동생을 두둔하고 보호했다. 동생이 유치원에 갈 때는 머리도 빗겨주고 옷도 챙겨 입혔다. 다시 일을 시작한 엄마가 바빠지자 틈틈이 엄마의 일손을 덜어준 것이다. 또 동생이 올 때까지 기다렸다가 데려오기도 하고 필요한 문구용품을 준비해주기도 했다.

엄마와 아빠가 집 안팎에서 일에 쫓겨 딸들에게 충분한 관심을 기울이지 못하는 사이 큰딸은 제법 의젓하게 자신을 돌보고 동생까지 챙겨주고 있었다.

딸들에게 '잊어버려'라는 말을 자주 하게 된 것은 이 시절에 받은 내적 상흔이 아물면서 얻은 깨달음 때문인 듯하다.

나는 일을 대하는 방식에서 변화의 출발점은 '잊음'이라고 생각한다. 잊음은 또 다른 기억을 위한 공간을 만들어가는 장치다. 어찌 보면 잊는 것은 새롭고 생산적인 삶을 취하기 위한 버림이다. 이것은 오래 담아두어 변질된 컵 안의 물이나 이미 오염된 냉장고 안의 음식을 버리는 것과 같다.

내가 저지른 실수, 시행착오에 따른 분노, 회한, 절망감은 오랜 시간이 지나면 옅어지긴 해도 완전히 사라지지 않고 계속 의식 주변을 맴돈다. 과거의 기억은 작은 돌멩이에 불과하지만 매달고 있으면 바위처럼 짓누른다. 자신의 내면에 저장된 감정의 찌꺼기를 버리기 위해서는 컴퓨터의 삭제 기능을 사용하듯 '잊음' 기능을 수시로 눌러주어야 한다. 잊지 않으면 앞으로 나아갈 동력을 상실하기 때문이다.

지금을 충실하게 살기도 시간이 부족한데 과거의 문제에 집착해 인생을 낭비할 필요는 없다. 사실 지난 일을 되새기며 고민하고 고뇌에 빠지는 것은 사고의 유희이자 사치스러움이다.

과거의 일은 짧게 생각하고 교훈을 얻는 것으로 충분하다. 교훈을 얻었으면 이것을 바탕으로 미래지향적인 사고를 하면서 오늘을 살아가야 한다. 바로 여기에 '잊음'의 매력이 있다. 머릿속에서 삭제하는 데 익숙해지면 과거에 얽매이지 않고 그 집착에서 벗어나 새롭게 다가오는 문제에 대처하는 사고의 유연성을 기를 수 있다.

'잊음'은 단순한 삶의 태도와도 연결된다. 과거의 실패나 고통뿐 아니라 현재 발생하는 많은 일을 단순하고 명백하게 생각하면 다음 단계로 나아가는 추진력이 생긴다. 우리가 등산이나 여행을 즐길 때 마음이 편해지는 것도 사고가 단순해지기 때문이다.

또한 잊음은 인생을 달관하는 자세로 바라보는 '새옹지마'라는 말과 같은 철학적 사유에 기반을 두고 있다. 한마디로 잊음은 지혜와 도량을 얻는 훈련이다.

너무 충격적인 일을 당한 터라 나는 그 모든 걸 잊을 수 없었지만 그래도 그것을 교훈으로 삼아 새로운 기회에 도전하고 싶었다. 파울로 코엘료는《흐르는 강물처럼》에서 이렇게 말했다.

"거대한 상실과 마주할 때 인내하라. 삶의 모든 것은 한시적이라는 것을 깨달아라. 그리고 그 변화를 늘 하고 싶었지만 용기를 내지 못했던 일을 할 기회로 삼아라."

나는 주변의 모든 지인이 만류했지만 가지 않으면 평생 후회할 것 같아 유학길에 오르기로 했다. 사업을 하는 한 친구는 회사를 같이 경영하자고 권유했으나 내가 하고 싶던 공부를 마치지 않으면 두고두고 후회스러울 것 같았다.

물론 낭인생활과 법정 투쟁으로 돈은 바닥나고 아이까지 둘이나 있는 상황에서 유학을 간다는 것은 무리한 일이긴 했다. 당시 나는 명문 사립대학을 선택하고 싶었으나 정치학과에서 장학금을 받는 것은 거의 불가능했다. 비록 입학 허가는 받았지만 최소 일 년 학비가 필요하다고 했다. 할 수 없이 나는 학비가 가장 저렴한 주립대학을 선택했다. 그마저도 일 년 후에 장학금을 고려하겠다는 답변을 들은 터라 조건이 썩 좋은 것은 아니었다.

하나하나 따지고 캐고 계산하느라 뭉그적거리면 그 자리에서 단 한 발짝도 나아가지 못한다. 나는 딱 결단을 내렸다.

일단 가보자!

실은 어떻게든 되겠지 하는 무모한 결심이었다. 우선 일 년 학비와 생활비로 2만 달러 상당의 예금증명서를 학교에 보내야 했다. 나는 친구에게 잠시 이천만 원을 빌려 내 이름의 예금증명서를 준비했다. 우리가 출국하던 날 친구는 공항까지 우리 가족을 태워다주면서 지금도 늦지 않았으니 돌아가자고 만류했다.

그러나 내 확고한 의지를 확인한 친구는 일단 가서 힘들면 다른 생각 하지 말고 돌아오라고 말했다. 돌아올 생각은 결코 없었지만 친구의 말은 큰 위안과 용기를 주었다.

그렇게 우리 가족은 한국을 떠났다.

2부 아빠의 도전

연동하는 가족의 힘

1988년 십이월 말 나는 서른여덟 살의 나이에 유학이라는 단순한 목표 하나만 들고 덜컥 낯선 곳으로 향했다. 지나고 생각하니 나 자신뿐 아니라 가족의 안전과 미래를 인질로 무모한 도박을 한 느낌이다.

디트로이트 공항에서 입국 수속을 하려고 줄을 선 그 잠깐의 시간 동안 '나는 무엇을 위해 이곳에 서 있는가'라는 생각을 했다. 내 무모한 만용은 금세 드러났다. 비행기를 갈아타고 최종목적지인 모건타운 공항에 내릴 때가 되어서야 나는 그날 밤을 어디서 묵을지 생각조차 하지 않았다는 사실을 깨달았다.

메트로폴리탄이 아닌 미국의 보통 생활 방식을 전혀 알지 못한 나는 공항에서 차를 빌리거나 옐로우 택시를 잡는 것에도 여러 절차와 조건이 있음을 알지 못했다. 한마디로 나는 아내와 두 아이 그리고 일곱 개의 가방을 안전하게 책임지는 데 필요한 것을 아무것도 갖추지 못하고 있었다.

암담한 심정으로 시골의 작은 공항에서 서성거리고 있는데 한국 학생 몇 명이 다가와 악수를 청했다. 그들은 소식을 듣고 마중을 나왔다며 각자 자신을 소개하고 대기해둔 두 대의 차에 가방을 실었다. 그리고 다른 차에 우리 가족을 태우고 공항을 빠져나와 홀리데이 인으로 데려갔다. 이는 학교 국제학생회가 한국에서 오는 학생의 정보를 한국 학생회에 전달해주어 이뤄진 조치였다.

그날 밤 우리는 그 여관에서 학생들이 가져다준 라면으로 성찬을 즐겼다. 장시간의 비행으로 피곤했지만 나는 쉽게 잠들지 못했다. 다음 날 아침 노크 소리에 잠을 깨니 어젯밤 그 학생들이 우리를 다른 곳으로 데려다주려고 기다리고 있었다. 고맙다는 인사를 할 경황도 없이 서둘러 차에 올라 밖을 내다보니 카드에서 본 것처럼 집집마다 크리스마스 장식을 아름답게 해놓고 있었다. 아이들은 그 낯선 풍경에 긴장했는지 밖을 내다보며 숨소리도 내지 않았다.

차는 곧 타운하우스 입구로 들어섰고 그들은 우리를 일주일 동안 머물 아담한 장소로 안내했다. 연갈색 카펫을 깔아둔 그 집은 서울에서 살던 집보다 훨씬 넓었다. 알고 보니 그 집 주인은 한국 유학생으로 짧은 겨울방학 동안 서울에 가면서 우리에게 며칠간 묵도록 조치를 취해준 것이었다.

딸들은 오랜만에 마음의 안정을 얻은 듯 기뻐하며 창문 밖으로 보이는 풍경을 구경하느라 여념이 없었다. 나는 그들의 도움을 받아 그 타운하우스 사무실로 가서 우리가 일 년 동안 기거할 아파트를 빌리는 데 사인했다. 그들은 우리가 일상생활에 필요한 필수품과 생필품을 구입하고 이사할 때까지 차와 필요한 것을 제공하며 물심양면으로 도와주었다. 이 도움을 생각하며 나는 유학기간 내내 후배들에게 보답하려는 마음 자세로 지냈다.

가장 먼저 해결해야 할 것은 딸들의 학교 문제였다. 나는 입학 상담을 위해 딸들과 함께 초등학교를 찾아갔다. 어리둥절해하는 두 딸을 데리고 교장실에 들어가 소개를 하자마자 마음씨 좋아 보이는 60대 교장선생님은 환영한다며 내 손을 으스러질 듯 잡고 악수를 했다.

교무실에서 나온 뒤 알파벳의 첫 자도 모르는 두 아이는 각자의 반으로 가야 했는데, 큰딸은 사 학년 반으로 가고 작은딸은 같은 반 아이가 데리러왔다. 딸들은 연신 뒤돌아보며 애절한 눈빛으로 무언가 말할 듯 말 듯하면서 교실로 들어갔다.

사실 작은딸은 서울에서 어린이 유치원만 다녔을 뿐 학교에는 가본 적이 없었다. 두 딸이 언어도 통하지 않고 모습까지 다른 아이들 틈에서 하루를 보낼 생각을 하니, 순간 내가 아이들에게 무슨 짓을 한 것인가 하는 생각에 가슴이 미어졌다.

아니나 다를까 몇 주 후 학교에서 부모 면담을 요청했다. 선생님은 딸이 학교에서 말이 없을 뿐 아니라 전혀 반응도 보이지 않는다며 이 사실을 부모가 알고 있는지 혹은 미리 학교에 알리지 않은 아이의 문제가 있는지 물었다. 무어라 말할 수 없을 만큼 당혹스러웠다. 나는 작은딸이 유치원에서 돌아오자마자 그날 있었던 일을 세세히 이야기하고, 읽은 책의 내용도 상세히 말하는 아이니 좀 더 시간을 두고 주의 깊게 관찰하겠다고 말했다.

돌아오는 내내 마음이 무겁고 착잡했다. 혹시라도 문화적 충격이 안겨주는 스트레스로 인해 아이에게 언어발달장애라도 오면 어쩌지 싶어 몹시 걱정스러웠다.

그날부터 아이는 아내와 함께 영어 수업에 들어갔다. 그건 엄마조차 발음하기 힘든 단어를 소리 내 따라 읽으며 배우는 과정이었다. 영어야 시간이 지나면 깨우칠 테지만 나는 아이가 느끼는 괴로움을 조금이라도 덜어주려고 애를 썼다. 학교에서도 두 딸을 위해 특별 수업을 만들었다. 교장선생님은 대학에 도움을 요청하는 공문을 보냈고 그 내용을 벽보에까지 붙여두었다.

'우리 학교에 영어를 한 마디도 하지 못하는 한국에서 온 두 명의 학생이 있습니다. 영어를 가르쳐줄 자원봉사자를 구합니다.'

며칠 뒤 사회사업학과 대학원생과 학교 고문변호사가 하루에 네 시간씩 영어를 가르쳐주겠다고 나섰다. 일월부터 팔월까지 대학원생 리사가 월·화·수, 고문변호사가 목·금을 맡아 일대일로 영어를 가르쳤다. 그렇게 두 딸은 다른 언어와 문화에 익숙해질 때까지 일 년 정도 어려운 시기를 보냈다.

딸들의 입학 수속을 마친 날, 나는 내 수업 과정과 장학금을 의논하기 위해 학과장을 찾아갔다. 영어로 의사표현을 하는 데 다소 어려움이 있었지만 일단 부딪쳐보기로 했다. 그분은 나중에 내가 가장 존경하는 교수이자 친구가 된 제럴드 팝스로 그와의 만남은 내 인생의 행운이었다. 나는 내 처지를 설명하며 장학금이 꼭 필요하다고 말했다.

"미국에서 정치학 박사 과정을 밟으려면 평균 8.8년이 걸리는 것으로 알고 있습니다. 한국에서 가져온 유학 경비로 네 가족이 살려면 장학금이 필요합니다."

그는 난감한 기색으로 영어가 서툴러 땀을 흘리며 말하는 나를 쳐다보더니 비서를 불렀다. 팝스 교수는 학장실에 가서 장학금이 정말 필요한 학생이 있다는 설명을 하고 장학생 티오를 만들어주었으면 좋겠다고 했다. 비록 확정된 것은 아니지만 그때 희망이라도 생긴 것에 얼마나 감사했는지 모른다.

학과장 방에서 나오자 비서인 데비가 "등록하지 않고 기다리면 연락을 해주겠다"라고 말하며 환하게 웃었다. 그 말을 전해주며 천사처럼 웃던 그녀의 모습이 지금도 생생하다.

다음 날 비서의 전화를 받고 학과 사무실로 가자 그녀는 나를 위한 장학금이 준비되었다고 했다. 다행히 졸업할 때까지 최소한 학업을 지속할 기반은 갖춘 셈이었다. 문을 두드리면 열어주는 사람이 분명 있나 보다.

그렇게 다시 학생이 되어 책상 앞에 앉았지만 수업을 따라가기는 쉽지 않았다. 과목마다 요구하는 독서량이 상상을 초월할 정도로 많았다. 더구나 말하기 능력이 모자란 상황에서 수업 내내 토론을 해야 했기 때문에 나는 무작정 모든 과목을 다 읽고 간다는 목표를 세웠다.

모든 조건이 열악했으나 가족의 희생을 딛고 이루려는 학문인 만큼 나는 철저히 각오를 다졌다. 앞으로 몇 년은 그 어느 때보다 정신적으로 집중해야만 했다.

대한민국이 IMF 외환위기를 맞아 많은 아빠가 직장을 잃고 힘들어할 때 〈아빠 힘내세요〉라는 노래가 유행했다. 이 노래는 경제가 어려워져 아빠들이 힘들어할 때마다 종종 회자된다.

특히 노랫말에 나오는 '우리가 있잖아요'라는 말은 일상적이고 단순하지만 아빠들에게 전해지는 울림이 아주 크다. 당시 경제적으로 어려움을 겪던 많은 사람이 이 동요에 공감하고 위로를 받았다. 왜 이 노래는 많은 사람에게 공감을 받았을까? 힘들고 지친 아빠에게 가장 큰 위로와 힘을 주는 존재는 가족이며 그중에서도 자녀의 응원은 대체불가다. 이는 비단 경제가 어려울 때뿐이 아니다.

대다수 부모는 공통적으로 아이들이 기뻐하면 마음이 편하고, 아이들이 힘들어하면 마음이 무겁다. 평소에도 부모의 감정은 아이들의 마음 상태에 따라 널뛰기를 한다. 아무리 힘들어도 아이가 밝게 웃으면 견뎌낼 수 있지만, 아이가 힘들어하면 평소 원하던 것을 얻어도 기쁘지가 않다.

이처럼 자연발생적으로 연동하는 감정 공유는 인생의 소중한 가치다. 어떤 연동 장치에서 하나가 움직이면 연결된 다른 부분이 자동으로 움직이는 것처럼 부모와 자녀의 관계도 이와 같다. 많은 부모가 자녀에게 마음과 정성을 다하는 것은 이 자연발생적인 연동 때문이다. 그런데 간혹 이러한 연동을 무시하고 조건을 다는 부모도 있다. 성적이 좋으면, 말을 잘 들으면 등의 조건을 내세워 부모가 원하는 것을 충족시킬 때만 아이와 감정을 공유하려고 한다.

부모와 아이의 감정 교류에는 아무런 조건이 없어야 한다. '~ 한다면 ~ 해주겠다'라는 생각을 내려놓고 존재 자체로 존중하려는 마음이 필요하다. 또한 아이들과의 관계는 과거도 미래도 아닌 현재진행형이어야 한다. 어제 다투었던 일을 오늘에 연결시켜 아이를 대하면 아이는 어제의 그물에 걸려 나아갈 수 없다. 자라는 아이는 부모의 단순한 격려나 칭찬에 연동되어 앞으로 쑥쑥 나아간다.

이런 무조건적인 지원과 연동은 아이들한테만 적용되는 것은 아니다. 부모도 마찬가지다. 나는 남편과 아빠로서 늦게 시작한 공부를 하는 데 가족의 동의와 도움이 절실했고, 그들의 공감과 연동으로 새로운 삶을 시작할 수 있었다. 우리 가족은 낯선 문화에서 오는 불안과 불편함을 해소하는 시간으로 아침식사와 저녁식사 시간을 활용했다. 하루를 격려와 배려로 시작했고, 저녁 식탁에서는 그날의 일과를 정리하는 짧은 시간을 가졌다. 아이들은 자연스럽게 그들이 해야 할 일을 스스로 찾았고 하는 일에 대한 자긍심도 높아졌다.

함께하는 어려움과 고단함은 이해와 소통을 통해 견딜 만한 가치가 있고 보람 있는 것으로 변모했다. 내가 가장으로서의 역할을 잠시 접어두고 시작한 유학생활은 이렇게 아이들과 아내의 정서적 연동과 가족의 긴밀도를 높여가며 안정권에 들어섰다.

정의를 알기 위하여

어느 날 팝스 교수가 나와 면담하기를 청했다. 그는 잠시 미국생활 얘기를 하고 나서 내게 물었다.

"관심 있는 주제가 무언가? 어떤 주제로 박사 과정을 밟으려고 하는가?"

"필리핀이나 남미 국가들처럼 미국(특히 CIA)이 지원하거나 손을 댄 국가들이 왜 그렇게 망가지는지 연구하고 싶습니다. 교수님은 '정의론'의 대가이니 제가 그 관련 자료를 구하도록 도와주십시오."

내 대답이 예상 밖이었는지 그는 약간 놀라는 기색을 보였다. 잠시 생각에 잠겨 있던 그는 자상한 미소를 보이며 쉽지는 않겠지만 알아보겠다고 말했다.

그로부터 몇 달 후 다시 만났을 때 그는 내게 "아쉽지만 부탁했던 분야의 자료는 오십 년쯤 지나야 볼 수 있어 구하기가 힘들다. 다른 주제를 생각하는 것이 좋을 듯하다"라는 답을 주었다. 잠시 고민한 나는 "그러면 많은 정치가가 정의사회를 구현하겠다고 역설하는데도 왜 사회가 정의롭지 못한지를 주제로 삼아 연구해보고 싶다"라고 말했다. 팝스는 "사회정의를 연구하는 것은 의미 있고 가치 있는 일"이라며 뜻밖의 제안을 했다.

"미스터 리! 어렵겠지만 매주 금요일 오후 우리 둘이 토론하는 시간을 갖는 것은 어떨까? 책은 내가 정해줄 테니 읽고 토론하는 시간을 갖자."

나는 이것이 얼마나 큰 부담이 될지 상상도 하지 못한 채 얼떨결에 그러자고 대답했다. 이후 팝스는 매주 읽고 토론할 책을 정해주었고 우리의 토론은 오랫동안 이어졌다. 토론 시간에 그는 내게 책 내용을 설명하게 했는데 내가 개인적인 의견을 제시하거나 질문을 하면 진지하게 응해주었다.

우리의 토론이 일 년 정도 지난 시점에 그는 불완전한 한국어 발음으로 "규천!" 하고 나를 부르더니 이렇게 말했다.

"이제부터 나를 닥터 팝스 대신 '제리'로 부르게."

또한 그는 자신의 저서에 '내 최고의 친구(My best friend), 정의를 실현하라(Do justice)'라는 문구를 써서 주었다.

나이를 뛰어넘은 우리의 우정은 계속 이어졌다. 그는 우리 가족에게 가장 축복받은 가족이라고 했고 딸들에게 무한한 사랑과 힘을 주었다.

공부를 마치기 전에, 팝스 내외와 함께 우리 가족이 식사할 기회가 있었다. 큰딸은 중학교 이 학년, 작은딸은 오 학년이었다. 그날 작은딸이 유난히 팝스와 많은 이야기를 나눴다. 좋아하는 과목, 재밌게 읽은 책, 하고 싶은 일 등 예순 살 노교수와 열두 살 아이가 친구처럼 대화를 나누던 장면은 지금도 내 기억에 생생하다. 팝스는 딸들에게 이야기를 하나 들려주었다. '우리가 세상에 나올 때 신이 거울 하나를 세상으로 던져 산산조각 낸다. 그리고 인간은 삶을 살면서 깨져 흩어진 거울 조각을 하나씩 찾아서 모으고, 삶이 끝날 때 비로소 완성된 거울에서 진정한 자신을 마주할 수 있다'는 이야기였다. 작은딸은 이 이야기를 듣고 탄성을 질렀다. 크게 감명을 받았는지 몇 년 뒤 작은딸은 〈거울〉이라는 제목으로 그 이야기를 가사로 써서 1집 앨범에 싣기도 했다.

변호사로 첫 업무를 하던 작은딸은 어느 날 느닷없이 팝스 교수에 대한 이야기를 하면서 그는 자기가 만난 사람들 중에서 가장 지적이고 인간적이며 도덕적인 사람이라고 말했다. 이 점에는 나도 동의한다.

격식을 차리지 않고 자유분방한 그는 로스쿨을 졸업한 뒤 잠시 검사 생활을 하다가 다시 정치학에 도전한 정치학 박사로 교수직을 천직으로 여기는 학계의 집시였다. 가끔은 승강기에서 가방을 메고 어딘가로 가는 그를 만났는데, 어디에 가느냐고 물으면 '집시 콘퍼런스'에 간다고 했다.

그렇게 그는 스스로를 집시라고 불렀지만 성적을 매길 때는 정말 철저했다. 한번은 어떤 학생의 평균 성적이 89.95였는데 B+를 주면서 A를 주기에 조금 모자란다고 했다. 그는 원칙주의자였고 지적 자존감이 무척 높았다.

나는 학위논문 주제를 그와의 토론 과정에서 찾았다. 제리와 함께 몇 주 동안 정의론을 두고 토론을 하던 어느 날 나는 부정의 개념을 토론 주제로 제시했다.

“제리! 아주 재미있고 제가 오랫동안 궁금해하던 것을 풀어낼 방안을 찾았습니다. 부정의 개념을 이용하면 규범적인 정책평가모델을 만들 수 있을 겁니다.”

“나도 내 책에 부정의에 관해 썼는데?”

“알고 있습니다. 하지만 당신이 논한 것은 행정학적 차원이지요. 저는 ‘정의’라는 철학 개념을 어떻게 정책학과 연결할지 고민해볼 겁니다. 규범적 정책분석 모형을 정립하는 데 철학 개념을 적용할 길을 찾은 셈입니다.”

내 말을 들은 제리는 무척 흥미로워했다.

“좋은 아이디어에다 새로운 통찰이네. 앞으로 정의 개념과 부정의 개념을 더욱 정밀하게 파악하는 데 필요한 관련 서적과 논문을 구해 토론해보자고.”

나는 내가 그렇게 인식을 전환하게 된 이유를 설명했다. 그것은 내가 독창적으로 생각해낸 논리가 아니었다. 그건 정말 우연이었다. 어느 날 나는 프랑스 철학자 자크 데리다가 존스홉킨스대학에서 강의한 해체주의Decomposition 관련 논문을 읽었다. 사회정의를 실현하지 못하는 이유에 초점을 두고 그 글을 읽으면서 하나의 통찰 실마리를 찾아냈다.

그의 이념은 말 그대로 그냥 해체하자는 것이 아니라 문제의 본질을 인식하는 방법, 즉 인식의 전환으로 경제적·시간적으로 문제의 본질에 쉽게 접근하자는 논리다. 이것은 칼 포퍼의 '추측과 반박Conjecture and Refutation' 논리와 상통하는 개념이다.

수많은 사람이 신이나 천사의 존재를 열심히 찾는데도 세상이 좋아지지 않는 것은 무슨 이유일까? 우리가 신이나 천사, 즉 선에 대한 관념적 인식으로 사회 현상에 접근하기 때문이다. 그렇다면 인식을 반대로 해보는 것, 이를테면 천사적 요소(정의: 이상적인 사회)를 찾는 게 아니라 현실에서 악마적 요소(부정의: 사회적 문제)를 줄여가는 방법이 더 효과적일 수 있다.

사실 정의 개념은 추상적이고 미래지향적이다. 이로 인해 사회정의를 실현해야 할 정치가 이를 현실에 적용하지 못하는 것이라면 그 반대 개념인 '부정의'를 중심으로 연구할 경우 접근이 용이할 것이라는 데 생각이 미쳤다. 부정의는 추상적인 것이 아니라 실질적이고 구체적이기 때문이다.

정책과 정치는 현실에 나타난 사회 문제를 풀 해답을 찾는 일이다. 나는 학자들이 어떤 규범적 모델을 만들지 못해 실증주의적이고 계량적인 방법에 집착한 것이라고 판단했다. 한마디로 그리스 시대부터 철학적 담론의 핵심 개념이던 '정의'를 추상적 상징성으로만 인식해 현실 정치에 적용하지 못한 것이다.

주제를 확고히 잡았으니 논문의 반은 완성한 셈이었다. 이후 팝스는 내가 학위논문을 완성할 때까지 철학적 논의에 필요한 많은 자료를 제공했고 토론과 교정에도 시간을 할애해주었다. 그는 그것이 "동료로서 해야 할 정의를 실천하는 것이자 가장 가까운 친구를 위한 것"이라며 내가 미안해하지 않도록 배려했다.

첫 학기 여름방학 때 나는 백 권의 철학책을 선별해 탐독에 들어갔다. 학기 중에는 시간을 내기가 몹시 어려워 방학 때 최대한 읽어두어야 했다. 그때 나는 매일 열두 시간을 도서관에 틀어박혀 있었다.

경제활동을 하지 않고 그렇게 들어앉아 책만 볼 수 있는 시간이 주어진 것은 내게 커다란 행운이었다. 방학 기간 세 달 동안 나는 백 권의 책을 다 읽었다. 세 달 동안 책에 푹 빠져 지내다 보니 어렵게만 느껴졌던 철학사상이 얼추 나만의 그림으로 연결되었다. 그 뿌듯한 희열이라니!

유학생활에서 나는 크게 두 가지 교훈을 얻었다. 하나는 몰입에는 에너지 낭비가 거의 없다는 점이다. 정신은 수면과 상관없이 집중할 수 있고 에너지가 고갈되지 않아 피곤이 느껴지지 않는다. 정신적 집중력은 육체적 피로와 고단함까지 제압한다. 쉽게 말해 흩어지지 않은 에너지는 많은 것을 가능케 한다.

다른 하나는 몰입과 집중이 내적 공간을 확대한다는 점이다. 내적 공간이 확대되면 외부에서 오는 충격을 완화할 수 있다. 이러한 충격 완화는 어떤 대상과 사건을 경험할 때 인내심과 이해심을 발휘하게 해준다.

내가 아빠로서, 늦깎이 학생으로서 경험한 바를 고백하건대 학문과 양육은 자기 자신과의 싸움이며 아픈 노력의 과정이 필요한 일이다. 내 유학생활은 학위 취득보다 가족 간의 행복을 가꿔가는 힘의 원천을 찾은 데 더 큰 가치가 있었다.

내 욕심에서 출발한 유학생활은 분명 딸들에게 많은 어려움을 주었을 것이다. 그러나 여기에 부정적인 영향만 있었을 것이라고 여기진 않는다. 특히 작은딸은 방학 동안 내가 도서관에 갈 때마다 따라다녔다. 넓은 책상 하나를 독차지하고 가져간《허클베리 핀》이나《초원의 집》시리즈를 읽다가 싫증이 나면 도서관 곳곳을 다니며 손끝으로 두꺼운 책의 가장자리를 훑고 지나가는 놀이를 했다. 오래된 책 냄새와 하드커버로 된 책의 책장을 넘길 때 나는 소리가 좋다며 책을 뒤적이기도 했다. 그 시절의 경험이 각자에게 어떤 기억으로 남았는지는 가족의 몫으로 돌리련다.

"소은아, 이 박사보다 좋은 게 뭔지 알아? 오 박사! 오 박사보다 좋은 건? 백 박사! 제일 별로인 건, 반 박사!"
이런 농담을 하며 세상에서 가장 행복한 웃음을 짓는 엉뚱하면서 따뜻한 마음을 가진 남자, 원조 딸바보 우리 아빠다. 생각이 복잡하고 예민한 우리 집안 여성들과 달리 아빠는 늘 심플하고 명쾌하다. 이야기 소재가 웃기는 건지, 이야기가 웃기다고 생각하는 아빠가 재밌는 건지 확실하진 않지만, 우린 늘 아빠가 하는 이야기로 인해 많이 웃는다.

미국에서 아빠와의 소통은 주로 이메일과 카톡으로 이루어진다. 아빠의 모든 커뮤니케이션은 "사랑하는 딸들아"로 시작해 "너를 제일 사랑하는 아빠가"로 끝난다. 너무 익숙해져서 생각 없이 읽고 지나지만, 순간순간 아빠의 믿음과 사랑이 담긴 말이 습관적으로 챙겨먹던 비타민처럼 건강한 삶의 바탕이 되어 있다는 것을 깨닫곤 한다.

한국에서 가수 활동을 하다가 로스쿨 입학으로 시작된 삶의 변화와 그와 동반된 크고 작은 도전을 나는 부모님과 함께 나눴다. 하루아침에 법과 규칙을 적용하고 논리를 펼치는 사고 패턴으로의 전환은 결코 쉽지 않았다. "난 머리가 안 좋은가 봐. 정말 남들보다 이해가 너무 느려." 이런 말만 반복하며 풀이 죽어 있는 딸이 안쓰러우셨는지, 어느 날 메일로 "아빠가 보는 법학 공부에 관한 Tips"라는 제목으로 장문의 글을 보내주셨다. 소수 의견의 중요성, 시대적·사회적 배경에 따른 법의 역사성과 철학적 배경을 빼곡히 적어 놓으시고, 글 머리말에 "아빠가 틀릴 수도 있음을 전제로 하니 참고로 하길"이라는 문구가 적혀 있었다.

아빠는 당신의 생각이 무조건 옳다고 한 적이 없다. 어렸을 때부터 딸들의 의견을 묻고 존중해주셨고 아빠의 결정이나 선택에 우리의 의사를 반영하셨다. 어른이 된 지금도 조언은 참고로 할 뿐, 결정은 우리가 내릴 수 있게 지켜봐주신다. 이렇듯, 아빠는 늘 민주적이셨다.

그 편지의 말미에는 "소은아, 아빠는 네가 처음부터 잘할 거라 기대한 적이 없다. 처음엔 황소걸음이지만 바탕이 확립되면 누구보다 잘할 거야"라고 쓰셨다. 딸에 대한 맹목적이고 무조건적인 지지일 거라 생각하면서도 그 이야기는 마법처럼 내 마음에 자리 잡았고 어려운 시기를 잘 견뎌내게 했다. 그 후에도 공부와 외로움, 로스쿨 생활의 어려움을 토로했다. 아빠는 "고생을 선택해서 하는 것은 행운이야. 그걸 기억하면 견딜 수 있을 거야"라고 하셨다.

뉴욕에서도 치열한 로펌의 업무 스트레스와 국제기구의 정치적인 플레이로 머리가 복잡해질 때면 아빠의 단순 명쾌한 조언이 듣고 싶을 때가 있다. "어려움은 피한다고 없어지는 게 아니야. 맞서서 확실하게 보고 판단하는 거지. 맞짱을 뜰 수 있는지? 오히려 즐길 것인지? 즐기지 못하면 가끔은 오기나 허세도 부려! 그게 인생 아니겠니?"

나는 예민하고 완벽성을 지향하는 성향 때문에 스트레스를 쉽게 받고, 일이 뜻대로 안 될 때 자책하는 경향이 있다. 그럴 때마다 일하는 어려움, 사람과의 갈등에 대해서 실컷 온갖 디테일을 토해내는데, "지난 일은 forget about it!"라는 아빠의 엉뚱하리만큼 단순한 반응 덕분에 가족 모두 웃음이 터지고 그 상황 속에서 나 또한 웃게 된다. 신기하게도, 웃음 속에서 일종의 정화작용이 일어난 듯, 한결 가벼워진 마음을 마주할 때가 많다.

대학교 때 전공수업에서 감명 깊게 읽은 미국의 저명한 소설가 토니 모리슨의 작품 《재즈》에는 이런 구절이 있다.

"… Laughter is serious. More complicated, more serious than tears(웃음은 진지한 것이다. 눈물보다 더 복잡하고, 더 진지한 것이다)."

아빠의 웃음도 이런 종류일까? 세상 모든 부모님들이 그렇듯이 가족을 위해서 힘들어도 웃으면서 계속 나아가는 길밖에 없지 않았을까. 아빠의 한결같은 긍정성과 웃음은 삶의 많은 굴곡의 과정에서 길어 올린 자연생수다.

멀리서도 딸의 고민을 함께하는 아빠의 마음이 웃음이라는 매개체로 어떤 메아리보다 크게 울리는 응원의 메시지가 되어 내 마음에 전해진다.

아빠의 썰렁한 농담을 생각하다가 피식 웃음이 난다. 그리고 금방 코끝이 찡해 온다. 나는 웃음보다는 눈물이 나는 걸 보니, 아직 내공이 부족한가 보다. 사랑해, 아빠. 우리한테는 이 박사가 최고야.

— 작은딸 이소은

지금, 여기서 함께하라

예나 지금이나 유학생활은 통합적인 과부하에 걸리기 쉬운 환경이다. 나에게 유학생활은 집행유예 기간이나 다름없었다. 수업 자체만으로도 과부하 상태였지만 공부는 어떻게 해서든지 내 스스로 극복할 수 있는 문제였으나 가족과 관계되는 근심거리가 마음에서 떠나지 않았다. 아이들 교육, 경제적 문제, 가족의 건강, 특히 아내의 건강 때문에 고민이 많았다. 게다가 늦깎이 유학생인 나의 건강도 달렸다.

장학금을 받아도 등록할 때 의료보험을 별도로 사야 했지만 보험료가 비싸서 의료보험 없이 삼 년을 버텼다. 이후 모든 유학생을 상대로 한 의료보험정책이 바뀌면서 등록할 때 의무적으로 의료보험증을 제시해야 했다. 나는 등록할 때 보험을 샀다가 등록을 마치자마자 해약했다. 가족의 보험을 사는 데 한 달 생활비를 써야 했기 때문이다.

유학생활도 빈부의 차이는 다를 바가 없어서 우리 주변에 여유롭게 사는 사람들을 볼 때면 부럽기도 하고 가족에게 미안하기도 했다. 비교하기 시작하니 내가 한없이 초라해져 힘이 빠졌다. 그렇지만 내가 할 수 없는 것을 두고 에너지와 감정을 낭비하고 있을 수만은 없었다. 비교는 내가 스스로 피워내는 곰팡이에 불과하다는 생각이 들었다.

어수선한 한 학기를 보내고 두 번째 학기가 되자 어느 정도 안정을 찾은 나는 아르바이트 일거리를 찾아 나섰다. 가장 큰 이유는 생활비에 보탤 돈을 버는 데 있었다. 그리고 대학생들의 기숙사를 관리하는 나이트 쉬프트 아르바이트라면 일하면서도 수업에 지장이 없고 오히려 밤새워 책을 읽을 수 있으니 좋을 거라는 생각이 들었다.

밤 열 시부터 새벽 여섯 시까지 매 시간당 일층부터 오층까지 둘러보는 데 십 분 정도 걸리는 일이었다. 학생들이 문제를 일으키지 않으면 잠깐 일하고 나머지 시간은 마음 놓고 책을 볼 수 있었다. 물론 어떤 날은 술에 취해 들어오는 학생의 방을 찾아주느라 시간을 많이 빼앗길 때도 있었다. 그런 날에는 집중해야 하는 독서를 포기하는 수밖에 없었다.

부모가 바르게, 열심히 사는 모습을 보여주는 것보다
더 좋은 교육은 없다.
아이들의 행동에는 부모의 모습이 그대로 투영된다.

나는 기숙사 경비실에서 일할 때는 밤새 기숙사에서 공부했고 그 외에는 늘 하디스라는 패스트푸드 레스토랑을 찾아갔다. 도서관은 밤 열두 시까지만 개방하기 때문에 도서관이 문을 닫을 즈음 이십사 시간 영업하는 햄버거가게 하디스에서 공부한 것이다. 요즘 젊은이들이 카페에서 공부하듯 하디스에서 새벽 네댓 시까지 공부하다가 집에 와서 자고 아침 아홉 시쯤 학교에 갔다. 그러니 몸이 지치고 고단한 것은 당연했다.

모든 것에서 뒤처졌기에 여름방학 삼 개월 동안 책을 충분히 읽지 않으면 한 학기가 몹시 힘들었다. 배운 것과 배울 것을 점검해 정리하고 읽어둘 책을 미리 읽어두어야 간신히 새 학기 수업을 따라갈 수 있었다. 여기에다 내가 연구하려 한 정치철학은 과목이 개설되어 있지 않아 스스로 책을 읽고 정치사상을 정립해야 했다. 방학이 되면 나는 도서관에서 철학 관련 책을 장기간 대여해 자동차 트렁크에 실어놓고 한 권씩 읽어가며 정리했다.

하디스는 시끄러웠지만 이상하게도 나는 그곳에서 집중이 잘 되었고 유학 기간 내내 그곳을 아지트로 삼았다. 하디스에 가면 언제나 나를 볼 수 있다는 소문이 나면서 어느 날 학과장이 새벽 한 시에 하디스로 나를 찾아왔다.

그분은 내가 하디스 매장의 한구석에서 공부하는 모습이 재미있다는 듯 온화하고 정겨운 표정으로 다가오더니 긴 팔로 의자를 끌어다 앞에 앉았다. 그와 함께 커피와 간식을 나눠먹으며 미국의 정치와 유학생활의 애로사항 등에 관해 이야기를 나누었다.

그곳에는 나처럼 책을 보거나 일을 하는 단골손님들이 있었다. 그중에는 노부부도, 젊은 변호사도 있었다. 우리는 가끔 눈인사도 하고 짧은 대화도 하며 가깝게 지냈다. 저녁마다 들르는 노부부는 구석에 앉아 있는 나에게 와서 매일 무슨 공부를 하는지, 자녀는 있는지 등 소소한 것을 물었다. 노부부는 "미국 학생들이 당신처럼 열심히 해야 하는데" 하더니 올 때마다 내게 커피 한 잔을 보냈다.

그러던 그들이 한동안 보이지 않아 무슨 일이 생겼나 궁금했는데, 열흘 뒤에 나타난 그들은 내게 티셔츠를 하나 선물했다. 플로리다로 여행을 다녀오면서 나를 위해 기념 티셔츠를 사왔다는 게 아닌가. 그 깊은 마음 씀씀이가 오래도록 여운으로 남았다.

그때의 습관 때문인지 이 글을 쓰는 지금도 나는 집 앞의 커피숍으로 매일 출근하다시피 하고 있다. 작은딸도 로스쿨 시절 파네라라는 샌드위치가게에서 살다시피 했다. 부전여전인가?

아침부터 밤까지 도서관에 틀어박혀 있다 보니 아이들이 어떻게 지내는지 직접적으로 알기가 힘들었다. 아빠로서 아이들에게 깊은 관심을 줄 여유가 없었던 것이다.

그래도 주말이면 모든 것을 내려놓고 온 가족이 테니스 라켓을 들고 테니스 코트로 갔다. 타운 주민이면 공짜로 마음껏 이용할 수 있는 테니스 코트가 여러 개 개방되어 있었다. 운동을 함께하면 가족 간의 응어리를 풀 수도 있고 지친 심신을 이완하는 것은 물론 에너지를 채울 수도 있었다. 사실 가족과의 운동은 내게 그 모든 것을 얻는 유일한 방법이었다. 마음과 정신이 지치면 몸도 같이 지쳐버리므로 균형을 잃지 않도록 관리하는 것이 중요했다.

아내는 한 시간 정도 테니스를 치고 나면 한계에 다다랐고, 그다음부터 나는 작은딸과 테니스공으로 놀이를 했다. 작은딸은 이런저런 규칙을 따질 것 없이 마구 치는 걸 즐겼는데 그 공을 받으려면 이리 뛰고 저리 뛰느라 정신이 없었다. 큰딸은 테니스보다 수영과 달리기를 좋아했다. 우리는 실컷 테니스를 친 다음 다 같이 수영장으로 갔다. 물속에서 25미터에 달하는 거리를 쉰 번 정도 왕복하고 밖으로 나온 큰딸은 그 고된 운동을 하고도 상기된 표정이었다.

"우리 큰딸이 물개네!"

대견해서 한마디 해주면 큰딸은 씽끗 웃었다.

특히 사춘기에 들어선 큰딸이 심리적 변화로 자신의 문제를 엄마나 아빠에게 털어놓지 않는다는 생각이 들 때면 우리는 아이들을 데리고 운동을 하러 갔다. 다행히 함께하는 운동은 어릴 때부터 습관이 되어 있어서 큰 변수가 없는 한 모두가 참석했다.

운동이 끝나면 가족 모두 하디스로 향했다. 그곳 단골고객인 우리 가족은 직원들과 친해져 친구처럼 지냈다. 나와 작은딸은 더블버거를 주문해 한 점도 남기지 않았고 아내와 큰딸은 다이어트를 한다며 프렌치프라이 하나로 둘이 나눠먹었다.

딸들은 가족과 함께하는 그 소소한 시간을 즐겼다. 아이들은 재잘거리며 학교에서 생긴 일이나 친구들과의 사이에 있었던 이야기를 들려주었다. 청소년기에 접어든 큰딸은 전보다 말수가 줄었지만 아빠와 함께 운동을 할 때만큼은 한결 수다가 늘었다.

삶에서 건강한 몸과 마음을 유지하는 것보다 더 중요한 것은 없다. 그럼에도 불구하고 젊을 때는 건강을 자신하거나 상식이 부족해 자신도 모르게 건강을 해치는 습관을 들이기 십상이다.

특히 부모가 아이들의 건강을 세심히 배려하면 아이의 집중력 결핍과 사춘기의 반항, 여러 정신적 문제를 미연에 방지할 수 있다. 실제로 건강이 따라주지 않으면 아이들은 신경질이 늘어나고 사소한 것에도 짜증을 부린다. 한창 활기차게 움직여야 할 시기에 아이의 표정이 좋지 않거나 먹는 것에 관심을 보이지 않으면 부모가 더욱더 신경을 써야 한다.

가족이 정기적으로 함께하는 운동과 놀이는 아이들의 크고 작은 스트레스를 긍정적으로 풀어내고 가족 간의 유대를 강화하는 좋은 기회다. 그것은 육체적으로 엄마보다 더 활동적인 아빠가 아이들과 친해질 좋은 환경이기도 하다.

흔히 청소년기를 맞은 아이들은 심리 변화에 따라 자신의 문제를 잘 털어놓지 않지만, 아빠와 함께 운동을 하면 그 심리적 장벽이 쉽게 허물어진다. 어릴 때부터 가족이 함께하는 운동 습관은 아이들이 사춘기를 원활하게 보내는 데 절대적으로 필요한 요소다.

유학생활 삼 년 차 방학을 보내던 어느 날, 작은딸이 캠프에서 돌아오는 날이라 아내와 함께 콜로세움 앞으로 아이를 태우러 갔다. 마침 건너편에서 딸아이가 우리를 보고 손을 흔들고 서 있었다. 다른 아이들은 이미 다 떠나고 혼자 부모를 기다리고 있으면서도 표정이 자못 즐거워 보였다.

자세히 보니 딸아이 옆에 까만색과 은빛이 도는 예쁜 자전거 한 대가 서 있는 게 아닌가. 십이 주 동안의 여름 캠프에서 하루도 빠지지 않고 열심히 운동한 아이 한 명에게 추첨으로 주는 상품으로 받은 자전거라고 했다. 실력과 상관 없이 성실함 하나만 보는 것이었다.

가무잡잡해진 딸아이는 자전거 바퀴살보다 더 반짝이는 눈빛으로 숨도 쉬지 않고 그동안의 이야기를 재잘거렸다. 특히 테니스에서는 최고 점수를 얻었다며 기뻐했다. 우리는 자전거를 차 위에 고정하고 집으로 향하던 길에 케이크와 음료수를 준비해 가족 파티를 열었다. 작은딸의 무사 귀환과 MVP상 축하, 무사히 보낸 여름방학 그리고 새 학기를 위한 조촐한 파티였다.

가난한 유학시기라도 즐거움과 기쁨은 곳곳에 존재한다. 단지 우리가 즐거운 순간조차 고통을 떨쳐내지 못하고 되새김질하고 있을 뿐이다.

사람들은 자주 되돌릴 수 없는 과거와 아직 다가오지 않은 미래를 끌어다 미리 고민한다. 과거와 미래의 문을 닫아놓고 오로지 현재에만 집중하면 살아내는 게 그리 어렵지 않다. 더구나 우리의 일상에는 작은 기쁨, 소소한 아름다움이 빼곡히 들어차 있다.

당시 나는 학위를 취득하면 다시 직장을 잡게 될 거라는 낭만적인 생각은 아주 조금밖에 하지 못했다. 그보다는 딸들 양육에 필요한 교육비와 생활비 등 잡다한 걱정거리가 나를 점령했다. 그때마다 나는 실학자이자 우리나라 최초의 백과사전인 《지봉유설》을 쓴 이수광 선생의 글을 떠올렸다.

"오직 현재를 보고 정신을 집중하여 굳게 지키라."

한데 의식은 흐르는 물처럼 지금 다잡아도 쉽게 흘러가 버린다. 그걸 놓치지 않으려면 계속해서 붙잡기 위해 애써야 한다. 실제로 나는 현재에 충실해야 한다고 생각하면서도 종종 과거의 죄의식이나 후회를 떠올렸고 미래를 걱정했다. 행한 것보다 행하지 못한 것, 말한 것보다 말하지 않았어야 하는 것이 '현재'를 사는 나를 짓눌렀다.

그 당혹스런 느낌에서 벗어나고자 나는 다시 현재를 향해 눈을 부릅떴다. 일단 학위를 받는 것에 집중하고 미래의 일은 그때 가서 생각하자, 오늘을 유익하게 잘 보내자, 과거는 지나갔고 미래는 불확실하니 오늘에 충실하자, 이렇게 다짐했다. 나를 붙잡아줄 존재는 바로 나 자신이었다. 나를 지탱하게 해준 최선의 사고는 이것이었다.

'Here and Now.'

지금을 충실히 산다는 것이 말처럼 쉬운 건 아니다. 과거의 행동에 따른 죄의식과 후회, 미래의 걱정거리는 끊임없이 우리의 뇌리 속으로 파고든다. 떨쳐내려 하면 할수록 오히려 더 강하게 들러붙으려 한다.

자꾸 되새김질하면서 '그때 그걸 했어야 하는데', '그때 이걸 말했어야 하는데' 하는 생각은 우리가 현재를 살아가는 것을 방해한다. 아이러니하게도 쉽게 잊는 방법 중 하나가 현재에 몰입하는 것이다. 지금에 집중하면 과거나 미래의 일은 내 머릿속에서 사라진다. 지금 열광적으로 춤을 추는 사람이 과거나 미래를 생각하는 것 봤는가.

잊음은 언제나 새 출발이 가능하도록 해준다. 그것은 후회하고 되새

김하는 부정적 에너지를 긍정적인 힘으로 사용할 수 있게 해주는 장치다. 부모가 현재에 집중하면서 밝고 명랑하게 지내면 아이들의 표정도 밝다. 인생에는 즐거움과 슬픔도 있게 마련이다. 다만 어느 것을 먼저 보느냐가 가정에 미치는 영향은 크다. 특히 부모가 표정이 밝고 온화할 경우 아이는 자신의 고민을 가장 먼저 부모에게 털어놓는다.

아이가 부모와 마음의 벽을 쌓는 것 같은 느낌이 들면 먼저 부모 자신의 표정이 어떤지 살펴보면 좋겠다. 어두운 모습의 부모에게 아이는 자신의 고민을 보태고 싶지 않을 테니까. 아이가 부모에게 다가오도록 만들려면 '네 이야기를 들을 준비가 되어 있어'라는 표정이 우러나게 관리를 해야 한다.

기다리며, 응원하며

두 딸은 문화적 쇼크가 떠안긴 어려움을 겪으며 각자 나름대로 적응하려 노력했다. 초기에 작은딸의 자폐에 가까운 '침묵'은 나를 몹시 고통스럽게 했다. 더 배우고자 하는 내 욕심이 가족을 힘들게 만든다는 생각이 들 때면 공부 의지가 꺾이기도 했다.

거의 서너달 이상 학교에서 말 한마디 없이 지내던 작은딸이 어느날 평소보다 밝은 모습으로 돌아오더니 한국말과 뜻이 같은 영어 단어를 발견했다며 기뻐했다.

아침에 선생님이 출석을 확인할 때 순서대로 이름을 부르는데, 출석하지 않은 아이의 이름을 부르면 반 친구들이 일제히 '업~슴'이라고 말한다는 것이었다. 나중에 알고 보니 '업~슴'이 아니라 'absent'라고 한 것인데, 딸은 그것을 한국말의 '없음'으로 이해한 것이다. absent의 발음 't'가 거의 들리지 않기도 하지만 초등학교 어린이인 데다 학생들이 한꺼번에 외치는 소리라 '없음'과 유사하게 들렸을 수도 있겠다 싶었다. 오랫동안 말없이 지내던 딸이 맑고 초롱초롱한 눈빛으로 그것을 발견했다고 말하는데 나는 웃을 수도, 울 수도 없었다. 아이가 얼마나 힘든 시간을 보내고 있는지 가슴 깊이 느껴졌기 때문이다.

여름방학 일주일 전 마침 일요일이라 아랫집에 사는 아이가 우리 집에 놀러왔다. 캔더스라는 이름의 그 아이는 가끔 놀러와 소꿉놀이도 하고 장난치며 놀기도 했는데, 그날은 딸아이 방에서 웃고 소리를 지르며 떠들고 있었다. 외출 준비를 하던 나와 아내는 순간 귀를 의심했다. 딸이 캔더스와 함께 재잘재잘 말하고 있는 게 아닌가.

그때 방문이 활짝 열리면서 두 아이가 뛰어나왔다. 딸아이는 자신이 캔더스의 생일파티에 초대받았고 캔더스가 자기 엄마한테 바비 인형을 선물로 받고 싶다고 말했다는 얘기를 들려주었다. 그리고 자신은 캔더스에게 카드와 헬로키티 연필통을 선물할 거라고 했다.

이게 웬일인가! 딸아이는 캔더스와 거의 같은 속도와 억양으로 영어를 구사하고 있었다. 우리는 동시에 딸의 입만 쳐다보았고 지난 반 년 동안의 침묵이 끝났음을 알았다.

그렇게 딸의 말문이 트였다.

딸아이에게는 시간이 필요했다. 지난 육 개월 동안 새로운 자료를 한꺼번에 너무 많이 받아들여 정리하고 기억해야 했기에 딸아이는 외부로 통하는 문을 잠깐 폐쇄하고 침묵한 것이었다. 그간 아이의 두뇌는 데이터를 분류하고 정리하는 작업을 하느라 바빴을 것이다.

긴 여름방학이 모처럼 말문을 연 딸아이에게 장애가 될까 봐 걱정했지만 딸아이는 방학이 끝나도록 수다를 그칠 줄 몰랐다. 다만 서울에서 재잘거리던 한국말에서 영어로 바뀌었을 뿐이었다.

이후 작은딸은 '올해의 베스트 학생' 명단에 해마다 올랐고 '최다 독서상'을 받았으며 졸업식장에서 모든 교사가 만장일치로 뽑은 최우수 학생에 올랐다. 지금도 그 초등학교에 가면 최우수학생으로 뽑힌 딸아이의 손자국이 새겨진 동판이 학교 건물 외벽에 붙어 있다.

아이들은 어른의 '기다림'을 먹고 자라는 열매다. 빨리 결실을 맺게 하고자 조급하게 다그치면 부작용이 따른다. 과일이 익을 때까지는 시간이 필요하듯 아이들의 성장에도 때가 있는 법이다.

교육은 단순히 학교에서 교사가 가르치고 학생은 받아들이는 이중구조가 아니라 가정, 사회, 사람, 자연 등 모든 것 안에서 이뤄진다. 그러므로 아이들을 좋은 환경에 노출하는 것만큼이나 잘못된 정보와 환경으로부터 아이들을 보호하는 것도 중요하다. 마구잡이로 쏟아지는 시청각 정보와 광고는 아이들을 혼란에 빠뜨리고 만다.

좋은 작물을 키우는 밭에는 잡초도 잘 자란다. 마찬가지로 부드러운 뇌는 그만큼 나쁜 것도 빠르고 깊게 받아들인다. 잡초를 제때, 제대로 제거하려면 그 종류와 성질을 잘 알아야 한다. 지나친 간섭은 오히려 아이를 망친다는 말을 새겨들을 필요가 있다. 스펀지 같은 뇌를 가진 아이들에게 주입식 교육은 가능한 한 배제할수록 좋다.

우리는 성질이 급한 민족이다. 일처리도 빨라야 하고, 밥도 대개 대화 없이 빨리 먹고, 경제발전도 세계 어느 나라와 견주어도 눈부시게 빨랐다. 하지만 교육에 관한 한 기다림, 느림의 미학이 필요하다는 생각이 든다. 부모가 보기에 아이가 부족하고 다른 아이들보다 뒤처지더라도 그 아이는 자신만의 속도로 발전하고 있다. 아이가 스스로 그 부족한 부분을 채우도록 기다려주고 격려해주는 것은 어떨까? 과외나 사교육은 아이가 무언가를 절실히 필요로 할 때 약간 도움을 주는 정도로 충분하다. 특별히 아동기는 정보의 축적보다 미래에 채우게 될 크고 튼튼한 저장소를 만드는 시기다.

재잘재잘 말이 많은 작은딸에게는 꿈도 많았다. 체조선수가 되겠다며 마루에서 연습하다가 도자기를 깨기도 하고, 어릴 때는 아기를 돌보는 소아과 의사가 되고 싶어 했다. 그래서 그런지 생물시간에 인체 파트를 좋아했고 소화기관과 인체의 명칭을 잘 기억했다. 조금 자라서는 배우가 되길 원했고 성악 쪽에도 관심이 많았다.

어느 날 영화 〈이티ET〉를 보고 감명을 받은 작은딸은 영화감독 스티

븐 스필버그에게 보내는 편지를 써서 부쳐달라고 졸랐다. 또 〈반지의 제왕〉에서 프로도 역할을 맡고, 〈허클베리 핀〉에서는 허크로 나온 일라이저 우드에게도 자신을 알리고 싶다고 말했다.

Dear Steven

당신은 날 '아직' 모르겠지만 나는 웨스트버지니아라는 작은 주의 모건타운에 살고 있는 초등학생이에요. 당신이 여기 와서 나를 발견해야 할 의무가 있다는 걸 알려드리기 위해 이 편지를 써요. 가끔은 대도시를 벗어난 의외의 곳에서 자신이 찾던 값진 진주를 발견하기도 하는 법이지요.

요즘은 점점 더 세계화하는 추세예요. 영화에도 동양인의 마스크가 필요한 때가 왔다는 얘기예요. 내가 바로 그 주인공이랍니다.

당신이 나로 인해 더 훌륭한 감독이 될 거라 믿어 의심치 않아요. 훌륭한 감정 표현 능력과 열정을 간직한 나를 캐스팅한다면 당신의 영화는 시대를 초월해 영원히 사랑받는, 고전 중의 고전이 될 거예요. 나는 당신의 영원한 뮤즈이자 평생의 파트너가 되겠어요.

다시 한 번 말하지만 여기 와서 나를 발견하는 것은 당신의 의무이자 책임이에요. 영화사의 발전을 위해 꼭 필요한 일이지요.

기다릴게요.

Love, 소은

일라이저 우드, 난 너를 아주 잘 알고 있어. 넌 나를 아직 모르겠지만 곧 알게 될 거야. 왜냐하면 난 아주 유명한 배우가 될 거거든.

배우의 생명은 상대역에 따라 좌우된다는 걸 너도 잘 알고 있지? 배우 간에는 화학 반응이 일어나야 해. 우리 둘 사이에 그 화학 반응이 가장 크게 일어날 거라고 100퍼센트 확신할 수 있어. 너와 내가 영화를 찍는다면 문학사의 로미오와 줄리엣처럼 영화사에 길이 남는 커플이 될 거라고 생각해.

나는 할리우드와 너무 멀리 떨어져 있으니 네가 나를 찾으러 와야 해.

Love, 소은

우리는 작은딸의 당돌한 발상에 어안이 벙벙했다. 그래도 딸의 간절한 소망을 모른 체할 수 없어 여기저기 주소를 알아본 끝에 전달될 가능성이 큰 에이전시 주소로 편지를 부쳤다. 물론 그들에게 답장은 오지 않았다. 작은딸이 실망할까 마음이 쓰인 나는 디즈니 영화와 스필버그의 다른 영화 비디오를 구해주는 것으로 아이의 꿈을 응원해주었다.

솔직히 말하자면 스필버그와 일라이저에게 쓴 편지를 보고 속으로 헛웃음이 나왔다. 그렇지만 우리 부부는 백방으로 주소를 알아봤고 정말로 편지를 부쳐주었다.

어느 날 작은딸이 쓴 책을 보다가 "부모님은 한 번도 하지 말라는 말을 하지 않았다"는 구절을 보고 지난날을 곰곰이 생각해보았다. 우리가 '하지 말라'는 말을 하지 않으려고 노력한 것은 사실이다. 아이가 무언가를 하겠다는 결심을 하고 부모에게 말하면 대개는 속에서 불쑥 '저거, 안 될 것 같은데' 하는 생각이 올라온다. 그러나 그건 내 생각일 뿐 내 잣대와 판단으로 아이의 세상을 막을 수는 없는 노릇이다.

나의 작은딸

부모에게 주어진 역할은 가늠하기 힘들 만큼 소중하다. 그 작은 생명이 제 역할을 하도록 키워내는 긴 과정 동안 부모는 얼마나 많은 우여곡절을 겪는가. 대나무의 마디마디가 나무의 성장을 기록하듯 아이들이 자라나는 단계마다 드러내는 성정은 다르다. 그나마 외적 성장은 눈에 보이지만 내적 변화는 식별이 어렵다.

아이들이 초등학생 때 가까운 관광지에 놀러갔다 오던 중 잠시 휴게소에 들렀다. 화장실에 다녀온 일 학년짜리 작은딸이 시무룩한 표정으로 차에 올라탔다. 늘 밝게 재잘거리던 아이의 표정이 어둡자 아내는 무슨 일인가 싶어 궁금했지만 아무것도 묻지 않았다. 아이는 집에 돌아올 때까지 말이 없었다. 방에 들어가서 책상 앞에 앉아 일기장을 꺼내더니 무언가를 쓰고 있었다. 꼭 기억해둬야 할 일이라도 있었나?

조금 있으니 딸은 위로받고 싶거나 마음이 불편할 때마다 나오는 특유의 표정으로 두 팔을 벌리고 엄마한테 매달리며 안겼다. 아내가 딸을 안아주며 무슨 말을 할까 싶어 기다리자 딸이 말을 꺼냈다.

"엄마, 아까 휴게소 화장실에서 어떤 아이를 봤어. 나랑 키가 비슷한 아이였는데 화장실 청소를 하고 있었어. 그 아이는 내가 끼고 있는 선글라스를 보고 '네 선글라스가 참 멋있다'라고 부러운 듯이 말했어. 나는 가족이랑 놀러왔는데 그 친구는 힘들게 일하는 게 너무 슬펐어."

우리 부부는 타인의 모습에서 자신을 인식하는 작은딸의 연민을 같은 마음으로 느꼈다. 그리고 인정과 인간애를 향해 돋은 그 싹이 잘 자라기를 바랐다. 그 시절 마음이 여리고 심성이 고운 작은딸의 꿈은 의사였다.

아이들 학교에서는 부모 모임이 일 년에 서너 번 있었는데, 한번은 부모 모임을 마치고 돌아온 아내의 얼굴에 웃음꽃이 활짝 피었다. 무슨 일이냐고 묻자 작은딸이 '이 달의 학생'으로 뽑혔고 교장선생님의 특별한 칭찬이 있었다고 했다.

사연은 이랬다.

그 학교에서 장애인 교우를 초대해 함께하는 시간을 마련했는데, 이날은 각각의 학생이 한 사람의 장애 학생과 친구가 되어 하루를 보냈다. 작은딸이 함께한 친구는 선천적 장애로 언어 소통과 행동에 장애가 있었다. 그때 아이들은 점심식사도 함께하고 도서관에 가서 책도 읽으면서 시간을 보냈다. 그러다가 거의 끝날 무렵 친구가 화장실에 가고 싶다고 한 말이 소통되지 않아 그만 딸아이의 무릎 위에서 '실례'를 하고 말았다.

처음에 딸아이는 너무 놀랍고 당황스러워 어쩔 줄 몰랐지만 친구가 미안해하면서 울음을 터뜨리자 마음이 아파 친구를 달래며 안아주었다. 젖은 청바지를 보고 당혹스러워하는 친구가 너무 안타까웠단다.

담임교사에게 딸이 대처한 상황을 전해들은 교장선생님은 부모 모임 때 '아름다운 친구 이소은'의 소식을 전했고 딸아이를 이 달의 학생으로 선정했다. 아내와 딸은 집에서 쿠키를 구워 그 친구에게 선물했다.

작은딸은 어릴 때부터 밖에 놀러 나가는 것보다 집에서 책을 읽는 것을 좋아했다. 다행히 우리 아이들이 자라던 시절에는 게임이나 휴대전화의 마법 같은 힘에서 자유로울 수 있었다.

글씨를 배우기 전 딸아이는 작은 카세트 플레이어에 동화 테이프를 넣고 수없이 반복해서 들었다. 어린아이의 지적 능력 계발은 외부에서 오는 긍정적이고 흥미로운 자극에서 비롯되는 것 같다. 읽든 듣든 좋은 책은 마음과 정신을 살찌게 해준다.

학교에서는 아이들에게 책 읽을 기회를 주기 위해 매주 도서관에서 책을 빌려 읽게 했다. 책을 읽고 난 뒤 간단하게 감상문을 적어서 내면 선생님은 스티커를 내주고 각자의 작은 차트에 붙이게 했다. 한 달 동안 가장 많은 스티커를 받은 학생은 독서 상장을 받았다. 작은딸은《초원의 집》,《빨간 머리 앤》,《세 자매》,《작은 아씨들》,《톰 소여의 모험》 등은 하도 여러 번 읽어서 좋아하는 부분을 외울 정도였고 거의 매달 책을 가장 많이 읽은 학생에게 주는 상장을 받았다.

지금도 우리 집 책꽂이에는《초원의 집》 시리즈가 꽂혀 있다. 딸들은 이 책의 주인공 로라가 하는 요리와 놀이를 똑같이 해보기도 했다. 한번은 어떤 책에서 읽었는지 익지 않은 초록색 토마토를 잘라 프라이팬에 볶기도 했다. 그때는 자라서 무슨 일을 하고 싶으냐는 질문에 요리사가 되겠다고 했다.

책을 읽고 나면 작은딸은 내용에 나오는 글을 인용해가며 우리에게 이야기를 들려주었다. 아이들이 읽은 책의 내용을 누군가에게 다시 이야기하게 하는 것은 독서 효과를 극대화시킨다고 생각한다. 딸이 책을 읽고 각색한 이야기는 스스로 사람을 이해하고 사물을 인식해가는 과정에 도움을 주고, 내게는 아이의 관심이 어디에 있는지 알아낼 좋은 기회를 제공했다. 아이들을 어떤 고정적인 틀 안에 가두거나 어른의 사고를 주입하기보다 아이의 관심이 어디에 있는지 알아가는 기회를 주는 것이 중요하다. 보고 듣고 만지고 맛보는 여러 활동은 아이의 마음의 밭을 일구고 김을 매는 것과 같다.

딸이 다니던 초등학교에서는 하루에 한 번씩 모든 학생이 교실 밖으로 나가 운동장에서 시간을 보냈다. 농구, 배구, 달리기, 걷기 등 각자 좋아하는 운동을 하며 밖에서 시간을 보내는 것이 규칙이었다. 추운 겨울에도 교실 안에 남아 있는 학생은 없었다. 그것은 자유 시간이자 기초 체력 향상을 위한 시간이기도 했다.

그런데 그 시간에 작은딸과 필립스라는 남자아이 사이에 싸움이 벌어졌다. 마침 그때 운동장을 지나가던 영어튜터인 리사 선생님이 현장을 목격했다. 그날 저녁 우리 집을 방문한 리사 선생님이 이야기를 들려주었다.

작은딸 소은은 팔다리가 길고 힘도 세서 싸움을 잘할 체형이지만 한 번도 싸운 적이 없는 아이라 이야기를 듣는 순간 당황스러웠다. 더구나 싸우면 거의 정학 내지 퇴학이라는 엄한 규칙을 적용받았던 터라 마음이 편치 않았다.

글쎄 딸이 자신보다 덩치가 훨씬 큰 남자아이 필립스를 깔고 앉아 때렸다는 것이 아닌가. 내가 벌어진 입을 다물지 못하며 난색을 표하든 말든 옆에서 듣고 있던 작은딸은 아직도 분이 가시지 않은 듯 씩씩대며 리사 선생님의 얘기가 끝나기를 기다리고 있었다. 리사 선생님은 옅은 미소를 지으며 이야기를 이어갔다. 나는 속으로 걱정하면서도 이 분위기는 뭐지? 하는 생각을 하고 있었다.

급기야 소은이는 교장실에 불려갔고 싸움의 발단과 전개 과정을 다 들은 교장선생님은 소은이의 팔을 들어주며 판정승을 선언했다. 교장선생님은 "소은! 네가 그토록 화를 낸 합당한 이유가 있으니 더 이상 문제 삼지 않을 것"이라고 하고는 딸을 교실로 돌려보냈다.

이유가 무엇인지 묻는 엄마에게 딸은 끝내 그날 무슨 일이 있었는지 말하지 않다가 며칠이 지난 뒤에야 털어놓았다. 또래 중에 가끔 욕을 하는 아이가 있는데 그날 딸에게 엄마를 비하하는 욕을 했던 것이다. 작은딸은 그런 욕을 하는 아이를 절대 용서할 수 없었고 또 욕을 들어야 할 이유도 없었다고 말했다.

참아야 할 때와 싸워야 할 때를 구분하는 것, 싸워야 할 때 행동하는 것과 참아야 할 때 자신을 억제하는 것에는 지혜와 용기가 필요하다. 마음속의 두려움을 억제하고 용기를 내어 대처한 그날의 싸움은 작은 딸에게 진짜 용기를 배우는 훌륭한 경험이 되었으리라 생각한다.

나의 큰딸

사 학년에 들어간 큰딸 소연은 겉보기에 아무 일 없이 학교에 다녔지만 학교에 그다지 흥미를 보이지 않았다. 수학시간에만 잠깐 존재감이 있을 뿐 나머지 과목에서는 거의 그림자 취급을 받았기 때문이다.

특히 영어시간은 전혀 알아듣지도 말할 수도 없어서 책상 위에 손을 얹어놓고 피아노 연습을 하거나 자신이 유명한 사람이 되는 상상을 하면서 시간을 보냈다고 한다.

한번은 창밖을 내다보며 눈알 굴리기 연습을 했는데 갑자기 옆에 앉은 친구가 외마디 소리를 지르며 손으로 딸을 가리켰다. 눈알을 굴리던 딸이 깜짝 놀라 쳐다보니 옆 친구가 더욱 크게 소리를 질렀다. 결국 사건의 전말을 이해한 선생님은 딸에게 더 이상 이상한 행동을 하지 말라고 충고했다.

이 문제로 아내는 학교에 다녀와야 했고 우리는 딸이 받고 있는 스트레스가 느껴져 가슴이 아팠다. 아내는 여러 가지 방법으로 큰딸이 학교에 잘 적응하도록 도우려고 애를 썼다. 예를 들면 주말 파티가 있는 날 반 친구들을 태워 가까운 몰에 데려가거나 데려왔고, 생일에 반 전체를 공원 파티에 초대해 친구들과 어울릴 시간을 만드는 등 딸이 반에서 외톨이가 되지 않게 하려고 노력했다.

큰딸을 외로움과 스트레스에서 구해준 것은 피아노였다. 당시 주립대학교 음악대학 프로그램에 신청하면 지역사회 주민을 위해 초중고 학생에게 실시하는 피아노, 바이올린 레슨을 받을 수 있었다. 나는 주위의 선배 교수님께 자문을 구해 가장 실력이 있다는 루마니아 출신의 마리나 선생님에게 연락을 취했다. 피아노 연주를 좋아한 딸아이는 잘할 수 있다는 긍정적인 생각으로 오디션에 응했다.

비록 나이는 어렸지만 손가락 훈련이 제법 잘되어 있는 것을 본 마리나는 오디션이 끝나자마자 제자로 삼겠다고 했다. 우리 부부는 큰딸이 좋아하는 것을 하면서 학교생활을 견딜 수 있을 거라는 생각에 다소 위로를 받았다.

작은딸은 바이올린 레슨에 등록했다. 두 딸이 학교에서 돌아오면 아내는 저녁에 내가 도서관에 가는 길에 아이들을 태워 음대 연습실에 보냈고, 한두 시간 후 다시 집으로 데려왔다.

큰딸은 점점 학교에서 피아노를 잘 치는 학생으로 알려졌고 행사가 있을 때 종종 연주를 하면서 좀 더 수월하게 적응해갔다. 시간이 지나자 제법 공부도 잘해서 피아노 레슨비를 면제받기도 했다. 취미로 시작한 피아노 연주가 낯선 곳에 적응할 힘의 원천이 되어준 것이다.

학년말에 학생들이 뽑는 '누가 가장 성공할 가능성이 있는가?'라는 설문에 두 딸이 선정되기도 했다. 아마도 두 딸이 학교 행사에서 함께 바이올린과 피아노를 연주하는 모습이 그들에게 깊은 인상을 준 것 같다.

미국에서 음악경연은 음악교사들의 전국 결사체 모임인 '전국음악교사단체협회MTNA, Music Teachers National Association' 주관의 주별대회와 동부, 서부, 중부 등 여러 지역대회 그리고 전국대회가 열린다. 경연은 중등부와 고등부로 나뉘어 실시하는데 큰딸은 초등학교를 졸업할 무렵 중학생 자격으로 중등부 대회에 참가해 주별대회에서 우승했다.

나는 큰딸이 피아노를 굉장히 잘 치는 것으로 여겼고 큰딸도 자신만만하게 피츠버그에서 열린 지역대회에 나갔으나 입선하지 못했다. 지역대회는 동부의 열세 개 주에서 우승한 학생들이 참가했는데 특히 동부는 음악에 강한 뉴욕, 보스턴 등에서 온 쟁쟁한 학생이 많았다.

딸은 동부지역의 벽도 넘지 못했지만 자신이 왜 떨어졌는지 알 수 없다며 승복할 기미를 보이지 않았다. 물론 그것은 근거 없는 자신감이었으나 그만큼 딸은 피아노를 좋아했다.

동부지역의 벽에 가로막힌 뒤 중학교 이 학년이 된 딸은 다시 주 대표 선발대회에 참가했다. 많은 학생과 제자를 데려온 교사, 참가자 가족, 주민 들이 지켜보는 가운데 대회가 진행되었다.

이윽고 심사 결과를 발표하는 시간이 되자 커다란 홀에 참가한 모든 학생과 교사가 모였다. 주 대회 심사위원은 아홉 살 때 뉴욕 필과 협연하고 차이코프스키대회에서 입상한 전설적인 피아니스트이자 남가주대학 교수인 다니엘 폴락이었다. 그는 엄정한 심사평과 함께 "오늘 참가자 중에서 한 학생의 연주가 무척 인상적이었다"라고 말하며 결과를 발표했다.

그날 큰딸은 중등부 우승을 차지했다. 그분은 참가 학생 개개인에게 평가서를 나눠주었는데 딸아이의 평가서를 보니 '너는 이미 피아니스트다(You are already a professional pianist)'라고 적혀 있었다. 그 말을 어떻게 받아들여야 할지 고민하던 나는 폴락 교수의 조언을 들어봐야겠다고 생각했다.

이어 폴락 교수가 참가 학생과 교사들을 위해 한 시간 동안 피아노를 연주했다. 그의 연주를 들으며 나는 가슴이 먹먹할 정도로 감동을 받았다. 그의 크고 부드러운 10개의 손가락이 피아노 건반 위를 물결처럼 흐르는 것을 보며 나는 '딸아이의 손이 작아 늘 안쓰러웠는데 저 작은 손으로 피아노를 계속 해야 할지 확실한 조언을 구해야겠다'고 마음먹었다. 정말 죄송했지만 나는 그의 중간 휴식을 방해하는 무례함을 무릅쓰고 폴락을 만나러 갔다.

"내 아이에게 피아니스트가 될 자질이 있는지 없는지 조언을 듣고 싶습니다."

그분은 내가 내민 평가서를 보더니 이렇게 말했다.

"아까 제가 언급한 그 학생이 바로 당신의 딸입니다. 피아노 공부를 계속하면 훌륭한 피아니스트가 되리라고 확신합니다. 주저하지 말고 피아노 공부를 시키십시오."

그와의 대화로 내 머릿속은 안개가 걷힌 듯 맑아졌다. 딸도 좋아하고 재능도 충분하다니 아이의 진로를 더 고민할 필요가 어디 있겠는가. 딸에게 눈이 먼 나는 그 교수의 한마디에 피아니스트가 되기 위한 그 멀고도 험난한 항로에 함께 들어서기로 결심했다. 그것이 얼마나 고된 길인지는 그때는 알지 못했다.

우리가 여행하는 방식

사춘기에 접어들면서 큰딸의 태도와 행동에 변화가 일어났다. 무엇이든 다 말하던 딸의 말수가 줄어들고 물 위의 기름처럼 가족과의 사이에서도 틈이 생긴 것이다. 엄마와 다투면 문을 꽝 닫고 방 안에 틀어박혀 있었고 한번 친구네 집에 가면 부르러 갈 때까지 돌아오지 않았다. 사사건건 트집을 잡고 시비를 거는 큰딸 때문에 집에 비상이 걸렸다.

사춘기를 맞은 큰딸도 부모인 우리도 그 첫 경험이 생소하긴 마찬가지였다. 처음에는 이해할 수 없는 딸의 행동과 태도 때문에 엄마와 불협화음이 잦아졌고 아내에게도 점점 불만이 쌓여갔다. 생각다 못한 아내는 도서관에 가서 사춘기 아이와의 대화법과 관련된 책을 읽었고 강연도 들었다. 그때 도움을 받은 책들은 지금도 우리 집 책꽂이에 꽂혀 있다. 특별히 기억에 남는 대목을 옮겨보면 이런 내용이다.

"세상 모든 나무의 모양이 다르듯 아이에게도 각자 타고난 모습이 있다. 제 모양대로 자라는 나무를 주인이 원하는 모양으로 만들려고 하면 많은 손상을 입는다. 아이도 각각의 본성대로 자라게 두지 않으면 기형이 된다. 기형을 막는 방법은 부모의 사랑뿐이다."

엄마가 된 아내도 엄마가 되기 전에 가지고 있었던 가치나 방식을 아이들에게 맞춰가는 데 어려움을 겪었다. 딸을 키우며 낯선 상황에 적응하고 스스로를 바꿔가는 일은 마음처럼 쉽게 되지 않았다. 아내는 딸의 성격과 특성이 자신과 다르다는 것을 인정하며 딸이 본성대로 자라도록 돕는 일이 부모의 몫임을 새삼 확인했다. 사춘기 딸은 고정된 모습이 아니라 늘 변화하는 고유한 인격체였다. 우리 부부는 '어린 딸의 부모'에서 벗어나 딸의 성장 속도에 맞춰 변화해야 하는 시점이라는 데 동의했다.

누군가의 부모가 되는 순간부터 세상을 떠날 때까지 부모로 산다는 것은 정말 대단한 책임이다. 결국 내 삶 전체가 딸들의 부모로 살아가는 삶이었다. 아이들이 성장하고 변화하는 과정에서 생기는 많은 문제와 갈등을 풀어가는 것이 내가 나를 채우고 진정한 어른이 되는 길이었다. 내 삶의 껍질에서 점점 삶의 알맹이이자 핵으로 들어가는 길 말이다.

큰딸이 초등학교 육 학년이고 작은딸이 삼 학년이던 여름방학 때 우리는 가족여행을 떠났다. 내게는 유학생활의 고단함을 달래고 활기를 회복할 기회이고, 아내에게는 엄마와 유학생 아내로서의 수고로움에서 잠시 벗어나 새로운 것을 경험하는 시간이 될 터였다. 여행 주제는 '명문대학 탐방'이었고 우리는 그것이 아이들에게도 도움을 주리라고 확신했다.

아이들은 각자의 소지품을 챙기고 함께 만든 여행수첩도 가방에 쑤셔 넣었다. 우리는 간식거리와 음료수를 준비하고 차에 기름도 가득 채웠다. 반바지에 티셔츠를 입고 모자를 쓴 우리 식구는 대서양 탐험에 나서는 콜럼버스보다 더 큰 희망과 흥분으로 부풀어 있었다.

처음 간 곳은 예일대가 있는 코네티컷으로 우리는 난생처음 가본 아름다운 로즈가든에서 즐거운 시간을 보냈다. 각양각색의 아름다운 정원은 장미의 향연을 펼치는 화려하고 눈부신 여신들의 저택 같았다. 어디를 가든 마이크를 들고 다닌 작은딸은 가든 입구에 들어서자마자 마이크를 입에 대고 앵커나 리포터를 흉내 내며 정원을 소개했다. 이곳에 유명한 예일대학이 있는데 특히 예일대학 로스쿨은 가장 유명한 학교라고 설명했다.

다음 행선지는 보스턴이었다. 원래 우리 가족은 하버드대학과 MIT를 방문하려 했으나 일정상 하버드대학만 방문했다. 캠퍼스에는 학생보다 여행객이 더 많아 누가 학생이고 누가 여행객인지 알 수 없었다. 우리 가족도 캠퍼스를 두루 돌아다니며 아름다운 캠퍼스 잔디밭에서 놀았고, 기념품 가게에서 하버드 티셔츠를 산 뒤 도서관으로 향했다. 사실 내 목적은 아이들에게 하버드대학 도서관을 보여주는 데 있었다.

아내와 나는 도서관 앞 잔디밭에서 쉬었고 아이들은 도서관에 들어가 두 시간 정도 구경하고 나왔다. 세계에서 가장 많은 책을 소장한 그 학교 도서관에는 없는 책이 없다고 했다. 나는 많은 건물 벽에 붙어 있는 기증자들을 설명하며 아이들에게 케네디가문에서 4분의 1을 기증했다는 것을 알려주었다.

추상적인 말이 아닌 구체적 물증을 눈으로 직접 본 아이들은 어떤 반응을 보일까? 딸들은 상기된 표정으로 나타났다. 도서관의 크기와 많은 책을 보고 놀란 아이들은 지식과 관련해 아이들다운 질문을 쏟아냈다. 책을 쓴 사람, 도서관을 건축한 사람, 책을 보는 사람 등 차를 타고 다음 목적지로 갈 때까지 두 딸은 자기들 나름대로 생각나는 것을 주거니 받거니 이야기하고 있었다.

‘백문이 불여일견’이라는 말처럼 백 번 말하는 것보다 한 번이라도 직접 경험하게 하는 편이 아이들의 꿈을 키우는 데 도움을 준다. 시청각 교육이 중요한 이유는 보고 듣는 많은 것이 아이들의 마음에 미치는 영향이 크기 때문이다. 특히 시각적 이미지를 마음에 품으면 막연했던 꿈이 목표로 구체화된다.

공부하라는 말보다 공부가 무엇이고 왜 해야 하는지 아이들 스스로 생각할 기회를 주거나 부모와 함께 이야기하는 시간을 보내는 것이 더 유익하다. '공부' 하면 흔히 학교에서 배우는 학습을 떠올리지만 사실 아이들에게는 주변에서 일어나는 일과 일상생활의 모든 것이 공부다. 학교 공부는 살아가는 데 필요한 여러 종류의 배움 중 하나일 뿐이다. 배우면 배울수록 공리와 원리 이해에 도움이 되고, 자신이 원하는 것을 보다 구체적으로 알아갈 수 있다는 점에서 공부는 중요하다.

그러나 부모가 성적을 위한 공부를 강요하면 잠시 동안은 효과가 있을지 모르지만 아이들이 자발적, 능동적으로 공부하는 자세를 익히는 데는 한계가 있다. 여행, 독서, 그 밖의 여러 경험은 책상 앞에 앉아 공부하는 것 못지않게 스스로 선택하고 결정하는 능력을 키우는 데 도움을 준다.

대한민국 부모의 교육열이 대단하다는 것은 누구나 인정한다. 특히 부모는 자신의 모든 것을 희생해 자녀 교육에 보탬이 되고자 한다. 내 아내도 딸들을 키우던 처음 몇 년 동안 좋아하는 영화를 보거나 음악회 한 번 가보지 못했고 책 한 권 제대로 읽을 시간도 내지 못했다.

작은딸이 다섯 살이 되어 음악회 입장이 가능해지자 아내는 딸들을 데리고 정기적으로 음악회에 다니기 시작했다. 반복되는 일상이 지루해지면 아내는 어김없이 음악회나 공연을 보고 왔다. 박봉인 내 월급을 한 번도 탓하지 않은 아내는 힘에 부칠 때마다 비타민을 찾듯 연주회에 가는 듯했다. 그렇게 엄마가 좋아하는 것을 함께 즐긴 딸들은 나중에 엄마보다 더 음악을 좋아했다.

수년 후 대학생이자 피아니스트가 된 큰딸이 모차르트를 연습하다가 갑자기 멈추고 씽끗 웃으며 말했다.

"이 부분을 칠 때마다 하나의 그림이 머릿속에 들어와. 엄마 아빠와 나들이를 다녔던 단구동 하천과 치악산 골짜기."

그곳 물소리는 딸의 마음에 소리를 만들어냈고, 그 소리는 그림이 되었다가 다시 피아노 소리로 맴돌았다.

큰딸은 피아노 대회에 나갈 때마다 자신이 행운아라는 것을 느낀다고 했다. 많은 친구들이 대회도 힘들지만 대회에서 우승하지 못했을 때 받아야 하는 가족의 눈총이나 부모의 힐책이 더 힘들다고 했단다. 큰딸은 자신에게 그런 부담이 없는 것은 모두 가족의 사랑 덕분이라고 생각했다.

가정은 아이들이 성장해서 떠난 후에도 되돌아와 쉴 수 있고, 다시 새로운 에너지를 얻어 나아가게 해주는 마르지 않는 샘물 같은 곳이어야 한다. 아이들의 옹달샘인 가정에서 묵자가 말한 것처럼 아이라는 백지를 사회의 도리를 아는 사람으로 물들이는 것이 부모의 역할이다. 그렇게 부모가 아이에게 물들이는 색깔이 아이들이 평생 안고 삶을 영위하는 인성이다.

신영복 선생은 《냇물아 흘러흘러 어디로 가니》에서 인격적 가치를 '물질적 가치에 대한 반성'이라고 정의했다. 부모가 인격적 가치를 얻으려면 먼저 개인과 사회를 성찰해야 한다. 성찰을 통해 인식이 깊어지면 창조적인 삶을 열 수 있다.

진정 성공한 사람들은 세상을 따라가지 않고 세상이 그들을 따라오게 만든 사람이다. 덱스터 예거는 《끝없는 추구》에서 이런 질문을 던졌다.

"자기가 어디로 가는지도 모르는 사람을 따라가겠습니까? 아니면 자기가 어디로 가는지도 모르는 사람을 바르게 인도하겠습니까?"

아이를 키우는 부모는 이 질문처럼 아이들이 올바른 방향을 찾게 하기 위해 어떻게 할까를 고민할 필요가 있다고 생각한다.

○ 딸에게 보내는 편지

네 생일에 아빠의 30대가 생각나는구나.

힘든 때였는데 우리 딸들 덕분에 잘 견뎠지.

너는 음악과 삶을 조화시키며 아빠보다 훌륭하게 잘 살고 있구나.

끊임없는 연습과 일상의 팽팽한 긴장에서 나온 너의 음악과 신념은

아빠의 정신을 맑게 하고 마음을 뭉클하게 한다.

아빠는 이제 네 음악을 더 자주 듣고 더 많이 행복하게 지낼 수 있겠지.

이제 너희들의 시대다.

너에게 오는 것을 피하지 마라.

빨리 변화해가는 시대에 천천히 가는 것도 너를 자유롭게 할 것이다.

소연아, 34번째 생일이 또 하나의 새로운 전환점이 되길 바란다.

고정된 길이나 관념에서 벗어나면 새로운 길이 보인다.

전환점의 선들로 연결되면 네 인생은

베토벤의 곡보다 더 아름다운 악보를 만들 수 있지 않을까?

— 2013년 6월 20일, 사랑하는 아빠가

“아빠가 어떻게 도와주면 될까?”

큰딸이 중학교, 작은딸이 초등학교를 졸업할 무렵 나는 박사학위 과정을 거의 마쳤고 슬슬 귀국을 생각해야 했다. 나는 성격이 단순한 편이지만 귀국과 딸의 진로 문제가 겹치면서 고민이 깊어졌다. 폴락 교수의 조언대로 피아노를 계속할 거라면 미국에서 공부하는 편이 나을 듯했지만 부모 없이 딸을 혼자 두고 떠나올 수는 없었다.

그때 큰딸이 할 말이 있다며 무척 망설이면서 이야기를 꺼냈다. 어린 딸이 경제적 부담을 고려하는 듯했다.

“아빠, 텍사스에서 개최하는 국제 피아노콩쿠르에 보내줄 수 있어? 한번 참가해보고 싶은데.”

“아빠가 어떻게 도와주면 될까?”

“마리나 선생님과 함께 갈 수 있는 항공료만 대주면 되는데 700달러가 필요해."

내가 아이들을 지지하는 방식은
"그럼, 아빠가 어떻게 도와주면 될까?"라고 묻는 것이다.

나는 아이들과의 약속은 철저하게 지킨다는 나름의 원칙을 세웠다. 아이들과 이야기할 때 나는 내가 해줄 수 있는 것이면 "아빠가 해줄게"라고 말하고 어떻게든 그 약속을 지킨다. 설령 아이들이 그 약속을 잊을지라도 말이다. 반대로 현실적인 한계로 해주기 힘든 일이면 그 자리에서 솔직히 말해준다.

"그건 아빠가 힘들겠다. 그건 아빠의 능력 밖이야."

아이들이 어렸을 때부터 나는 아이가 하고 싶어 하는 것은 가급적 자유롭게 하도록 한다는 지침을 열심히 지켜왔다. 놀고 싶으면 놀게 하고, 그림을 그리고 싶으면 그리게 하고, 그림을 그리는 데 파스텔이 필요하다고 하면 파스텔을 구해주고. 그렇게 필요한 것이 있다고 도움을 청하면 도와주면서 말이다.

당시 장학금만으로 생활하고 있던 내게 700달러는 적은 돈이 아니었지만 공부를 거의 마친 상황이라 한번 시도해보기로 했다. 딸이 기뻐하며 곧바로 마리나에게 전화하는 모습을 보면서 나는 속으로 딸이 정말 피아노 공부를 계속할 수 있을까, 계속하도록 해도 될까 하는 고민을 했다.

딸은 텍사스의 킹스빌 피아노콩쿠르라는 국제대회에 처음 참가해 3등으로 입상했다. 대학생까지 참가한 그 대회에서 가장 어린 나이로 입상한 것이다. 1등은 대학생이었고 2등은 미시간의 인터라켄 예술학교에서 온 중국계 고등학생이 차지했으며 중학생인 큰딸이 그다음으로 입상했다.

운명인지 우연인지 모르겠지만 루마니아계의 마리나와 미시간에서 학생을 데려온 러시아계 선생님 무시카트콜은 같은 소비에트연방 출신으로 금세 친해졌다. 그들은 제자들을 축하해주기 위해 레스토랑에 가서 저녁식사를 하며 즐거운 시간을 보냈다.

그런데 큰딸이 돌아오고 며칠 지난 뒤 미시간에 있는 무시카트콜 선생님에게 전화가 왔다. 고등학교 삼 년 동안 소연이를 가르치고 싶은데 자기한테 보내줄 수 있느냐는 것이었다. 몹시 고민스러웠다. 큰딸한테 미시간에 가서 공부하겠느냐고 물으니 딸은 선뜻 그렇게 하겠다고 했다. 딸은 평소에 당시의 중학교에서 벗어나고 싶어했다. 딸은 구월에 고등학교에 들어가야 하고 나는 같은 해 십이월에 한국으로 돌아올 예정이었다. 먼저 학교를 방문해 살펴본 뒤 결정하겠다고 말한 나는 마음이 급한 나머지 며칠 후 가족과 함께 미시간으로 출발했다.

우리 식구는 각자 필수품 몇 개만 챙겨 트렁크에 집어넣고 저녁 여섯 시에 출발해 열두 시간을 운전한 다음 아침 여섯 시에 학교가 있는 미시간 트래버스시에 도착했다.

트래버스시 외곽에 있는 인터라켄 예술학교는 150만 평 정도의 숲 속 공간에 낮은 건물이 한가롭게 자리하고 있는 아름다운 학교다. 한쪽 면은 전체가 호수와 접하고 있어서 바라보기만 해도 저절로 시가 나올 것 같은 분위기였다. 아니나 다를까 모래사장에 한 학생이 앉아 글을 쓰고 있었다.

그곳은 예술학교로서 미국 5위권 안에 드는 사립학교로 예술전문학교인 동시에 아이비리그를 목표로 하는 학생들이 함께 공부하는 뛰어난 기숙학교였다. 학비는 비싼 사립대학 수준이었다. 무시카트콜 선생님과의 대화 내용은 간단했다.

나는 몇 달 내에 한국으로 돌아갈 예정인데 한국에서 내 소득으로는 3만 달러에 달하는 학비를 부담하기가 쉽지 않다고 솔직히 털어놓았다. 그리고 방법이 있겠느냐고 물었다. 선생님은 학비는 특기생으로 전액 장학금을 줄 수 있지만 외국인 학생이니 연간 7천 달러 정도의 기숙사비는 부담해야 한다는 대답이 돌아왔다.

결국 나는 학비는 전액 장학금을 받고 기숙사비와 용돈은 부모가 부담하는 것으로 하고 고등학교 입학 절차를 마쳤다.

미룰 수 없는 결정이고 많이 생각해온 일이긴 하지만 딸을 혼자 둘 생각을 하니 가슴이 답답했다. 다행히 큰딸은 새로운 학교에 대한 기대 때문인지, 아니면 다니던 중학교를 탈출하고 싶은 마음 때문인지 알 수 없지만 이 결정을 반겼다. 그때 우리 가족은 이 순간의 선택이 우리 가족 개개인의 삶에 얼마나 큰 변화의 충격을 줄지에 대해서 생각하지 못하고 있었다.

귀국하기 전 마지막으로 방문했던 시월 말, 큰딸을 고등학교 기숙사에 덩그러니 혼자 두고 떠나오던 날이 어제처럼 생생하다. 학교 공원 주차장에는 노랗고 붉게 물든 낙엽이 바람이 불 때마다 죽죽 떨어지며 흩날렸다. "건강하게 잘 지내"라는 상투적인 인사가 그때만큼 절실하게 느껴진 적이 없었다. 백미러로 보이는 딸은 길게 뻗어 있는 가로수길 위에 미동도 하지 않고 서 있었다. 나는 멈추지 않고 정문 출구를 향했다. 아내는 숨죽이며 눈물을 닦았고 작은딸은 큰 소리로 울면서 언니를 부르고 있었다. 얼마 동안 운전을 했을까. 나는 길옆에 급정차를 했고 우리 세 식구는 한동안 아무 말도 하지 않은 채 차 안에 머물러 있었다. 그나마 위로가 되는 것은 딸이 좋아하고 원하는 피아노를 마음껏 할 수 있다는 것과 학교 환경, 시설, 교사진, 커리큘럼이 우수하다는 것이었다.

시도하지 않으면 길을 찾을 수 없고 도전하면 새로운 길이 열린다. 천재는 좋아하는 자를 이길 수 없고, 좋아하는 자는 즐기는 자를 이길 수 없다고 한다. 좋아하지 않으면 절대 즐길 수 없다. 아이들이 좋아하고 즐기는 것을 선택하도록 도와주는 게 자녀를 행복하게 하는 길이라는 믿음, 나는 이것 하나로 어렵게 딸과의 헤어짐을 결정했다.

유학 시절 공부 외에 내가 가장 열심히 한 것이 운전이다. 팍팍한 살림살이라 가족과 함께 어딘가로 갈 때 항공편보다 싸고 편리한 수단으로 차를 선택할 수밖에 없었기 때문이다. 그야말로 몸으로 때운 셈이다. 물론 시간은 공부하기에도 절대적으로 부족했지만 시간을 조절할 수 있는 한 나는 최대한 운전기사 노릇을 했다.

여덟 시간에서 열 시간 동안 장거리 운전을 할 때 미국의 여러 주를 거치며 눈에 들어오는 자연을 바라보는 일은 내게 마음의 평안을 안겨주었다. 나는 특히 아이들의 활동과 관련해 장거리 운전을 많이 했다.

큰딸은 초등학교 육 학년 때 첫 번째 공식 협연을 했다. 그때 예선과 본선을 치르기 위해 왕복 600킬로미터를 운전했는데 연주를 마치고 돌아올 때 눈이 내리기 시작했다. 밤 열한 시에 집에 도착해 자고 일어나니 눈이 80센티미터나 쌓여 주차한 차가 보이지 않을 지경이었다. 교통은 두절되고 연주회에 가느라 눈 폭풍에 대비해 식료품을 사 놓지 못해 먹을거리가 없었다. 타운하우스 단지 내에서는 차를 움직일 수 없었고 큰길만 겨우 차가 다닐 정도라 허리춤까지 올라온 눈을 헤치고 50미터 정도 걸어 구한 라면으로 사흘을 지냈다.

큰딸을 위한 연주 여행과 작은딸이 로스쿨에 입학할 때 프린스턴에서 시카고까지 운전한 것을 포함해 어림잡아 2만 킬로미터 이상을 운전한 것 같다. 이만하면 전속 운전기사라고 할 수 있지 않을까?

큰딸이 중학교 이 학년일 때 스트라빈스키 국제 피아노콩쿠르의 본선에 참가하기 위해 어바나 샴페인에 가느라 나는 왕복 1,600킬로미터를 운전했다. 꼬박 하루를 가는 여정인데 도중에 소나기가 너무 심해 도저히 운전을 할 수 없었다. 양동이로 퍼붓는 수준이라 모든 차량이 갓길에 정차했고 나도 삼십 분 정도 멈췄다가 비가 좀 잦아들었을 때 출발했는데 이때가 밤 열한 시였다.

소나기가 한바탕 지나간 뒤 이번에는 짙은 안개가 시야를 가로막았다. 도로는 문명의 이기를 찾아볼 수 없는 계곡 사이에 있었고 차 앞뒤로 짙게 둥둥 떠다니는 안개인 듯 구름인 듯한 물체는 전설의 고향보다 더 으스스한 느낌을 주었다.

아무튼 시간에 맞춰 가야 했기에 나는 시야를 절벽 상태로 만들어버리는 안개를 뚫고 온 정신을 집중해 운전을 계속했다. 아이들은 뒷좌석에서 잠들어 있었다. 열 시간이면 갈 수 있는 길을 열다섯 시간이나 걸리는 바람에 본래 계획은 새벽 도착이었으나 정오가 다 되어 목적지에 도착했다.

큰딸이 집과 멀리 떨어진 고등학교로 진학하면서 내가 운전대를 잡아야 하는 시간은 더 늘어났다. 우리가 살던 곳에서 미시간까지의 거리는 1,300킬로미터로 차로 열두 시간 정도가 걸린다. 여름방학이나 겨울 휴가 때는 기숙사가 문을 닫기 때문에 학부모가 학생을 데려오는데 우리도 한국으로 돌아오기 전에 여러 차례 학교에 다녀왔다.

내 수업을 마치고 저녁 여섯 시에 출발해 아침 여섯 시에 도착한 다음, 볼일을 본 뒤 다시 저녁에 출발해 아침 여섯 시에 도착하는 무박 2일 운전도 여러 번 했다. 무려 총 7,500킬로미터에 달한다. 특히 기억에 생생한 것은 귀국하기 직전에 방문했을 때다. 아침 다섯 시 무렵 목적지가 80킬로미터 정도 남았을 때부터 펼쳐진 단풍이 말로 표현할 수 없을 만큼 아름다웠다. 오랜 시간이 지난 지금도 가을만 되면 그 단풍이 생각난다.

아이들이 어려서 온 가족이 항상 함께 움직이다 보면 여러 가지 일이 발생한다. 언젠가 뉴욕에 갔다 돌아오는 길에 여섯 시간 정도 운전하고 중간에 공원에서 점심식사를 한 뒤 다시 출발해 집 근처에 왔는데, 아내가 공원에 가방을 놓고 왔다는 것을 알아차렸다.

가방 안에는 카메라부터 신분증까지 모든 것이 들어 있었다. 나는 즉시 차를 돌렸고 제발 가방이 그대로 있기를 바라며 마음을 졸이면서 운전을 했다. 공원에 도착해 몇 시간 전에 머문 장소에 가니 테이블 의자에 가방이 그대로 놓여 있었다. 아이들은 탄성을 내질렀고 나도 운전의 피로감이 싹 풀렸다. 덕분에 일곱 시간이나 더 운전을 했지만 모두 무사한 것만으로도 감사했다.

그 좁은 공간에 가족이 모여 있으면 평소에 하지 못한 대화를 나누기에 아주 좋다. 이동하다 보면 보통 몇 시간씩 함께하는데 그럴 기회가 얼마나 있겠는가. 경치도 구경하고 함께 음악도 듣고 놀이도 하면 일석이조가 아닐까? 자동차 안에서 아이들과 이야기를 나눌 경우 좁은 공간만큼이나 소통이 잘 이뤄지고 마음의 거리도 좁혀진다. 나는 앞으로도 기꺼이 가족 전용 운전기사가 되어줄 참이다.

결핍을 선물하라

아이를 키우는 여정에서 가장 많이 고민했던 부분은 이런 질문이다. 삶을 어떻게 대할 것인가? 어떤 삶을 살아갈 것인가? 부모로서 내가 바라는 자식의 삶은 어떤 모습인가? 나와 아이들에게 공통적으로 적용되는 이러한 질문은 여전히 진행형이다.

중학생 시절 나는 헤르만 헤세와 앙드레 지드의 책을 즐겨 읽었는데 그중 내게 깊이 각인된 것은 지드의 소설 《탕아 돌아오다》와 헤세의 자전적 고백 소설 《황야의 늑대》였다. 그때는 소설의 배경을 알지 못했고 단지 제목이 마음에 들어 읽었던 기억이 난다. 내 처지가 황야에 던져진 외로운 사람처럼 느껴졌기 때문이다.

당시 나는 그 나이 때 겪는 혼란에 빠져 인생을 고민했다. 부족한 내 환경으로 빠르게 변해가는 세상을 따라갈 수 있을까 하는 회의도 있었지만, 그래도 '현재'에 제대로 서는 것이 내게 주어진 전부라고 생각했다. 그 시절보다 물질의 힘이 더 강해진 지금도 내가 아이에게 보여주어야 하는 것은 마찬가지로 현실을 제대로 보고 스스로 선택 및 결정하는 능력을 계발하도록 도와주는 것이다. 역사는 반복된다고 했던가. 인간의 삶은 배경과 환경은 달라질지언정 기본은 크게 변하지 않는 것 같다.

사람이 극한 상황에 처하면 살아남기 위한 생존본능 기재가 작동한다. 내 어린 시절과는 판이하지만 딸도 처음 가족을 떠났을 때 황야에 홀로 던져진 것처럼 두렵고 외롭던 순간이 있었을 것이다.

딸은 외로움을 의식할 틈을 내지 않으려는 듯 룸메이트인 매기와 가족처럼 지냈고 그녀와 모든 학내 일정을 함께했다. 그리고 자신이 좋아하는 피아노 연습을 열심히 한 덕분에 학교 내에서 이룬 작은 성취는 딸아이의 마음에 날마다 새로운 불씨를 더해주었다.

하나의 욕구를 이루면 또 다른 욕구가 생겨나게 마련이다. 큰딸은 학교를 넘어 더 큰 대회에 나가 자신의 실력을 평가받고 싶어 했다. 아마도 자신의 피아노 실력이 어느 정도인지 알고 싶은 열망이 강했던 것 같다.

미국 학생이거나 부모의 도움을 받을 수 있는 학생은 여러 도시에서 개최하는 이런저런 대회에 참석하는 기회를 많이 누린다. 큰딸은 피아노를 잘 치고 싶은 욕구에 앞서 학내의 누구보다도 더 잘하고 싶은 욕구가 컸고 그것이 동기부여를 해주었다.

중학교 때는 피아노를 전공하는 학생이 많지 않아 조금만 노력해도 잘할 수 있었다. 하지만 고등학교에서는 곳곳에서 잘한다고 인정받던 학생들이 모여든 학교라 그런지 경쟁이 치열했다. 중국에서 온 친구는 이미 꽤 유명세를 타는 중이었고 딸아이는 피아노 선생님이 그 아이를 좋아한다고 불평하며 꼭 그 아이를 이기고 싶다고 말했다. 잘은 모르겠지만 그 친구와 티격태격하면서 서로 잘난 척하며 경쟁하는 것 같았다.

아이가 무엇이든 하고 싶어 하는 욕구를 보이는 것은 몸과 마음이 건강하다는 신호다. 자신에게 필요한 정보를 수집하기 위해 고심하던 딸은 전화번호부를 떠올렸다. 지금처럼 인터넷을 검색하면 무엇이든 찾아낼 수 있던 때가 아닌지라 딸은 정보를 찾기 위해 옐로 페이지를 뒤졌다. 시간이 날 때마다 두 대의 전화기 옆에 놓인 옐로 페이지를 뒤적이며 피아노와 관련된 모든 전화번호를 찾아 노트에 적은 것이다. 그렇게 딸아이는 어떤 대회가 어디에서 열리는지 찾아냈고 또 피아노 매니지먼트의 전화번호와 연락처까지 알아냈다.

학생 수에 비해 턱없이 모자란 두 대의 공중전화 박스 앞에는 언제나 통화하려는 학생들이 줄지어 서 있었다. 큰딸은 빼곡하게 적어둔 전화번호 쪽지를 들고 순서를 기다려 일일이 전화를 했다. 동전이나 토큰을 넣고 통화하다가 질문하는 도중에 끊어지는 일이 비일비재했지만 딸의 의지는 꺾이지 않았다. 딸이 어림잡아 보니 육 개월에서 일 년의 시간적 여유가 있어야 대회 날짜와 장소를 알아내고 필요한 구비 서류, 선생님의 추천서 등을 받아 준비할 수 있었다.

1995년 고등학교 일 학년 겨울, 딸아이가 누구의 도움도 받지 않고 스스로 찾아 치른 첫 번째 대회 때의 일이다. 딸은 기숙사에서 공항까지의 교통편과 공항에서 대회 장소에 도착하기까지의 교통편을 꼼꼼히 준비하고 확인했다. 드넓은 미국 대륙에서는 메트로폴리탄 지역이 아니면 개인의 승용차 없이 여행하는 것이 거의 불가능하다.

마지막으로 딸은 부모의 승인을 받기 위해 학교 담당자와 함께 내게 전화를 했다. 그렇게 딸은 부모와 학교의 동의 아래 외출을 허락받고 피아노 대회에 참가하기 위해 떠났다.

이른 새벽, 딸은 공항으로 가는 승합차 안에서 대회에서 칠 곡을 마음속으로 연습했다. 공항에서는 다음에 갈아탈 비행기 시간과 도착시간을 점검했고, 탑승한 뒤에는 졸음을 쫓으려고 음악을 들었다. 두 시간이 지나면 중간 지점에서 내려 다른 비행기로 갈아타야 했다. 직행 항로를 타면 편하긴 하지만 가격이 비쌌고 갈아타는 노선은 시간이 더 걸리는 대신 항공료가 저렴했다. 이것은 고맙게도 딸이 아빠의 처지를 생각해서 결정한 것이었다.

그런데 이게 웬일인가. 비행기를 갈아타기 위해 게이트로 갔더니 비행기가 이미 떠났다는 게 아닌가. 첫 비행기가 연착하는 바람에 늦게 도착했기 때문이다. 그 비행기를 놓치면 대회에 참가할 수 없는 상황이었다.

딸은 안내 데스크에 가서 상황을 설명하고 어떤 방법을 동원해서든 목적지에 제시간에 도착해야 한다고 말했다. 한데 작은 도시를 운항하는 비행기는 하루 운항 횟수가 몇 번으로 정해져 있는 경우가 많다. 여러 가지 방법을 모색한 항공사 직원은 결국 장거리 택시를 불러주기로 했다. 딸아이는 자신의 신원을 밝히고 특히 미성년자임을 강조하며 안전하게 목적지에 도착해 대회에 참석할 수 있도록 대회 관계자에게 이 사실을 전했다.

그렇게 새벽에 기숙사에서 출발한 딸은 그다음 날 새벽 대회 장소가 있는 호스트집에 도착했다. 호스트패밀리는 대회가 열리는 지역에 거주하는 사람으로 주로 음악을 좋아하는 부유층이며 대회에 참가하는 학생들을 자발적으로 지원한다. 큰딸은 호스트패밀리가 준비해준 방에서 잠깐 눈을 붙인 뒤 오전 열 시쯤 샤워로 정신을 가다듬고 대회 장소로 갔다. 그처럼 우여곡절을 겪으며 참가한 대회에서 딸은 2등으로 입상해 상금과 작은 메달을 받았다.

우리나라 어린이 영어 교육 프로그램을 처음 시도한 어느 교육 전문가는 어린이가 꼭 필요로 하는 것을 제거한 교육 환경을 설정해 영어를 습득하게 한다고 했다. 인간의 뇌는 스스로 원하는 것을 찾으려 할 때 최고의 에너지를 동원해 가장 활발하게 움직인다. 때론 부족함이 힘의 원천이다. 실제로 인류의 발전 과정은 부족한 것을 채우려는 노력과 필요한 것을 만들어내려는 수고로움으로 이뤄져 있다. 앞으로도 인류는 계속 그렇게 발전해갈 것이다.

큰딸이 고등학교 때 돌파구를 찾고자 활용한 옐로 페이지 탐색은 이제 인터넷 검색으로 바뀌었지만, 큰딸의 검색과 탐색은 여전히 이어지고 있다. 자신에게 필요한 것을 탐구하고 그에 따른 질문과 답을 찾으면서 인간은 성장한다.

모든 것이 충족된 상황에서는 좀체 움직이려 하지 않는 것이 인간의 속성이다. 코앞에 놓인 냉장고에 물병이 들어 있어도 목이 마르지 않으면 자리에서 일어날 이유는 없다.

우리는 매일 아침마다 사과 반쪽을 먹으면 의사에게 갈 일이 없다는 말을 많이 듣는다. 말을 들을 때는 '매일 사과 반쪽을 먹는 것쯤이야' 하지만 막상 그걸 실천하는 사람은 많지 않다. 아직 건강에 이상을 느끼지 않기 때문이다. 그러다 막상 몸의 어딘가가 불편해지면 그제야 몸에 좋다는 것을 이것저것 뒤져보다가 사과보다 더 효과가 좋은 것을 찾아낸다.

결국 인간을 발전하게 하는 동인은 '결핍'이다. 연구하고 궁리할 계기를 마련해주는 것이 결핍이기 때문이다.

일할 수 있다는 것은 누구에게나 좋은 일이다. '노동은 신성하다'고 말하는 이유가 여기에 있다. 특히 고등학교나 대학교 때 공부하면서 틈틈이 일할 때의 보람은 그 무엇과도 비교할 수 없을 정도다.

고등학교 때 나는 뽕나무밭에서 아르바이트를 했다. 집에서 멀지 않은 곳에 굽이굽이 산등성이를 따라 끝없이 펼쳐진 뽕나무밭을 가꾸며 누에를 키우는 잠업 회사가 있었고 그곳은 언제나 일손을 필요로 했다. 내가 한 일은 한 능선의 뽕나무에 농약을 뿌리는 일이었다. 그때 내 키를 훌쩍 넘는 높은 나무를 올려다보면서 풀무질을 하며 농약을 뿌렸다.

큰딸도 고등학교 때 구내매점에서 아르바이트를 했는데 학교 방문객들이 사가는 티셔츠나 선물을 포장하면서 옷 정리 기술을 습득했다. 지금도 음식이나 청소에는 별로 관심이 없지만 티셔츠, 수건, 바지 등을 깔끔하게 개어 정리하는 데는 선수다. 그렇게 수개월씩 일해 번 돈으로 딸은 방학이면 한국행 비행기 표를 구해 한국에 왔다.

여름방학 때 딸의 룸메이트 매기는 하루에 여덟 시간씩 스타벅스에서 아르바이트를 했는데 아메리카노와 라테, 마키아토를 잘 만들었다. 또 다른 친구는 영화관에서 청소하며 보고 싶은 영화도 보고 용돈도 번다며 뿌듯해했다.

미국 문화는 독립적인 삶을 익히고 배우기에 좋은 환경을 갖추고 있다. 일하는 것도 전염성이 있는지 대다수 학생이 각자 좋아하는 방식으로 일을 한다. 방학이 끝나면 그들은 누가 무슨 일을 했는지 이야기하면서 다음 일을 위한 정보를 입수한다.

큰딸은 대학교 일 학년 때부터 시간이 허락될 때마다 칠 년 동안 전화교환원으로 일했다. 줄리아드 건물의 이층에는 중요한 사무실이 많은데 전화교환실은 초소처럼 생긴 작은 시설로 이층에 올라오자마자 만날 수 있다. 전화가 올 때마다 수화기를 들고 "줄리아드입니다"라는 말을 많이 해서 그런지 딸은 집에서 전화를 받다가도 가끔 "줄리아드입니다"라고 말했다.

전화를 거는 사람들 중에는 실수를 했는지 레스토랑이냐고 묻는 사람도 있었고 웨딩홀이나 음악 반주자를 찾기도 했다. 더러는 전화를 받다가 좋은 아르바이트거리가 생기기도 했다.

특히 크리스마스 시즌이면 딸은 벌이가 좋았다. 맥킨지 같은 대기업이나 대형 로펌에서 서너 시간 정도 크리스마스 캐럴 혹은 파티에 어울리는 곡을 칠 사람을 구했기 때문이다. 그런 곳에 가서 딸은 스스로 즐기기도 하고 용돈도 꽤 벌었다.

음악 도서관에서 하루 세 시간씩 일하기도 했다. 음악 도서관에서 일하면 구하기 힘든 음악 CD나 듣고 싶은 곡을 마음껏 들을 수 있어서 좋았다고 했다. 가끔은 교수님의 추천으로 피아노 아르바이트를 했는데 주로 하우스 콘서트나 특별한 모임, 행사가 있는 곳에서 피아노를 연주하고 용돈을 벌었다.

큰딸이 줄리아드에 입학해서 한 학기 정도 지났을 때 우리나라에 IMF가 터졌다. 그 당시 내 연봉은 삼천만 원 정도였다. 우리 집 사정으로 미국 유수의 대학에 보내기란 거의 불가능해 보였다. 딸은 지도교수에게 휴학하겠다고 말했다. 지도교수 로웬탈은 거두절미하고 생활하는 데 얼마가 필요하냐고 물었다. 로웬탈 교수는 나 대신 한 학기 생활비를 지원했고 딸은 유명한 피아니스트가 되어 갚기로 했다. 우리는 최대로 절약하며 살았고 그 사실을 잘 알고 있던 딸들은 각자의 노력과 시간을 낭비하지 않았다. 딸들은 항상 씩씩하게 스스로 많은 것을 해결해 나갔다. 큰딸은 결핍에서 에너지를 찾아냈고 부족한 부분을 채워 나가며 간절한 마음으로 연습에 임했다. 큰딸은 대학 다닐 때 자신이 한 노력과 그 노력의 성과에 대해 보람과 자부심을 가지고 있다.

나는 가끔씩 이런 생각을 한다. 당시 큰딸에게 금전적으로 전폭적인 지원을 해주었다면 딸이 더 큰 음악적 성취를 했을까? 더 뛰어났을 수도 있고, 더 못했을 수도 있다. 나는 후자에 마음이 실린다. 충분한 지원을 하지 못한 아픔은 있지만 그 결핍이 딸들에게 결코 부족함으로 남아 있지 않았다. 결과적으로 결핍이 딸들 삶에 밑거름이 되었고 정신적 근육을 만들어주었다고 믿는다.

좋은 습관은 재산이다

나는 큰딸에게 고등학교 친구 이야기를 많이 들었다. 특히 룸메이트 매기의 이야기에서는 한국인인 우리 부부와 아이리시계 미국인인 매기의 부모 사이에 다른 점이 많다는 것을 느꼈다. 매기의 어머니는 변호사고 아버지는 하버드 출신의 사업가로 매기는 부유하고 학구적인 상류층 집안에서 자랐다.

그렇지만 매기의 엄마는 삼 년 동안 매기의 남동생이 입던 티셔츠와 매달 읽어야 할 책의 리스트를 적어 보냈다. 중저가 상점 타깃에서 싸고 편한 옷과 뭐든 싼 것만 골라 사며 재미있어 하는 매기를 보면서 딸의 마음에도 변화가 일어났다.

딸과 매기는 연한 남색 유니폼에 같은 색의 티셔츠를 입고 삼 년을 보냈다. 둘은 봄, 여름, 가을, 겨울 모두 같은 유니폼만 입었다. 겨울에 미시간에는 눈이 많이 내렸는데 둘은 긴팔 티셔츠에 코트를 걸치고 슬리퍼를 끌며 이글루를 연상하게 하는 좁은 눈 터널을 거쳐 기숙사에서 교실로 이동했다.

늦은 봄이 올 때까지도 눈은 녹지 않았다. 딸은 양말을 신지 않아 푸르게 보일 정도로 얼은 매기의 발에 마른 오징어처럼 걸려 있던 슬리퍼를 떠올리며 웃음을 터뜨렸다. 매기는 홀로 남은 딸이 극한의 외로움으로 웅크리고 있을 때 불빛처럼 반짝 하고 나타난 친구였다.

매기의 엄마는 아이가 학교 기숙사에 들어갈 때 두 가지를 부탁했다고 한다. 그것은 브로콜리를 많이 먹을 것과 매주 독서 리스트를 만들라는 것이었다. 하나는 몸의 건강을 생각한 것이고 다른 하나는 마음의 건강을 위한 당부였다. 딸의 말을 종합해보면 나머지는 스스로 찾아서 하도록 했다는 생각이 든다.

뇌는 강제나 강압적인 환경에 놓이면 창의적인 활동을 거부한다. 어린아이가 어떤 놀이에 몰입해 놀고 있을 때 부모가 "이거 해볼래?" 하고 개입하면 "싫어요" 하는 아이와 다소곳이 순종하는 아이가 있다. 여기에는 그동안 지내온 환경과 기질도 영향을 주지만 싫다고 분명하게 자기 의사를 표현하는 아이가 창의력 계발에 앞설 확률이 높다. 어릴 때부터 자기 욕구를 자연스럽게 계발하는 아이는 그 욕구를 지속적으로 분출하며 성장해간다.

매기는 하버드에 조기 입학이 결정되었는데 나는 그 비결이 몹시 궁금했다. 큰딸의 얘기에 따르면 매기는 자신이 하는 모든 것을 재미있어 했다고 한다. 수업시간에는 선생님의 설명과 코멘트를 열심히 듣고 나서 질문했고, 숙제나 페이퍼를 쓸 때는 독서하며 메모해둔 노트를 참고해 다른 친구들보다 더 많이 썼다.

잠이 많은 딸이 잠을 자다가 중간에 눈을 뜨면 매기는 항상 책을 읽고 있었는데, 공부라기보다 재미있는 소설을 읽고 있는 표정이었다고 했다. 늘 즐겁고 재미있게 생활한 매기는 자신이 해야 할 일만큼은 철저하게 해내는 친구였다.

매기는 기숙사에 들어온 다음 날부터 아이비리그 대학입시 준비를 했다. 딸과 나란히 앉아 영문학 강의를 듣고 과학과 수학 과목에 집중한 것이다.

아침에 일어나 함께 식당에 가면 베이글과 사과로 식사를 한 매기는 엄마가 부탁한 대로 브로콜리를 접시 가득 담아와 케첩을 뿌려 먹었다. 주말이면 댄스파티에서 몇 시간씩 춤을 추고 늦은 밤에 들어왔지만 매기는 그날 마쳐야 할 공부를 꼭 하고 잤다.

피아노를 전공하는 딸이 피아노를 연습하는 동안 매기는 대학입학을 위한 공부를 했다. 매일 참석하는 영문학 수업에서는 하루도 빠짐없이 주제를 요약하고 자신의 생각과 느낌을 서너 페이지씩 써야 했다. 큰딸이 두 장의 페이퍼를 써내고 A를 받으면 매기는 다섯 장을 써서 A+를 받았다. 수학과 과학에서도 매기는 항상 A를 받았다. 아니, 매기는 모든 과목을 A로 통일했다.

주말이면 매기는 몇 시간씩 테니스를 쳤다. 운동을 좋아하기도 했지만 그건 과외 과목을 추가하기 위한 입시 전략의 일부이기도 했다. 매기에게 춤을 추고 테니스를 치는 것은 신바람 나는 놀이로 그녀가 열성적으로 하는 공부와 다름이 없었다.

모든 사람이 하루에 주어지는 24시간을 자신의 의지대로 사용한다. 매기에게 공부하거나 책을 읽거나 페이퍼를 쓰는 것은 하루 24시간을 사용하는 단순한 방법이었다. 배가 고프면 식당에 가서 먹고 배가 부르면 걷거나 운동을 하는 것과 마찬가지로 공부와 독서는 그녀의 자연스러운 삶의 방식이었다.

가족을 떠나보내고 큰딸이 '아, 어쩌지. 이제 혼자구나!' 하는 절망감과 슬픔으로 어둑해지는 기숙사에 들어가 숨죽여 울고 있을 때, 매기는 이렇게 좋은데 왜 우는지 모르겠다는 표정으로 손을 내밀며 악수를 청했다. 인형보다 더 예쁜 매기는 키가 그다지 크지는 않았지만 운동으로 다져진 단단한 체형에 반짝이는 눈빛을 지녔다. 매기를 본 순간 딸은 좋은 친구를 만났음을 직감했다.

그날부터 둘은 삼 년 동안 함께 지냈다. 기숙사를 비워야 하는 겨울 크리스마스나 추수감사절 휴가 때가 되면 해마다 둘은 시카고에 있는 매기의 집에서 지냈다.

삼 년 후 매기는 하버드로 가고 큰딸은 줄리아드로 갔지만 그들의 우정은 이십 년 이상 이어지고 있다. 현재 큰딸이 운영하는 뮤직바이더글래스Music By the Glass 콘서트에는 고등학교 친구들이 모두 모이는데 2남2녀의 엄마로 구글 직원인 매기도 여기에 참석한다. 서로를 응원하고 지지하면서 생의 한가운데를 항해하는 그들의 삶은 곁에서 봐도 멋져 보인다.

매기 같은 친구와 룸메이트가 되어 고등학교 생활을 한 것이 큰딸에게 행운이었던 것처럼 매기에게도 딸은 한국이라는 작은 나라에서 온 불가사의한 친구였다. 동양의 작은 친구가 아담한 체구와 손으로 피아노를 향해 보이는 끊임없는 탐구심과 열정적인 에너지는 매기에게도 일종의 시너지를 주었다.

큰딸은 그런 친구와 생활한 덕분에 학교생활을 행복하게 보냈고 나는 멀리 떨어져 있는 딸 걱정을 덜어낼 수 있었다. 부모의 사회적, 경제적 위치와 상관없이 자기 삶을 독립적으로 살아가는 반듯한 자세를 갖추도록 하는 것은 그 어떤 교육보다 중요하다.

3부 아빠의 믿음

먹구름 위에도 태양이 있다

미국으로 떠나기 전 나는 돌아오면 서울에서 정착 자금으로 쓰려고 지인에게 돈을 맡겨놓았다. 일단 그 돈으로 생활하면서 천천히 직장을 알아볼 계획이었다. 정말 열심히 공부했고 좋은 논문도 썼기에 자신감이 있었다.

귀국하기 전 나는 자금을 맡긴 지인에게 아파트 전세를 구해달라고 부탁했고 구해놨다는 연락도 받았다. 한국으로 돌아와 지인의 안내로 공항에서 올림픽도로를 지나 우리가 도착한 곳은 예상 밖이었다. 그래도 지인의 노력이 고마워서 얼마 동안 세 식구가 사는 데는 큰 문제가 없을 거라며 마음을 다독였다. 우리는 장거리 비행에 따른 피로와 현실감각 부재로 어리둥절한 채 근처 식당에서 대충 저녁식사를 했다.

며칠 후 나는 지인에게 맡겨놓은 자금의 일부를 돌려달라고 말한 뒤 송금을 기다렸다. 내가 교수초빙 서류를 준비하며 시간을 보내고 있는데 지인은 연락이 없고 오층에 사는 주인이라는 사람이 내려와 월세를 내지 않았다고 말했다.

그 순간 나는 무언가가 잘못되었음을 직감했다. 지인을 만나 어찌된 일이냐고 묻자 한참을 망설이던 그는 어렵게 말문을 열더니 맡겨둔 돈으로 주식투자를 했다가 몽땅 날렸다고 했다. 직장이 변변치 않았던 그는 내가 맡긴 돈으로 자신의 생활비도 벌고 돈을 불려 내게도 보탬이 되게 하려고 했단다.

다리에 힘이 쭉 빠지면서 내가 서 있는 발밑이 허물어지는 듯한 느낌이 들었다. 절망감이 나를 휘감았다. 내가 직장을 찾을 때까지 버티게 해줄 자금을 송두리째 날려버린 것이라 그야말로 암담했다.

누구를 원망할 기력도 없이 가장으로서의 무력감과 미국에 남겨두고 온 큰딸이 애처롭게 눈앞에 아른거렸다. 교수 채용이 확정되려면 적어도 육 개월이나 일 년을 버텨야 하는데 정말 아무 대책도 생각나지 않았다. 참으로 기가 막혔다.

귀국하면서 설계한 계획은 허공으로 날아가 버렸다. 평소 내가 삶에 유연하고 담대하게 대처한다고 생각해왔는데 완전히 무에서 출발해야 하는 상황을 맞고 보니 나는 힘없이 무너져 내렸다.

며칠 동안 늪에 빠진 사람처럼 지냈다. 상실감 하나만으로도 못 견디게 아픈데 인간에 대한 배신감마저 나를 휩싸면서 어질어질했다. 운명의 여신이 왜 내 인생을 이리도 들들 볶는지 알다가도 모를 일이었다. 그렇지만 나는 한 집안의 가장이었고 마냥 한탄하며 주저앉아 있을 수는 없었다. 아이를 키우는 엄마는 아파서도 안 된다는 말이 있듯 가장은 어떤 상황에서도 포기라는 생각을 떠올려서는 안 되었다. 나는 가장으로서의 내 의무를 생각하며 어떻게든 헤쳐갈 수 있을 거라고 나 자신에게 최면을 걸었다.

먼저 아내와 아이들에게 내 처지를 설명해야 했다. 내가 어쩌다 세상에서 가장 사랑하는 사람들에게 이렇게 고통스러운 소식을 전해야 하는 처지에 놓인 것일까? 아내와 아이들이 절망감에 힘들어할 모습을 상상하니 그야말로 암담했다.

그렇지만 가족에게 알리지 않고 빠른 시간 내에 해결할 가능성은 전혀 없었고, 예민한 가족의 성격상 금세 낌새를 챌 것은 자명한 일이었다. 그때까지 우리 가족은 크고 작은 문제가 생길 때마다 함께 해결해 왔으나 이 문제는 너무 엄청난 것이었다.

일단 나는 아내에게 자초지종을 설명했다. 놀라움과 실망감을 감추지 못한 아내는 한동안 말이 없었다. 가까스로 마음을 추스린 아내는 사람이 살아가는 데 돈은 매우 중요하지만 그보다 더 중요한 것은 사람이 상하지 않는 것이라며 오히려 나를 위로했다.

아내와 상의해 큰딸에게는 알리지 않기로 하고 작은딸에게는 설명하자고 결론을 냈다. 우리는 초등학교 육 학년 딸에게 우리가 처한 상황을 최대한 담담하게 설명하고 이해시키려 했다. 아이들이란 얼마나 순수하고 명쾌한지! 대답은 간결했다.

"엄마, 아빠! 지나간 것은 돌아오지 않아. 나는 엄마, 아빠를 믿어. 우리는 견뎌낼 수 있어."

일단 가족에게 알리고 나니 한결 마음이 가벼웠다. 나는 계속해서 교수초빙에 서류를 보냈으나 '이번 기회는 모시지 못해 죄송합니다'라는 응답만 들었다. 모 대학에서는 최종 대상자 일순위로 올라갔다는 학과장의 연락을 받았으나 기쁨도 잠시 다시 똑같은 응답을 받았다. 나중에 알고 보니 과거의 민주화운동과 관련해 신문에 오르내린 일, 파면과 대법원에서 승소한 일 때문에 사학재단에서 꺼리는 것이었다.

나는 더 이상 교수초빙에 미련을 갖지 않았고 국책연구원 쪽으로 방향을 돌렸다. 그렇게 연구원에서 새 출발하기까지 아내의 친구와 예전에 함께 어려움을 겪었던 동료가 도움의 손길을 내밀었다. 또 다른 친구는 일을 시작할 때까지 생활비 일부를 부담해주었다.

어려운 순간은 소중한 것을 보는 안목과 그것을 유지할 능력을 키워 준다. 우리 가족은 각자의 자리에서 어떻게 서 있어야 하는지 배웠다. 힘든 시기에 언니도 없이 많은 변화를 겪으면서도 작은딸이 순수하고 곧게 잘 견뎌줘 내게 커다란 힘을 주었다.

큰딸은 그로부터 이 년이 지난 뒤에야 집안 사정을 알게 되었다. 딸은 울먹이며 애써 말을 아꼈지만 단호한 결심이 느껴졌고 고등학교부터 대학까지 줄곧 우수한 성적으로 학교를 마쳤다.

삶의 복병은 우리의 내면에 있는 지력과 용기, 의지를 드러낼 기회를 준다. 삶이 던져주는 모든 어려운 일은 대개 우리가 경험한 적 없는 미지의 것이라 처음에는 그저 두렵기만 하다. 그 두려움과 충격에서 벗어나는 데 가장 필요한 것은 사랑하는 사람들의 도움이다.

가족이 함께 겪는 크고 작은 아픔은 아이들에게 책을 읽는 것과 마찬가지로 간접 경험을 안겨주면서 자신의 뿌리를 굳건히 다지는 데 긍정적 영향을 미친다. 서울에 돌아오자마자 예상치 않게 마주한 이 어려움으로 우리 가족은 삶의 굵은 나이테를 만들었고 나는 가족 간의 유대와 결속으로 이 난관을 극복할 수 있었다.

작가 이정하는 《돌아가고 싶은 날들의 풍경》에서 이렇게 묻고 있다.

"더 많이 가지려는 욕심으로 자신을 채우려 하기보다는 지금 자신이 가지고 있는 것을 좀 더 사랑하는 것이 낫지 않을까요?"

서울에서 다시 정착하는 동안 아내는 심하게 마음고생을 했다. 생활이 안정을 되찾을 때까지 아내는 열심히 일했다. 그때부터 우리는 절약을 습관화했는데 조금 적게 먹고 적게 소비하는 소위 미니멀 라이프Minimal Life를 저절로 시작한 셈이었다. 아내는 지금까지도 이 삶의 방식이 자연과 인간에게 득이 된다는 생각으로 살아가고 있다.

아내는 나와 확연히 다른 환경에서 자랐다. 내가 농사일을 하고 있을 때 아내는 쌀과 벼의 차이를 분명히 모를 만큼 도시인이었다. 내 꿈이 배불리 먹는 것이었다면 아내는 루이제 린저나 전혜린의 책에 깊이 빠져들고 김형석의 에세이를 보물단지처럼 아끼던 문학소녀였다.

그런 아내는 행인지 불행인지 '방목'이나 'Forget about it!'을 외치는 나를 만나 팔자에도 없는 여러 고비를 겪으면서 완전히 다른 사람이 되어갔다.

미국에서 어려운 살림살이를 꾸려가면서도 아내는 틈틈이 자기계발에 몰두했다. 현실적인 삶의 경험을 자기발전에 활용하고 주어진 여건에서 최대의 결과를 도출하는 아내는 공부만 한 나보다 훨씬 더 폭넓은 인간관계와 사회를 경험했다.

'일상은 배움의 과정이고 불평불만은 새로운 것과 진부한 것이 충돌할 때 발생하는 소음'이라는 것이 아내의 모토다. 새로움에 따른 반감으로 불만이 발생한다는 얘기다.

그녀의 이런 철학적 신념은 우리 가정이 어려움에 처했을 때 더욱 빛을 발했다. 아내는 어떤 상황에든 배울 것이 있고 그 경험은 내일의

디딤돌이 된다는 것을 확신한다. 딸들에게 친구이자 상담자, 인생설계 책임자인 아내는 영어 속담 'Every cloud has a silver lining'을 좋아한다. 모든 구름의 뒤쪽에는 은빛이 있다. 역경은 희망을 내포하고 있고 구름 위에는 태양이 있다는 낙관적이고 긍정적인 삶의 자세다.

소은의 이중생활

작은딸이 미국에서 초등학교를 졸업할 무렵 졸업선물로 무엇을 받고 싶은지 묻자 딸은 망설임 없이 마이크라고 했다. 나는 이십 달러짜리 엄지손가락 두께의 조그만 마이크를 사서 선물로 주었다. 딸은 신이 나서 마이크를 전축에 연결했고 집 안을 온통 시끄럽고 정신없게 만들었다.

어느 날 퇴근해 집에 돌아가니 작은딸이 바이올린으로 음을 켜면서 무언가를 열심히 적고 있었다. 무얼 하느냐고 했더니 좋은 영감이 떠올라 작곡을 하고 있단다.

며칠 후 딸은 자작곡을 녹음하고 싶다며 도와달라고 했다. 나는 전문 녹음실을 이용할 생각은 하지 못하고 어떻게 도와줄지 궁리하다가 녹음기 두 대로 녹음해보자는 데 생각이 미쳤다. 결국 친구에게 녹음기 한 대를 빌려 작업에 들어갔는데 큰딸이 없어서 피아노 반주를 해주지 못하는 것이 안타까웠다.

작은딸은 바이올린으로 자작곡을 연주했고 나는 그것을 녹음했다. 이어 녹음한 반주를 틀어놓고 여기에 맞춰 딸이 노래하는 것을 다른 녹음기로 녹음하는 이 단계 작업을 했다. 녹음을 마치고 들어보니 가사도 좋고 곡도 아름다웠다. 그때 나는 영문도 모르고 작은딸이 단순히 자작곡을 녹음하고 싶어 하는 것으로 생각했다.

그런데 딸은 녹음한 테이프를 EBS의 창작가요제에 보냈고 한 달 뒤 선발되었다는 연락을 받았다. 방송국에 보내는 줄 알았다면 좀 더 전문적으로 녹음하도록 도와줬어야 했는데 아쉬웠다.

그 후 일본 출장을 갔을 때 저녁에 전자제품을 파는 아키하바라에 가서 제법 전문가용처럼 보이는 보통 마이크를 사서 딸에게 선물했다. 마이크를 받은 딸이 세상을 다 가진 것처럼 좋아하던 모습은 오랜 세월이 지난 지금도 생생하다. 그 마이크는 한동안 집 안을 노래방으로 만들었고 그것은 작은딸이 가수가 되는 출발점이었다.

간절히 원하는 일은 이뤄지게 마련인가 보다. 그토록 노래 부르는 것을 좋아한 작은딸은 청소년창작가요제에 출연했고 이를 계기로 여러 기획사에서 연락이 왔다.

우리는 어린 딸이 가수가 된다는 것에 선뜻 마음이 내키지 않았지만 딸의 선택과 결정을 존중하기로 했다. 우선 여러 기획사를 방문해보고 가늠하는 것이 먼저였다.

어느 날 가수 겸 작곡가인 윤상 씨로부터 전화가 왔다. 우리 가족은 그가 활동하던 시기에 한국에 있지 않아 유명한 그를 알지 못했다. 얼떨떨해하는 내게 그는 자신을 간단히 "가수 윤상입니다"라고 소개한 뒤 작은딸의 음악과 관련해 만나 상의하고 싶다고 했다. 아내가 딸과 함께 윤상 씨를 만나러 가기로 약속을 했다.

리츠칼튼호텔 커피숍에서 그를 만나고 돌아온 두 사람은 입을 모아 "참 좋은 사람 같다"라고 말했다. 그는 작은딸의 고운 목소리를 좋아했고 작은딸은 어린 나이에도 그와 함께 음반 작업을 행복하게 할 수 있을 것 같다고 말했다.

우리는 가족회의를 했다. 아내도 나도 전혀 불안감이 없었던 것은 아니지만 그토록 좋아하는 노래를 마음껏 할 수 있는 기회를 잡은 딸을 믿는 마음이 더 컸다. 가장 중요한 것은 딸이 한창 공부할 시기이므로 가능한 한 학교 수업에 지장을 받지 않을 정도의 활동과 어린 딸의 정서적 측면을 고려하는 일이었다. 아주 예외적인 상황이 아니면 학교 수업을 우선으로 하는 것에 우리 모두 동의했다. 그러자니 교복을 입고 방송국에 가는 일도 있었다. 이를 염두에 두고 딸은 여러 기획사 중에서 가장 마음이 편한 곳을 선택했다며 드림팩토리에서 가수 윤상,

이승환 씨와 앨범 작업에 착수했다.

EBS와 청소년창작가요제로 인연을 맺은 작은딸은 EBS 어린이 영어 프로그램에서 영어교실도 진행했다. 이것은 노래와 율동을 곁들여 아이들과 함께하는 영어 프로그램으로, 일주일에 한 번 녹화가 있었다.

졸지에 작은딸은 우리 가족 중 가장 바쁜 사람이 되었다. 첫 앨범 〈소녀〉가 나오자 많은 신문과 방송에서 열여섯 소녀의 '천상의 목소리'라며 대서특필했고 방송 스케줄이 끝이 없었다.

그 와중에도 작은딸은 꼬박꼬박 학교에 다녔다. 오전 스케줄이 없는 날엔 어김없이 정확한 시간에 일어나 교복을 입고 학교에 갔다.

그러다가 얼굴이 점점 알려지면서 대중교통을 이용하는 데 불편을 느낀 딸은 삼사십 분 걸리는 학교까지 달려서 갔다. 종종 주변 학교 남학생들이 무더기로 딸의 뒤를 따라다니기도 했다.

어쩌다 매니저들과 맛있는 야식을 하고 오느라 늦어지면 아내는 딸의 베개 밑에 짧은 편지를 써두곤 했다. 아침에 일어나 딸아이가 그날의 일정을 보여주거나 말하면 아내는 메모를 했다. 혹시라도 도와야 할 일을 놓치거나 실수하는 일이 발생하면 안 되기 때문이었다.

한번은 스케줄이 없는 날 아내와 딸이 운동 겸 산책을 갔다가 집에 와보니 매니저가 45분째 집 앞에서 기다리고 있었다. 라디오 생방송이 있었는데 매니저가 미처 딸에게 말하지 못했던 것이다. 그때 딸에게는 휴대전화가 없어서 집 전화 외에는 연락할 방법이 없었다. 딸은 땀으로 범벅인 운동복 차림 그대로 차를 타고 총알처럼 여의도로 갔다. 매니저는 중앙선을 넘나들며 난폭하게 차를 몰았고 겨우 시간 내에 여의도 생방송 스튜디오에 도착했다. 당시 고등학교 일 학년이던 작은딸은 공포심과 불안감에 급기야 울음을 터트렸다고 전해 들었다. 그 뒤로 딸은 매니저들에게 어록 한 마디를 남겼다.

"늦는 것이 죽는 것보다 낫다."

딸의 학교 일정이 중간고사나 기말고사 기간에 들어가면 방송 일정을 잡는 매니저들이 고심을 했다. 시험기간을 피해 스케줄을 잡는 것이 여간 고역이 아니었기 때문이다. 요즘과 달리 어린 가수가 많이 없던 그 시절, 작은딸은 방송국에서 유일하게 교복을 입고 다니는 가수였다. 그 자세 그대로 딸은 방송을 기다리는 틈틈이 책을 보았다.

작은딸이 학교에 갈 때마다 달려가면서 포레스트 검프라는 별명이 붙었다. 하루는 가방을 메고 비쩍 마른 긴 팔을 흔들며 뛰어가다가 시멘트 바닥에 철퍼덕 넘어지고 말았다. 그때 어찌나 심하게 넘어졌는지 무릎 뼈가 거의 드러날 정도였다.

심하게 다쳤다는 소식을 듣고 깜짝 놀란 아내가 딸을 병원에 데려간 뒤 내게 전화를 했다. 물론 당시에는 크게 놀랐지만 예쁜 소녀 가수의 무릎에 난 상처는 오래도록 우리 가족의 놀림감으로 남았다.

"무슨 포레스트 검프가 무릎 뼈가 상하도록 넘어지냐고!!"

아빠의 자리

작은딸이 음악에 그토록 애착을 보인 것은 언니를 향한 그리움도 한 몫을 했다. 초등학교 때 바이올린을 배운 작은딸은 바이올린을 켜며 마음의 안정을 찾았고 팝송을 따라 부르면서 활력을 얻었다.

그렇지만 작은딸은 한국에 돌아와 새로 시작한 중학교 환경에 적응하는 데 어려움이 많아 보였다. 아직 서울 생활에 덜 익숙했던 딸과 아내는 단짝이 되어 많은 시간을 보냈다.

작은딸은 어느 공원에서 백일장 대회가 있던 날 같은 학교 여학생 집단에게 둘러싸여 빠져나오느라 애를 먹은 일, 체육시간마다 익숙하지 않은 토끼뜀으로 단체기합을 받은 일, 철없는 남학생들의 지나친 장난으로 골머리를 앓은 일 등을 엄마에게 모두 터놓고 상의하며 새로운 힘을 얻었다.

아내는 때론 친구가 되어 또 때론 언니가 되어 딸의 어려움을 여러 방법으로 풀어주었다. 어느 날은 선생님의 동의를 얻어 조퇴한 딸을 데리고 춘천으로 기차 여행을 떠났고, 주말이면 둘이 경주나 역사탐방 여행을 다니기도 했다. 작은딸은 지금도 엄마와 함께 보았던 눈 덮인 강촌과 비 오던 경주를 이야기한다.

경주에서는 비를 흠뻑 맞고 갈 곳이 없어 서울행 기차를 기다리는 네 시간 동안 경주역 찻집 난로 옆에서 운동화와 외투를 말리며 깔깔대던 그 추억을 엄마와 딸은 공유하고 있다. 작은딸은 그때 경주박물관에서 엄마가 사준 이천 원짜리 목걸이를 지금도 보물처럼 간직하고 있다.

엄마와 딸의 그 특별한 관계를 볼 때마다 나는 아빠의 자리를 고민한다. 흔히 '아빠는 가족을 지키는 울타리'라고 말한다. 치열한 경쟁의 소용돌이 속에서 살아가는 요즘의 아빠들이 과연 그런 존재일까? 아빠들 스스로 혹은 가장 가까운 가족이 생각하는 아빠의 모습은 어떨까? 혹시 아빠를 돈을 벌어오는 기계로 인식하는 것은 아닐까? 명문대를 보내는 비결로 알려진 '아빠의 무관심, 할아버지의 재력, 엄마의 정보력'이 정말로 아이들을 올바르게 키우는 모습일까? 이러한 인식에 아빠의 자리는 없다.

사회 환경이 치열한 경쟁 구도로 치달을수록 아빠는 가족을 위해 더 열심히 일해야 한다. 그런데 아이러니하게도 아빠가 그렇게 가족을 위해 열심히 일할수록 가족과 더 멀어지고 만다.

모든 인간관계는 어느 정도 노력을 필요로 한다. 아빠들은 우선순위를 정할 때 으레 회사 일을 먼저 생각한다. 물론 회사 동료나 상사와의 관계도 중요하지만 아이들과의 관계맺음은 더 중요하다. 아이들은 아빠의 시간을 기다려주지 않기 때문이다.

정말이지 잠시만 관심을 내려놓아도 아이들은 훌쩍 커버린다. 아이들이 성장하는 동안 시시때때로 아이들의 마음에 아빠의 자리를 만들어놓지 않으면 나중에는 비집고 들어갈 틈이 보이지 않는다.

사춘기에 들어선 큰딸이 어떤 일에 불만을 보이며 문을 세게 닫고 들어가면 아내가 혼을 냈다. 나는 잠자코 있다가 아내가 나오면 노크를 하고 딸의 방에 들어가 엄마가 왜 혼을 낼 수밖에 없었는지 이야기했다. 그러면 딸은 "아빠, 미안해" 하면서 곧바로 사과했다. 아빠도 눈치가 있어야 한다. 눈치껏 행동하면 작은 행동이나 말 한마디로도 관계를 복원하고 가정의 평화를 지킬 수 있으니 말이다.

나는 미국에서 공부하는 큰딸이 성장해가는 모습을 곁에 두고 볼 수 없어 서운할 때가 많았다. 바쁘게 살다가도 문득 딸이 생각나면 머릿속이 아주 복잡해졌다.

내게는 회사 업무를 파악하고 이해하는 것만큼 아이들의 성장과 그들의 관심사가 무엇인지 파악하고 이해하는 것도 중요했다. 그리고 딸들과 친밀함을 유지하는 것은 동료나 친구와의 우정만큼이나 내 삶을 풍요롭고 살맛나게 해주었다.

미국에서는 아빠가 자녀와 스포츠를 즐기고 저녁식사는 가족과 함께하는 문화가 있다. 같이 어울리면서 아이들과 우정을 쌓는 것은 아빠의 삶을 의미 있고 행복하게 만들어준다.

물론 그 노력의 주체는 아빠여야 한다. 작은딸이 중학생이 되었을 때 나는 아내에게 격주 휴무인 토요일 오후를 부녀가 데이트하는 시간으로 정했다고 말하고, 아내를 배제하는 것을 양해해달라고 했다. 아내는 이를 흔쾌히 허락하면서 응원해주었다.

시간은 고무줄이다. 현대인이 아무리 바쁘다지만 마음이 있으면 어떻게든 시간은 낼 수 있다. 즉, 시간이 없다는 것은 다른 것에 더 마음이 기울어져 있음을 보여주는 핑계에 불과하다. 의도적이거나 의무감에서 비롯된 것이 아닌 진심으로 자녀의 친구가 되는 것은 멋진 일이다.

헨리 나우웬 신부는 이렇게 말했다.

"인간의 삶에서 일어날 수 있는 가장 아름다운 것 중 하나가 부모는 아이들을 위해 형제나 자매가 되는 것이고, 아이들은 부모를 위해 아빠와 엄마가 되는 것이며, 형제와 자매는 친구가 되는 것이다."

고등학교 이 학년이 된 작은딸이 새 앨범 준비로 바쁜 나날을 보내던 어느 날 내게 전화를 했다. 사무실에서 전화를 받은 나는 평상시와 다른 목소리에 '무슨 좋지 않은 일이 있나 보다' 하는 생각을 했다.

딸은 학교를 조퇴하고 지하철로 이동해 홍릉연구단지에 있는 내 사무실 가까이에 왔다고 했다. 불안한 마음에 나는 업무를 멈추고 딸을 만나러 나갔다. 인근의 음식점으로 들어가 딸의 얼굴을 찬찬히 살펴보니 힘들어하는 모습이 역력했다.

한참이나 말이 없던 아이는 고기를 구워 식사를 하고 나더니 좀 편안해졌는지 학교에서 있었던 일을 들려주었다.

"아빠, 나 학교에서 힘든 일이 있었어."

당시 작은딸은 지방공연이 많았는데 부산이나 대전 공연을 마치고 집에 오면 새벽 다섯 시나 여섯 시라 잠을 한두 시간밖에 못 자고 학교에 갔다. 그렇지 않아도 일정이 빡빡해 수업 준비가 부족한 것이 늘 마음에 걸리던 터였다. 한데 그날 선생님이 부실한 수업 준비와 대학진학 문제를 두고 무언가 얘기를 한 모양이었다.

몸과 마음이 지쳐 있는 딸에게는 지나친 염려보다 위로가 필요했던 것 같았다. 진학에 대한 선생님의 얘기는 딸의 마음을 아프게 했고, 피곤함에다 서러움이 겹친 딸은 크게 상처를 받은 것이었다. 공교롭게도 그때는 아내가 큰딸의 일로 미국에 가 있었고 위로받을 곳이 없었던 작은딸은 선생님을 향한 섭섭함을 혼자 감당하기가 어려웠던 것이다. 아내가 떠나면서 신신당부를 했건만 역시 내가 엄마의 역할을 하는 데 부족했구나 하는 생각이 들었다.

"소은아, 어른도 실수할 수 있어. 선생님이 네 상황을 다 이해하긴 힘드실 거야. 아빠가 볼 땐 너를 걱정해서 하신 말씀 같은데 너무 섭섭해하지 마."

많은 사람이 각자의 관점에서 사물이나 상황을 판단한다. 그럴 때 상대의 입장을 놓치는 경우가 많아 상대에게 상처를 주기도 한다. 나는 작은딸이 최선을 다하고 있음을 알고 있었고, 진학 걱정보다 현재의 시간을 충실히 보내면 좋은 결과를 얻는다는 확신을 주고 싶었다.

다행히 작은딸은 대화하는 동안 평소의 모습으로 돌아왔다. 조퇴까지 하고 아빠를 만나러 왔으니 자료실에 가서 책을 보다가 아빠가 퇴근할 때 같이 가자고 했더니 언제 힘든 일이 있었나 싶게 밝고 명랑한 딸로 돌아왔다.

나이와 관계없이 누구나 사소한 일로 마음도 상하고 스트레스도 받는다. 그럴 때 누군가가 자신의 이야기를 들어주고 믿어주면 천군만마를 얻은 것처럼 든든해진다. 그 예민한 시기의 딸에게 이야기를 들어주고 관심을 줄 시간이 내게 허락되어 참으로 다행이었다.

무모함도 에너지다

2003년 팔월 큰딸이 클리블랜드 국제 피아노콩쿠르 본선에 초청받았다. 피아노 연습은 주로 학교 연습실에서 했는데 방학이면 이곳이 폐쇄되는 바람에 피츠버그의 옛 선생님 집에 가서 연습하는 경우가 많았다. 맨해튼의 원룸은 피아노 반입이 금지되어 있을 뿐 아니라 피아노를 소유하는 것도 상황이 허락지 않았다. 클리블랜드로 떠나기 일주일 전 딸은 연습을 위해 피츠버그로 간다는 연락을 해왔다.

그날 거의 자정이 되어 막 잠자리에 들려고 하는데 갑자기 전화벨이 울렸다. 나보다 좀 더 일찍 잠자리에 든 아내가 스프링처럼 벌떡 일어나더니 소파 옆 테이블에 놓인 수화기를 움켜잡았다.

그 순간 우린 수차례 불안한 눈빛을 교환했고 아내는 수화기 저편의 목소리가 누구인지 파악하려 숨을 죽였다. 그야말로 초긴장 상태였다.

"네. 소연이가 제 딸입니다. 어… 어디라고요! 피츠버그의 병원이요? 무슨 일인가요? 자동차 사고라고요! 지… 지금… 아이의 상태가 어떤데요? 괜찮은가요? 아무튼 전화를 걸어 상황을 설명해주셔서 감사합니다. 제발 제 딸을 잘 돌봐주세요!!"

아내의 심한 동요와 전화 내용으로 사태의 심각성을 인지한 나는 가급적 침착하려 노력하며 우리가 시급히 취해야 할 조치가 무엇인지 생각했다.

그날 우리는 뜬눈으로 밤을 지새웠다. 우리가 한국에서 유일하게 할 수 있는 일은 일단 딸이 어떤 상태인지 정확히 확인하는 일이었다. 나는 묵은 수첩을 뒤적여 미국에서 유학할 때 잘 알고 지낸 외과의사 카이저의 전화번호를 찾았다. 이윽고 신호가 가고 익숙한 음성이 전화기 너머로 들려왔다.

"누구세요?"

"닥터 카이저, 한국에 있는 닥터 리입니다."

"닥터 리! 반가워요. 갑자기 무슨 일이 있습니까?"

"소연이가 교통사고로 피츠버그 병원에 실려 갔다고 합니다. 상태가 어떤지 알고 싶은데 방법이 없네요."

"걱정 말아요. 내가 병원에 전화해서 상태를 확인하고 연락할게요."

닥터 카이저에게 전화를 받기까지 한 시간 정도가 걸렸는데 그 시간이 어떻게 지나갔는지 기억나지 않는다. 아주 길게 느껴졌다는 것밖에. 그분이 딸의 담당의사와 직접 통화한 내용을 전달받고 아내와 나는 어느 정도 평정심을 회복했다.

피츠버그 공항으로 마중 나온 마리나 선생님과 함께 집으로 가던 도중 빗길에 차가 가드레일을 받고 전복된 것이었다. 나중에 들은 얘기지만 차는 완전히 망가져 폐차 처리했다고 한다.

응급실에 실려간 딸은 모든 검사 결과 치명적 손상은 없었고 응급처치를 하는 의사의 질문에 스스로 반응하고 대답할 정도로 정신적 쇼크 상태에서는 벗어났다고 했다. 서울에 있는 부모에게 연락해줄 것을 부탁하고 전화번호까지 알려준 것으로 보아 기억에도 손상이 없다는 소견도 들었다. 합당한 처치를 하면서 계속 지켜볼 계획이며 필요한 일이 생기면 연락하겠다는 것이 병원 측의 진술이었다.

온갖 생각이 머릿속을 스쳐 지나갔다. 병원에서 부모형제도 없이 홀로 사고의 트라우마에 시달리며 울고 있을 아이를 생각하니 가슴이 먹먹했다. 우리는 가장 빨리 갈 수 있는 항공편부터 알아보았다.

내가 직접 봐야 안심이 될 것 같아 서두르고 있는데 아침 일찍 전화가 왔다. 딸의 목소리였다. 안도의 한숨과 함께 북받치는 감정을 누르며 일단 상태가 어떤지 물었다. 딸은 아빠의 마음을 읽은 듯 침착하게 말했다.

"아빠, 걱정하지 마. 나 괜찮아. 의사 선생님이 이런 걸 기적이라고 말해야 한다고 해. 아빠, 내가 기적을 일으킨 거야. 그치? 마리나는 아직도 의식불명 상태야. 하지만 곧 깨어날 거래. 아빠, 미국에 오지 마.

알았지? 난 괜찮아. 곧 퇴원해서 연습해야 해."

아내는 다른 쪽 수화기를 들고 애원하듯 말했다.

"소연아, 제발 살아만 있어. 나머지는 엄마가 다 할게."

딸은 일주일 후 대회에 나갈 거라면서 걱정하지 말라는 말을 남기고 전화를 끊었다.

수화기를 내려놓은 우리는 안도했고 감사했다. 그렇게 큰딸은 우리의 걱정을 가볍게 해주었다. 딸은 사흘 뒤 퇴원했고 이후 우리는 수십 번의 전화와 이메일로 아이의 상태를 전달받았다.

딸은 담당의사에게 왜 지금 퇴원해야 하는지 장황하게 설명해야 했다. 먼저 자신은 줄리아드 학생이고 피아니스트이며 일주일 뒤에 있을 콩쿠르에 참가하기 위해 몇 년을 준비했다는 것과 지금이 마지막 준비 단계라는 것을 이야기했다. 또한 차가 가드레일을 들이받은 뒤 몇 바퀴를 도는 바람에 의자 밑에 깔려 구급차가 올 때까지 기다리는 동안에도 대회에서 칠 곡 전체를 머릿속으로 연습하면서 의식을 잃지 않으려 했다는 말도 전했다.

딸은 가물가물해지는 정신을 잡으려고 부모님이 사는 서울 집주소와 전화번호를 기억하려 했고 손가락으로 숫자 세기를 수없이 했단다. 절대로 이번 대회를 놓치고 병원에서 지낼 수 없다는 각오로 이를 앙다문 것이다.

담당의사는 무모할 정도로 강한 책임감과 열정으로 사고 순간에도 정신을 놓지 않은 작은 동양 아이의 확고한 태도에 동화되어 몇 가지 주의사항과 절대 안정을 강조하며 따뜻하게 조언을 해주었다. 그렇게 딸아이는 피츠버그에 또 한 사람의 팬을 자신의 리스트에 올렸다.

퇴원하자마자 딸은 연습에 매진하기 위해 마리나 선생님 집으로 갔다. 몸은 파편에 맞아 피멍과 생채기로 뒤범벅이었고 시간이 지날수록 사고 후유증이 심해졌다. 대회를 앞두면 보통 하루 7~8시간을 연습해야 했지만 자신의 의지와 달리 삼십 분도 지속하기 힘들었다. 오른팔은 아예 들어 올릴 수조차 없었다.

제대로 해낼 수 있을까 하는 두려움이 엄습할 때마다 딸아이는 엄마와 한 시간씩 통화를 했다. 아내는 늘 그렇듯 자신의 걱정을 숨기고 아이의 마음 사이사이에 도사리고 있는 불안과 동요를 가라앉히면서 마음이 편안해지도록 하려고 애썼다. 그저 '다 괜찮을 거야'라는 상투적인 말은 극도로 심약한 상태에 있는 아이를 오히려 무기력하게 만들기 십상이다. 괜찮지 않은 상태에서 괜찮을 거라는 말을 하는 것은 진실을 토로하는 사람에게 농담을 던지는 것이나 다름없다.

가장 현실적인 것이 가장 진실한 것이다. 최선을 다한다는 말은 주어진 상황에서 내가 할 수 있는 만큼 하고 그 결과를 받아들인다는 의미다.

몸과 마음을 겨우 추스른 딸은 사흘 뒤 클리블랜드행 비행기를 탔고 콩쿠르에 나갔다. 아내는 몸이 조금이라도 불편하면 대회 중이라도 즉시 중단하겠다는 다짐을 받았다. 나는 대회 라운드가 진행되는 내내 살얼음판을 딛고 선 것처럼 마음이 조마조마했다.

'제발 아이에게 별일이 없기를.'

온 마음을 다 쥐어짜다 보니 입 안에서도, 가슴에서도 모래알이 서걱거리는 것만 같았다.

클리블랜드 국제 피아노콩쿠르 본선에는 스크린과 연주 과정으로 선별한 마흔 명만 참가한다. 그중 첫 번째 라운드와 두 번째 라운드를 거쳐 열두 명이 준결승에 올라가고, 준결승에서 네 명이 최종 라운드에 올라 승부를 가린다. 최종 발표는 몇 시간 후에 있을 거라고 말하는 딸의 목소리는 침착했고 혼신의 힘을 쏟았으니 결과에 관계없이 만족한다고 말했다.

많은 경우 딸이 대회에 나가서 입상하면 물론 기분이 좋았지만 원하는 결과를 얻지 못해도 그리 아쉽지는 않았다. 대회를 준비하는 과정에서 이미 많은 것을 습득하고 연주력도 향상되기 때문이다. 하지만 이번 경우는 달랐다. 사고를 당한 악조건에서 겨우 참가한 대회라 나는 딸이 만족할 만한 결과를 얻기를 간절히 바랐다. 나와 아내는 아무 일도 하지 못한 채 전화기 쪽으로만 눈길을 보냈고 작은 소리에도 예민해졌다. 마침내 전화벨이 울렸다. 딸아이는 울먹이며 2등을 했다고 말했다.

"네 정신력의 승리구나. 축하한다! 어느 대회에서 받은 상보다 소중하고 값진 상이다."

우리는 마음껏 축하해주었다.

몇 달 후 서울에 온 큰딸은 연주자들이 두려워하는 무대공포증에 대해 이야기해주었다. 무대공포증은 연주자나 연기자가 대중 앞에 서기 전에 겪는 정신적 압박이다. 딸아이도 무대공포증을 자주 경험했다. 연주시간이 임박하면 자신이 비눗방울이라도 되어서 팍! 하고 터져 사라져버리길 바란 적이 한두 번이 아니었다고 고백하기도 했다.

그런데 아이러니하게도 교통사고를 겪고 참가한 대회에서는 사고 후유증으로 몸과 마음이 불완전해서 그런지 무대공포증이 사라져 오로지 연주에만 몰입할 수 있었단다.

사람의 두뇌는 정말 경이롭다. 큰 충격과 위험을 경험하면 그다음에 오는 사소한 두려움에는 반응하지 않나 보다. 딸아이는 만용에 가까운 용기를 발휘하여 좌절을 딛고 일어섰다. 열정은 무모함에서 발효된 용기일까. 피아노를 향한 열정과 집념으로 딸이 얻은 결실은 우리 가족에게 참으로 소중한 교훈을 안겨주었다.

너희는 존재 자체만으로도 기쁨이야

딸들은 성장하는 동안 아빠와 엄마에게 받은 편지, 메모, 카드 등을 소중하게 보관하고 있다. 어느 날 그 상자를 열어보았다가 나는 가슴이 뭉클해지는 느낌을 받았다.

엄마와는 전화 통화를 자주 해서 편지는 내가 더 많이 보낸 줄 알았더니 그렇지 않았다. 하드보일드 스타일의 내 편지와 자상하고 마음을 울리는 아내의 편지들이 새삼 옛날을 되돌아보게 했다. 메시지 내용은 일상적인 일부터 딸들의 고민 상담까지 참으로 다양했다. 간단히 몇 개의 메시지를 소개한다.

… 삶을 살아가는 데 가능한 한 남을 덜 의식하는 것이 도움이 된다. 항

상 세상의 다양성과 남들이 생각하는 것이 나와 다름을 받아들여야 한다. 자신의 목표를 설정하여 최선의 노력을 해라. 라흐마니노프 콘체르트는 어린 나이에 연습하기가 쉽지 않다고 들었다. 조금은 걱정되지만 그래도 You can can can can do it. …

— 1996년, 아빠가

… 음악을 할 수 있다는 것이 얼마나 즐거운 일인지! 아빠는 요즘 네가 부럽기만 하다. 음악은 신을 감동시킬 수 있다고 하니, 사람도 감동시킬 수 있지 않을까? 세상이 갈수록 어려워지고 있는 지금 네가 음악으로 세상을 아름답게 만들 수 있었으면 좋겠다. …

— 1997년, 아빠가

… 중국 친구와 경쟁하느라 힘들어한다고 엄마한테 들었다. 누구나 지나친 경쟁심 안에 있으면 자신을 잃기가 쉽다. 상대와 경쟁하지 말고 자기 자신을 돌아보면서 연습하여라. 아빠는 네 내면에 있는 힘을 끌어내 보다 강한 딸이 되길 바란다. 높은 곳에 도달할 때까지의 길은 험하단다. 험한 길을 극복하지 않고는 최고가 될 수 없겠지. …

— 1998년, 아빠가

… IMF 시기에, 지난달부터 악화되기 시작한 우리 경제는 이제 세계의 이목을 집중시키며 나날이 늪 속으로 빠져들고 있다. 세계의 경제학자들은 한국의 경제위기가 대공황에 접어들었다고 발표하고, 시한폭탄에 비유한다. 오늘은 달러당 1,700원이고 내일은 2,000원이 된다고 한다. 지난달의 800원에 비하면 끔찍한 상황이다. 이제 세계 사람들이 한국인을 예사로 보지 않을 거야. 외국의 거리에서 쇼핑하고 소비하는 모습을 보고 경멸할지도 몰라.

이럴 때 행동에 각별히 조심하고 몰지각한 한국인이란 인상을 주지 않도록 해라. 학생은 교실과 책상으로, 노동자는 일터로, 공무원은 비워두었던 사무실로 한동안 늦추었던 고삐를 당겨 쥐고 우리에게 주어진 책임과 임무를 위해 최선을 다할 때다.

이건 한때의 악몽이 아니다. 시간이 지나면 치유되는 그런 종류의 질병도 아니다. 이건 우리의 피와 땀과 인내를 요구하며, 우리의 결단과 의지에 찬 단결을 요구한다. 하지만 이 시기가 우리의 부정과 부패, 낭비와 사치, 허영과 자만에 빠져 헤어 나올 수 없는 악 속에서 우리를 건져낼 절호의 기회일 수도 있다. 이건 wake up call이라고. 너희들의 세상이 아름답고 건강하고 풍요롭기를 바란다. …

— 1998년, 엄마가

… 집착은 사랑이 아니야. 진정한 사랑은 서로에게 자유로워야 해. 소유

는 사랑의 감옥이란다. 우선 이 세상의 진리와 지식, 예술과 철학, 인간의 개념을 이해하고 담을 수 있을 만큼 채우고 채워도 모자람이 없을 만큼 넓고 큰 네 자신의 그릇을 키워 나가라. 그리고 큰 사랑을 하렴. …

— 1999년, 엄마가

… 소연아! 어제는 소은이 두 번째 앨범을 축하해주려고 집 가까운 곳에 있는 커피숍에 갔었다. 아빠와 엄마는 커피를 주문하고 소은이는 레몬차를 주문했지. 세 사람의 마음은 하나같이 너의 빈자리를 생각하며 우울했지. 소은이가 붉은 눈으로 결심이라도 한 듯 "언니는 미래를 위해 할 수 없잖아, 내년엔 정말 같이 있도록 할 거야" 하면서 눈물을 닦더라. 바깥 공기는 차고 바람이 세차게 불었지만 아빠, 엄마, 소은이 그리고 너와 함께하는 우리의 이야기는 겨울밤이 깊어갈 때까지 계속되었단다. 소은이는 활동하면서 겪게 될 일과 학교 공부 걱정이 많았고 아빠도 나이가 듦에 따라 생기는 고민, 노력하고 얻는 만족감, 너희들로부터 얻는 용기를 이야기하더구나. 우리 이렇게 각자의 장소에서 나름대로 노력하면서 함께할 그 시간을 기다리며 최선을 다하자. …

— 2000년, 엄마가

멀리 떨어져 있는 큰딸을 위해 내가 할 수 있는 유일한 것은 가끔 전화하는 것과 편지를 써 보내는 것이 전부였다. 딸아이도 틈틈이 이메일로 간단하게 자신의 근황을 알려주었다. 곁에서 자주 볼 수 없는 아쉬움도 있지만 거리가 주는 공간은 일상에서 일어날 수 있는 마찰이나 갈등을 객관적이고 편안하게 볼 수 있는 장점도 있었다.

부모는 대부분 자신이 자라온 방법으로 아이를 대한다. 결혼 전, 아니 아이를 낳기 전까지는 아빠나 엄마의 역할을 경험할 수 없기 때문이다.

어렸을 때 우리 집에서는 돈 이야기를 하는 것을 금기처럼 여겼기에 가정에서 경제 개념을 배울 기회가 없었다. 옛날에는 많은 아버지가 돈 이야기를 입에 올리는 것을 점잖지 못한 일로 여기는 유교적 사고방식에 젖어 있었다. 그래서 그런지 나도 아이들에게 아빠의 경제적 허약함을 털어놓고 이해를 구하는 것이 몹시 어려웠다.

사실 부모가 겪는 어려움과 고민을 털어놓는 것은 아이가 가정의 중요한 일원임을 알게 하고 자신이 부모의 삶과 밀접하게 연관되어 있음을 깨닫게 해 유대감을 높여준다. 아빠가 살아가는 힘의 뿌리가 그들의 삶과 연관되어 있음을 애써 무시할 필요는 없다.

부모가 자신의 노력과 희생의 대가를 유예하는 방법은 자칫 아이들을 향한 불만이나 실망으로 드러날 수 있다. 이 경우 사소한 일에 화를 내거나 짜증을 내기 십상이다.

이것은 문제를 해결하는 방향으로 나아가는 것이 아니라 관계맺음을 훼손하는 결과를 낳는다. 건전한 관계맺음을 위해서는 일상 속에서 신뢰와 믿음을 쌓아가야 한다.

고등학교 때부터 가족과 떨어져 지낸 큰딸은 가족을 향한 그리움이 깊어질수록 그 소중함을 지키려는 의지가 강했다. 그래서 늘 자신이 해야 할 일을 찾았고 자신의 최선이 무엇인지 끊임없이 탐색하며 생활했다.

딸은 그것이 자신의 '삶의 원동력Theme of Life'이라고 했다. 이것은 딸아이가 공부할 때나 피아노를 연습할 때 앞으로 달려가게 해준 힘이다. 다행히 딸아이의 활발한 본성은 조금도 꺾이거나 사라지지 않았고 오히려 부모의 격려와 긍정적 반응으로 계속해서 동기를 부여받았다.

당시에는 큰딸에게 전화하기도 힘든 시기였고 어쩌다 전화통화를 하면 필요한 것이 있는지, 건강한지, 잘 지내고 있는지 같은 간단한 안부를 확인하는 게 전부였다.

일을 하다가 갑자기 큰딸이 생각나면 나는 늘 사용하는 편지지에 글을 써서 보냈다. 그 편지에 나는 씩씩하게 열심히 노력하는 딸을 칭찬했고 아빠가 행복하게 살아가는 힘의 원천이 딸이라는 사실, 언제나 딸을 전적으로 믿으며 딸의 모든 것을 있는 그대로 사랑한다는 것, 딸들의 존재 자체가 아빠에게는 기쁨이라는 마음을 전했다.

나중에 안 얘기지만 큰딸은 지갑 속에 아빠의 편지를 넣고 다니면서 나태해질 때마다 꺼내 보며 마음을 가다듬었다고 한다.

로스쿨에 다닐 때 작은딸은 무척 힘들어했다. 오랫동안 부모와 함께 살다가 독립하면서 겪는 외로움, 가수로 활동하던 무대를 향한 그리움, 그토록 사랑했던 노래와의 결별에서 오는 공허함, 절대적인 수면 부족, 끝없는 과제가 주는 부담, 난해한 법률 서류 작성 등 그야말로 작은딸은 총체적인 어려움을 겪어야 했다.

자신에게 익숙한 분야와 공간을 떠나는 것은 결코 쉬운 일이 아니다. 새로움은 기대와 불안을 동반하고 불안이 커지면 좌절감에 빠져 포기하고 싶은 마음이 커진다.

작은딸의 로스쿨 첫 학기 때 공부를 도와줄 수도 없어서 답답해하고 있는데 어느 날 딸에게 전화가 왔다.

"아빠, 법학을 도저히 이해할 수가 없어. 나한테는 법학을 공부하는 머리가 없는 것 같아."

중간시험에 대비해 자기 나름대로 잠도 자지 않고 열심히 공부했는데, 한 과목 점수가 교수가 제시한 시험성적 분포에서 가장 낮은 꼴찌에 위치해 있다는 것이 아닌가.

작은딸이 받은 상처는 엄청났을 것이다. 그때까지 그런 결과를 받아

본 적이 없었으니 그 좌절감이 어떠했을지 가히 짐작이 갔다. 애가 탔지만 달리 방법이 없었다. 대신 먹어줄 수 없듯 대신 공부를 해줄 수는 없는 노릇이니 말이다.

"소은아, 힘들지! 잘할 때도 있고 못할 때도 있지. 지금이 어려운 순간임을 이해한다. 아빠는 네가 처음부터 잘할 것이라고 생각해본 적이 없어. 네 스타일이 처음에 이해하는 데 시간이 좀 걸리잖아. 시간이 지날수록 계단식으로 점프해 올라갈 것이라고 믿는다. 서둘지 말고 천천히 가거라. 아빠는 그렇게 믿고 있고, 언제나 사랑한다."

이렇게 말하면서도 마음이 몹시 쓰라렸다.

나는 힘들어하는 작은딸에게 조금이라도 도움을 줄 방법을 고민했다. 첫 학기가 어려운 것은 당연하다. 이 관문만 지나면 천천히 그 터널에서 빠져나오리라는 생각을 하면서도 법학이라는 대양에 배를 띄우고 어디로 가야 할지 모르는 막막함에 고통스러워하는 딸이 안타까웠다.

처음 항구를 떠날 때는 잔뜩 희망을 품지만 막상 항해를 시작하면 풍랑도 만나고 방향을 잃기도 한다. 부모 마음이라는 것이 원래 자식이 고통을 겪으면 자식보다 더 아픈 법이다. 아이가 눈물을 흘리면 부모는 피눈물을 흘린다. 대신 해줄 수도 없고 정말 답답했다.

학부에서 법학을, 대학원에서 정치학을 전공한 선배로서 나는 비록 학문의 영역은 다르지만 근본적인 접근 원리는 다르지 않을 것이라는 생각이 들었다.

첫 학기 과정은 누구에게나 힘들다. 나는 딸이 좌절하지 않고 잘 견디기를 바라는 마음을 담아 '아빠가 보는 법학 공부에 대한 팁'이라는 메모를 보냈다. 힘든 마음을 다스릴 때는 그냥 휙 지나가는 말보다 글이 더 감응력이 있다.

A4용지 세 쪽에 달하는 편지에 공부의 기본 전제, 기본 법적 구조, 법학 공부의 출발점 등을 세분화해 편지를 썼다. 마지막에는 어떤 공부에서든 필요한 시간과 건강관리에 관한 내용을 덧붙였다. 내가 주는 팁이 행여 딸의 판단을 부자연스럽게 할까 봐 참고만 하라는 단서를 달았다.

나중에 들은 이야기지만 작은딸은 수업을 따라가느라 바빠서 내가 보내준 글을 제대로 읽지도 못했다고 한다. 하지만 아빠가 자신을 위해 보고서처럼 써준 긴 메모를 보는 것만으로도 아빠의 마음을 읽을 수 있었다고 했다.

비교는 적이다

모든 것은 변한다. 세상에서 회자되는 진리나 과학적 근거의 유효기간은 다른 이론이 나오기 전까지다. 세상은 이처럼 서로 비교하고 경쟁하면서 앞서거니 뒤서거니 한다.

문제는 그것이 가족 간에도 나타난다는 데 있다. 과거에 너나없이 가난하던 시절에는 경쟁하고 비교할 일이 별로 없었다. 그런데 물질이 넘쳐나는 오늘날에는 오히려 가족 사이에 쉴 새 없이 분쟁이 일어나고 있다. 비단 돈 많은 집안에서 벌어지는 재산 분쟁뿐이 아니다. 일반 가정에서도 온갖 문제가 가족 사이를 뿔뿔이 흩어놓고 있다.

예나 지금이나 크고 작은 차이는 있지만 형제자매 간의 알력, 학업 성과에 따른 우열, 부모의 사랑을 놓고 벌어지는 시기와 질투는 마찬가지로 존재한다. 나도 두 딸을 키우며 딸들 사이에서 균형을 잡으려고 내 나름대로 노력해왔다.

어릴 때부터 가까이 지내온 한 친구가 심각한 표정으로 고민을 털어놓았다. 그는 아들과 딸 남매를 두었는데 아들은 명문대를 나와 전문직에 종사하고, 딸은 오빠만큼 공부는 못했지만 중소기업을 경영하는 아버지의 사업장에서 남편과 함께 일했다.

한데 차후에 있을 재산 분배를 놓고 아버지의 계획과 달리 두 자녀가 서로 다른 생각을 하는 바람에 가족 간에 긴장과 갈등이 많다고 했다. 자랄 때부터 부모의 신임을 독차지한 오빠를 시기하며 딸은 자신이 공부를 못한 이유가 부모가 오빠한테만 사랑과 관심을 주었기 때문이라며 손해배상을 청구하듯 자기가 아버지의 사업을 물려받아야 한다고 주장했다.

물줄기는 이리저리 갈라지지만 결국에는 제 갈 길을 찾아낸다. 하나의 생명이 세상에 태어난 데는 다 뜻이 있을 터이므로 부모의 관심과 사랑에 불평등과 불합리가 있어서는 안 된다. 모든 아이에게는 개성과 그 나름대로의 특별함이 있다. 더구나 자랄 때의 소외감과 부족감은 평생의 기억으로 남아 상처가 될 수 있다.

고등학교 여름방학 때 서울에 온 큰딸은 친지나 지인을 만나 식사도 하고 함께 시간을 보내기도 했다. 그럴 때마다 큰딸에게 고역스러운 순간이 더러 있었다고 한다.

그때는 동생 소은이가 한창 인기를 끌던 시기라 개중에는 소은의 앨범이나 노래에만 관심을 보이면서 질문을 퍼부은 사람도 있었던 모양이다. 큰딸 역시 자기 길을 당차게 개척하고 있었지만 가끔은 동생의 그림자가 큰딸을 어둡게 했다.

그러던 어느 날 아빠의 사무실을 방문했다가 책상 위에 놓여 있는 가족사진 중에서 피아노 앞에 있는 자신을 커다랗게 스크랩한 사진을 보는 순간 억울한 마음이 싹 가셨단다.

우리는 모두 성장하고 어른이 되어가는 중에 크고 작은 편견과 오해로 억울함과 피해의식을 느끼기도 한다. 특히 부모에게 받은 상처는 성인이 되어도 치유되지 않고 굳어버린 딱지처럼 그대로 남는다.

부모는 말수가 적고 의연한 척하는 아이에게 더 관심을 기울일 필요가 있다. 그런 아이일수록 오히려 관심을 더 갈구한다. 부모가 관심을 기울이면 묘하게 눈빛만 봐도 아이에게 어떤 문제가 있구나 하는 감이 온다. 그 순간을 포착하는 것은 매우 중요하지만 아쉽게도 그건 바람처럼 휙 지나가므로 늘 신경을 써야 한다. 나는 딸들과의 일대일 만남으로 평소에 잘 드러나지 않는 면을 이해하고 소통하는 기회로 삼았다. 부모는 아이에게는 아무리 퍼주어도 아깝지 않다. 그렇지 않은가. 그들이 가장 받고 싶어 하는 것은 부모의 관심과 사랑이다.

비록 내가 의도한 것도, 계획한 것도 아니지만 나는 내가 딸들에게 치우침이나 편견이 없는 아빠로 비춰졌음을 다행으로 여긴다. 사실 여기에는 아내의 공이 크다.

아내는 항상 딸들에게 성공과 성취로 얻는 자신감도 중요하지만 자기 일을 열심히 하는 과정에서 얻는 만족과 기쁨이 곧 보상이라고 말한다. 실제로 아내는 아이들의 삶 안에 들어오는 다양한 일과 사건이 당사자가 좋아하든 싫어하든 상관없이 그들을 삶의 다른 경험으로 안내하고 가르친다고 생각한다.

남들의 칭찬과 찬사는 들을 때는 기쁨도 주고 격려도 받지만 정작 필요할 때는 힘이 되어주지 않는다. 진정한 힘은 삶의 어려운 경험에서 터득한 '앎'으로부터 나온다. 직접 부딪쳐서 터득하고 알게 된 것은 평생의 자산이다.

일상생활에서 아내는 가족에게 편견이나 왜곡 없이 늘 공정하려 애썼다. 동생을 향한 큰딸의 우정과 사랑, 언니를 대하는 동생의 존중과 사랑이 오염되지 않고 지속된 데는 아내의 세심한 배려가 한몫했다고 본다.

공정함과 균형은 합당하고 합리적이어야 한다. 부모가 똑같이 대했다고 생각할지라도 아이들은 다르게 받아들일 수 있다. 늘 눈높이를 아이들의 입장에 두는 것이 우선이다. 만약 부득이 차별해야 할 일이 생길 때는 소외감을 느낄 아이에게 충분히 설명해줄 필요가 있다.

과유불급이라고 아무리 좋은 것도 지나치면 부족한 것만 못한 법인데, 가족 간의 사랑과 관심도 마찬가지다. 균형이 깨져 기울어지면 결국은 바탕까지 금이 가기 쉽다.

예술가의 길을 걷는 큰딸은 '비교'라는 시한폭탄이 삶 곳곳에 놓여 있다. 수많은 피아노 대회와 콩쿠르 자체가 비교와 경쟁의 장이니 말이다. 자칫 방심하면 더 우수하다고 평가받은 아이와 딸아이를 비교할 수도 있는 터라 나는 늘 긴장했다.

큰딸이 일리노이에서 개최한 스트라빈스키대회 본선에 올라 경연을 위해 현장에 갔을 때의 일이다. 방학 때가 아니라서 시간에 쫓기는 상태였지만 나는 열 시간 이상을 운전해 2박3일 일정으로 어바나 샴페인으로 갔다. 호텔을 잡고 좀 쉬고 있는데 갑자기 토네이도 경보가 발령되면서 우리는 더운 여름 날씨에 지하실에서 두 시간을 기다리는 고역을 치렀다.

다음 날 첫 번째 라운드 연주를 했고 오후 늦은 시간에 그 결과를 발표할 예정이었다. 딸아이는 자신만만해했고 떨어질 리 없다고 생각했다. 주최 측은 저녁 무렵 둘째 라운드 진출자를 발표했는데 명단에 큰딸의 이름은 없었다. 딸은 어이없다는 듯한 표정으로 어깨를 움츠리며 심사위원들의 오류라고 주장했다. 그만큼 자신의 연주에 자신이 있었던 것이지만 어쨌든 결과는 떨어졌다.

그렇게 연주는 십오 분으로 끝났고 내게는 다시 열 시간 넘게 운전해야 하는 일만 남았다. 돌아갈 일도 아득했지만 온 식구가 기대한 대회라 그런지 쉽게 발길이 돌려지지 않았다.

네 식구는 일리노이 주립대학 교정을 말없이 걸었다. 어깨가 축 처진 딸아이를 보다 못한 내가 한 가지 제안을 했다.

"소연아, 우리 여기서 할 일도 없는데 집에 가는 도중에 파크에 들러 고기도 구워먹고 여행도 즐길까?"

말없이 땅만 보고 걷던 아내와 딸들이 그제야 고개를 들고 활기를 되찾았다.

"와, 좋은 생각이야."

우리 가족은 경연 결과는 까마득히 잊은 채 차 안에서 신나게 음악을 들었고, 오는 도중 여러 곳을 방문해 여행을 듬뿍 즐기며 집으로 돌아왔다.

십오 분 연주를 왕복 서른 시간과 일률적으로 비교하는 것은 합당하지 않다. 딸아이의 십오 분 연주를 위해 가족 모두가 함께한 서른 시간은 백 시간, 오백 시간을 함께한 가족이 얻는 결속보다 더한 끈끈함을 안겨주었다.

훗날 큰딸은 첫 번째 라운드에서 떨어지리라고 상상조차 못한 자신의 자만심이 연주자에게 가장 큰 적임을 깨닫는 계기가 된 경험이었다고 했다. 그리고 처음에는 속이 상했지만 그날은 대회에 나간 것이 아니라 즐거운 여행을 한 기억으로 남아 있다고 했다.

큰딸은 그 대회에서 우승한 참가자들을 줄리아드에서 다시 만났다. 특정 콩쿠르에 갈 때마다 만나 가까워진 친구와 동료도 있다.

인생은 장거리 경주다. 출발이 좋은 사람도 있고 중간에 속도를 내는 사람이 있는가 하면 마지막 승부에 강한 사람도 있다. 우리 부부는 그 사건을 경험하고 큰딸에게 느닷없이 기분 좋은 인사를 받았다.

"아빠와 엄마는 정말 멋져. 덕분에 패배감 없이 실패가 주는 교훈을 얻을 수 있었어."

자녀에게 칭찬을 들으면 부모는 마냥 행복하다.

항상 자녀에게 열려 있어야 한다

연구소 일이 바빠지면서 나는 주말도 거의 사무실에서 보내야 했다. 그리고 저녁식사는 점점 일과 관련된 사람들과 하는 것이 일상이 되어갔다. 조용한 날이 반 년 정도 지나가면서 그 패턴에 익숙해질 무렵 작은딸 방에서 나오는 아내의 표정이 심상치 않아 보였다. 무슨 일이 있느냐고 물었지만 아내는 '언제 관심이 있었느냐'는 듯 대꾸도 하지 않았다. 아침 시간이라 더 묻지도 못하고 출근하는 발길이 무거웠다.

그렇게 며칠이 지나갔다. 나는 미리 잡혀 있는 저녁 약속이 줄줄이 있었고 가정에서 발생한 일이다 보니 무심코 잊고 지냈다. 또다시 이삼 주가 지나도 아무 일이 없기에 아내와 딸의 불협화음이 잘 정리된 모양이라고 생각했다. 그러다 문득 얼마 전에 혈액순환에 장애가 생겨 입원까지 하며 고생하던 동료의 모습이 떠올랐다.

'아, 아내와 딸 사이의 순환에 문제가 있는 것은 아닐까?'

내가 이런저런 프로젝트를 진행하느라 주말도 없이 출근하느라 집 안의 이상 기류를 감지하고도 애써 무시하고 있었다는 생각이 들었다. 동료의 건강 문제가 나에게 경고음을 울린 셈이다.

'내가 일방적으로 필요한 말만 하고 가족의 관심사에서 멀어져 있었구나.'

내가 귀담아듣지 않았으니 소통이 될 리가 없었다. 소통은 상대의 말을 온 마음으로 듣는 데서 시작된다는 것을 잊고 있었다.

중학교 시절 아버지가 당신이 하실 말씀만 하고 내 생각은 도통 들어볼 생각도 하지 않는다는 것을 알고 내가 왜 아버지의 말을 들어야 하는지 반발심이 일어났던 기억이 있다.

자녀가 부모의 말을 듣지 않는 것은 부모가 자녀의 말을 무시하는 것에서 비롯된다. 특히 사춘기 자녀와 원만하게 보내지 못하면 이후의 관계를 건전하게 지속해 나가기가 어렵거나 아이들이 성장한 뒤에도 관계 회복이 쉽지 않다고 한다.

자녀와 좋은 관계를 유지하기 위해서는 아빠와 엄마는 '내 이야기를 들을 준비가 되어 있는 사람'이라는 확신을 주어야 한다. 더는 이야기가 통하지 않는다고 생각하는 순간 아이들은 부모를 향해 열어두었던 마음의 문을 닫고 열쇠까지 채워버린다.

어느 날 가족이 모여 이런저런 이야기를 나누고 있는데, 내가 어떤 말을 하는 순간 아내와 두 딸이 서로 마주보며 '무슨 말이지?' 하는 듯한 눈길을 주고받았다. 그때 큰딸이 "그래서 어떻게 되었는데? 아빠!" 하며 내가 느낀 순간적인 고립 상태에서 건져주려는 듯 아빠가 꺼낸 주제로 옮겨갔다. 다른 가족도 내가 하는 이야기로 돌아왔다. 나는 아차 싶었다.

사실 나는 이전에도 여러 번 이런 순간이 있었음을 기억한다. 내가 가족이 하는 이야기를 건성으로 듣고 있다가 그 주제와 전혀 상관이 없는 말을 던졌을 때 분위기가 썰렁해졌던 그 상황은 내 주의를 환기시켰다. 가족과 한자리에 있어도 제대로 함께하지 않으면 쉽게 이런 일이 벌어진다. 그런 시간이 반복되고 길어지면 어느 순간 아이들 삶에 어떤 주제가 흘러가는지 알 수 없다. 이는 마치 한동안 TV 프로그램을 보지 않다가 어느 순간 다시 보려고 하면 어느 채널에서 무슨 프로그램을 하는지 알 수 없는 것과 같다.

가족은 한 공간 안에서 생활하지만 눈을 뜨고 지내는 시간을 따지면 남보다 함께하는 시간이 적다. 그렇기 때문에 애써 주의를 기울이지 않으면 동질감을 느끼지 못하고 겉돌기 십상이다. 서로 소통하지 않을 경우 가족이 오히려 남보다 더 멀게 느껴지기도 한다.

나도 한때는 경제적인 책임만 다하면 가장은 가정에서 할 일을 다 하는 셈이라고 생각했다. 그러면 아이들도 그렇게 생각할까? 아빠가 자신의 역할을 돈벌이 기계로 한정하면 아이들은 아빠를 이해하기보다 대화가 불가능한 유령 같은 존재로 여겨 관계의 문을 걸어 잠근다.

유령 같던 아빠가 어쩌다 아빠의 기준으로 자녀들과 대화하려 할 때 돌아오는 것은 자신의 기대에 차지 않는 자녀들의 반응이다. 매일 매일이 성장기인 아이들의 변화를 알아채지 못하는 아빠는 흔히 자신의 생각을 기준으로 소통하려 한다.

자신이 자녀들과 가깝다고 생각하는 아빠와 아빠를 유령처럼 생각하는 자녀들은 물과 불처럼 서로 조화를 이루지 못한다. 가정의 중요한 가치인 가족 간의 화목과 평화가 깨지는 이유가 여기에 있다. 이럴 때 아빠들이 보이는 전형적인 반응은 이것이다.

"내가 너를 어떻게 키우는데 너는 고작 이렇게밖에 못하냐!"

권위로 아이들을 질책하는 것이다. 자녀가 자기 마음을 몰라준다고 생각하는 아빠는 화가 나고 서글프기도 한 감정적 흥분 상태에 놓인다. 본래의 정상적인 자기 모습에서 벗어나 의도치 않게 변질된 행동을 하기도 한다. 아빠가 자기 자신이나 자녀를 학대할 수도 있는데 이는 관계를 회복하기 어려운 지경으로 몰아간다.

틀어진 관계를 회복하기 위해서는 먼저 아빠가 자기 자신부터 냉철하게 성찰하고 이해해야 한다. 중립적이고 객관적인 자세로 '지금 일어난 감정 변화의 본질적 원인이 자신에게 있지 않은지' 분석해보면 큰 도움을 받을 수 있다.

또한 뒤틀린 관계를 회복하는 데는 엄마의 역할도 매우 중요하다. 요즘은 많이 달라졌지만, 우리 세대의 많은 가정에서 아빠는 경제를 책임지느라 밖에서 생활하는 시간이 많아 존재감이 약했고, 가정에서 아이들 교육은 주로 엄마가 담당하는 것처럼 되어 있었다. 이 경우 엄마에게는 아빠와 자녀 사이에서 치우치지 않는 가교 역할을 함으로써 가족의 정서적 안정을 이끌어낼 힘이 있다. 만약 아빠와 아이들 사이에 갈등이 있을 때 한쪽 편을 드는 것은 문제를 더 심각하게 만든다. 한쪽 편을 드느니 차라리 방관하는 것이 더 낫다.

요즘의 젊은 세대처럼 맞벌이 부부 가정에서 아이를 키우는 것은 더 복잡하다. 각자 직장생활에서 오는 육체적, 정신적 스트레스도 힘든데 여기에 더해 가사와 육아까지 감당해야 하기 때문이다. 심신이 지쳐 짜증이 나면 마음과 달리 엉뚱한 행동을 할 수도 있다. 배려하는 자세와 감사하는 마음을 잊고 말이다. 나는 개인적으로 맞벌이라는 말 자체를 별로 좋아하지 않는다. 이 말에는 두 사람 모두 돈을 번다는 경제 개념만 들어가 있어서다.

오직 돈을 벌기 위해서라기보다 사회생활로 얻는 성취감과 개인적 성장에 비중을 두면 정신적 여유가 생긴다. 가정은 가족 모두를 위한 생산적인 쉼터로 기능해야 하는데 이를 위해서는 입장을 바꿔 생각해 보는 자세와 욕심, 이기심을 버리려는 의지가 필요하다.

마음을 비우고 있는 그대로 흡수하라

나는 내 아버지와 오랜 시간을 함께하지 못했다. 그래서인지 아버지와 관련된 특별한 기억은 별로 없지만 주위에서 귀감이 될 만한 사람은 많았다. 부족하면 더 채울 기회를 얻는가 보다. 찾아보니 모두가 스승이었다. 내가 자라면서 보아온 모습이 아니어서 더욱 내 눈에 띈 것인지도 모른다. 그중 한 분은 젊은이에게 꼬박꼬박 존댓말을 하며 그들을 존중했다. 내게 클래식을 듣는 귀를 열어준 음악선생님도 내게는 귀감이 된 인생 스승이다.

나는 내가 경험하고 배운 세상의 이치와 가치를 딸들과 나누면서 함께 성장하고 싶었다. 부모가 자녀에게 주는 사랑, 희생, 경제적·정신적 지원이 잘 발효된 퇴비처럼 아이들의 몸과 마음과 정신에 스며든다고 믿기 때문이다.

인생길에는 숱한 일과 사건, 사고, 문제가 널려 있다. 인생 사이클에서 내리막길을 걸을 때는 온갖 고민과 고난이 함께하지만 그걸 이해하고 헤쳐가는 것 자체로 우리의 삶은 풍요로워진다. 행복할 때는 행복을 누리고 고난이 닥쳐오면 '아, 이번에는 더 크게 성장하라는 거구나' 하고 더 힘을 내 나아가면 그뿐이다.

학교에서 파면되었을 때 답답한 마음으로 집에 돌아온 내가 가장 먼저 한 일은 큰딸의 연필을 깎아준 것이었다. 아빠가 오기를 기다렸는지 큰딸은 닳고 닳아 심이 없는 연필을 한 움큼 내게 가져왔다. 그림을 좋아한 큰딸은 HB2 스케치 연필을 가져와 내 옆에 앉더니 연필을 깎는 내 모습을 보며 아주 좋아했다.

"아빠는 연필을 어떻게 그렇게 잘 깎아?"

나는 속으로 생각했다.

'그래, 연필만 깎아주어도 좋은 아빠가 되는데 이만하면 되었지.'

나를 짓누르던 돌덩이를 내려놓은 듯 마음이 가벼워졌고 걱정마저 옅은 색으로 변해버렸다. 우리가 삶에서 마주하는 여러 가지 경험은 늘 그런 식이다. 최악이라고 생각하는 순간에도 찾아보면 분명 긍정의 모습이 담겨 있다. 내게는 언제나 딸들의 웃음과 재잘거림이 청량제였고 그 모습을 언제까지나 간직하고픈 마음이 간절했다. 그것이 내가 생각하는 최선의 아빠 노릇이었다. 나는 그것을 내 삶의 가치와 분리하지 않고 잘해내고 싶었다.

미국에 와서 며칠이 지난 어느 날, 우리가 자동차를 채 마련하기도 전에 엄청나게 내린 눈 속에 파묻히고 말았다. 길은 차단되고 악천후를 대비한 비상식량을 마련하지 못한 아내는 두 딸에게 먹일 우유 한 컵도 없어서 몹시 당황했다.

하는 수 없이 네 식구가 걸어서 2킬로미터 떨어진 식품가게에 가기로 했다. 우리가 묶고 있는 타운하우스를 나와 내리막길로 내려가는데 어찌나 눈이 많은지 푹푹 빠지고 넘어지고 난리도 아니었다. 한데 삼십 분을 걸어가면서 딸들은 아빠의 손을 잡고 눈을 헤치며 나아가는 재미에 푹 빠져 줄곧 상기된 표정으로 깔깔거리며 웃었다. 우리는 3.7리터짜리 우유 한 통과 시리얼 등 네 식구가 들 수 있는 양만큼 비상식량을 구입해 또다시 눈길을 헤치며 집으로 돌아왔다.

넉넉한 환경은 아니지만 아빠, 엄마의 품에서 자유롭게 구김 없이 자라나는 딸들을 보며 나는 굳어진 내 습관에 얽매이지 않으려 노력했다. 아이들에게 비춰지는 나의 무의식적이고 기계적인 태도가 반복되면 발랄하고 생기 있는 그들의 감성을 손상시킬 수 있기 때문이다.

일상에서 반복하는 일은 우리를 매너리즘에 빠지게 만들어 자칫 활기를 잃기 십상이다. 퇴적물처럼 축적된 감정이나 마음의 걸림돌은 사회생활에 장애를 일으키는 원인으로 작용한다.

가족관계도 마찬가지다. 이를 방지하기 위해 나는 '잊음' 메커니즘을 직장이나 가정 일에 적용한다. '잊음'은 상사나 직원들 간의 알력과 갈등, 가정에서 발생하는 소소한 문제를 녹이는 용해제다. 불필요한 것을 세세히 기억해 자신과 남을 괴롭게 할 이유가 어디 있는가.

가정은 단순히 아이들에게 물질적 뒷받침을 해주기 위해 존재하는 게 아니다. 가정은 아이들이 성장하는 데 필요한 자양분의 근원이며 부모와 아이가 함께 만들어가는 문화공간이다. 아이들은 함께 지내는 부모, 형제자매와의 관계에서 작은 사회를 경험하며 자란다.

부모의 인생관과 가치관은 아이들의 사회성과 관계맺음에 중요한 영향을 미친다. 나는 가족문화라는 무형예술을 잘 활용하면 제도화, 획일화된 교육 정보를 대량생산하는 오늘날의 환경에서 유기적이고 안전하게 인성을 계발할 수 있을 거라고 본다.

아이의 평생을 기준으로 볼 때 아이가 부모의 보살핌과 보호를 받으며 자라는 기간은 그리 길지 않다. 그렇지만 아이는 그 길지 않은 시간에 자신의 성격과 특성을 계발하며 뇌의 용량도 최대로 키운다. 나아가 그 시간은 아이의 정신적, 심리적 안정의 근원이다. 그 시간은 학교 성적보다 아이의 품성과 인성을 기르고 원칙을 아는 성인으로 성장하도록 도울 수 있는 시기다.

부모는 상선약수上善若水처럼 흘러야 한다. 흐른다는 것은 끊임없이 비워낸다는 의미이기도 하다. 특히 부모는 자녀와 관련해 끊임없이 비워야 한다. 자녀를 향한 부모의 기대나 희망이 크면 클수록 아픔도 크다. 아픔을 피하기 위해 비우는 것은 소극적인 방법이다. 부모도 한때 지금의 그들처럼 살아왔기에 자녀의 시간과 삶을 이해한다.

부모는 아이들이 부모가 살아온 삶의 폐습을 답습하지 않고 이 세대의 주인으로서 온전히 살아가기를 기대한다. 부모로 살아간다는 것은 아이들과의 관계에서 딱딱하게 굳어버린 습관을 찾아내 그것을 매번 새롭게 만드는 일이다. 부모의 반응이 고정되고 패턴화되면 아이들과의 소통에 장애가 된다.

걱정과 노파심에서 하는 말은 자칫 훈계나 잔소리로 변질되기 쉽다. 빈 마음으로 아이들의 모든 것을 있는 그대로 흡수해야 한다. 설사 미숙하고 설익어 될 성싶지 않은 생각이나 계획을 늘어놓아도 속내를 드러낼 필요는 없다. 아이는 아이니까 얼마든지 어설플 수 있다. 그 어설픔에서 긍정적인 면을 찾아 격려하면 된다.

인류 역사에 부모로 살다 간 모든 사람이 지금의 부모와 같은 마음으로 살았을 테고, 우리의 아이들 역시 그런 부모로 살아갈 것이다. 인식하든 그렇지 않든 부모는 아이들과 함께하며 더욱더 인간적인 완성에 가까워진다.

내 특별함은 내가 만든다

에어컨을 켜지 않으면 땀이 줄줄 흘러내리는 한여름에 큰딸이 집에 왔다. 어느 무더운 오후 큰딸은 하루도 거를 수 없는 피아노 연습을 하고 있었는데, 에어컨 바람소리가 연습을 방해한다며 발치에 선풍기만 켜놓고 라흐마니노프의 콘체르토를 연습했다. 얼굴에는 땀이 흘러내리고 옷은 흠뻑 젖었다. 집 안은 큰딸의 피아노 소리로 가득할 뿐 아무도 소리를 내지 않았다. 이것은 오래된 습관으로 나머지 가족은 최소한의 움직임과 제한적인 동작만으로 각자의 포지션으로 돌아갔다.

아내는 읽던 책을 들고 작은 방으로 가고 나는 내가 좋아하는 등받이 쿠션 의자 속으로 몸을 깊이 들이밀었다. 큰딸이 음의 미세한 부분까지 충분히 연습하느라 반복하고 또 반복하는 동안 나는 죽은 듯이 침묵을 지켰다. 보통 때는 음악을 즐기다가 살짝 잠이 들기도 했지만 그날은 피아노 소리를 들으며 내 몸이 긴장하고 있음을 느꼈다. 한참을 더 연습하던 딸이 갑자기 아빠를 불렀다.

딸은 피아노 위에서 손을 떼지 않은 채 건반 위에 놓인 자신의 손을 보라며 두 손가락의 위치와 모습에 차이가 있느냐고 물었다. 나는 피아노 옆으로 다가가 딸의 손가락을 유심히 살폈다. 큰딸은 왼손 약지와 오른손 약지를 건반에서 떼었다가 다시 놓으면서 말했다.

"오른손 약지는 다음 음표를 치기 위해 손가락이 건반 위에서 살짝 미끄러진 상태고, 왼손 약지는 지금 치고 있는 음에 정확히 머물러 있는 상태야."

유심히 보니 말한 그대로였다. 손가락이 하나의 건반 위에 제대로 머문다는 것은 피아노 터치가 정확하고 바르다는 것을 말한다. 이 자세는 팔과 몸의 자연스러운 움직임을 끌어내 오래 쳐도 손가락이나 팔에 무리를 주지 않고 음이 정확하고 힘이 있단다. 반대로 미끄러진 손가락 모양은 팔의 전체 근육에 긴장을 유발하기 때문에 팔이 쉽게 피로하고 무리가 간다고 했다. 딸은 갑자기 생각나서 말한 것이라며 하던 연습을 계속했고 나는 다시 소파에 몸을 깊이 묻었다. 큰딸은 피아노 위에 올린 왼손 약지처럼 삶도 매 순간에 제대로 머물 때 충만하고 생명력을 얻는다고 생각한다.

있어야 할 곳에 제대로 있는 것, 순간에 제대로 머무는 것은 말처럼 쉽지 않다. 근원에서 나오는 힘은 줄거나 변형되지 않지만 힘의 중심에서 벗어나면 무리가 따른다. 딸한테는 피아노를 연습하는 이 시간이 삶이라는 건반 위에 정확히 놓여 있는 상태라는 생각이 들었다.

삼십여 년 동안 거의 하루도 거르지 않은 큰딸의 피아노 연습은 외부에서 오는 무질서와 혼돈, 오염을 정화하는 아이 나름대로의 습지와 같다. 고등학교 때부터 가족과 떨어져 지낸 딸에게 피아노는 몸의 심장처럼 자신과 가장 오랫동안 동고동락해온 동반자다.

매일 매일 자기 일에 온전히 집중하며 살아가는 사람은 아주 많다. 불 앞에서 용접하는 노동자, 회사에서 중요한 메일을 읽고 답하는 회사원, 프로젝트를 수행하는 연구자, 수술하는 의사, 몇 시간씩 요리를 하는 요리사, 어린아이를 돌보는 교사 등 대다수가 하루 중 적어도 몇 시간은 집중하며 보낸다.

그 시간 덕분에 하루가 보람으로 채워지고 사회가 진보하며 삶이 질서 있게 흘러간다. 그럼에도 불구하고 많은 사람이 자기 직업과 작업을 과소평가한다.

사회는 소수의 특별함이나 특정 분야로만 구성될 수 없다. 우리 각자에게 주어진 모든 것이 특별하고 귀중하다. 특별한 일이라서 특별해지는 것이 아니라 그것을 해내는 우리의 자세와 내적 태도가 그 일을 특별하게 만든다. 신념에 바탕을 둔 자세와 태도로 삶을 가꿀 때 우리는 비로소 행복해진다.

아이를 재우는 시간, 아이에게 책을 읽어주는 시간, 청소년 자녀가 마음의 문을 열고 대화를 청하는 시간, 이 모든 순간에 온전히 집중하고 머물면 부모로서 살아가는 시간이 다 소중하고 특별하지 않을까?

나오며 내일도 너희가 행복하길

1집 활동을 마치고 2집을 준비하던 작은딸이 주말에 사무실로 나가려 하는 내게 물었다.

"아빠! 오늘도 연구소에 나가? 나 오늘 녹음 없는데 아빠 따라가서 공부하고 싶은데 괜찮아?"

우리는 함께 내 사무실로 갔다. 내 책상에는 자료가 쌓여 있기도 하고 나도 일을 해야 했기에 작은딸에게 같은 층에 있는 소회의실에 자리를 마련해주었다. 토요일이라 연구소는 한산했다.

나는 한나절만 일하고 작은딸이 좋아하는 사무실 근처 샤브샤브 식당에서 식사를 할 생각이었다. 그런데 그날따라 일하러 나온 동료가 꽤 있었다. 그중에는 소은이가 온 것을 눈치 채고 보고 싶어 하는 동료들도 있었다.

작은딸이 불편해할까 봐 신경이 쓰인 나는 딸의 입장도 고려하고 동료들의 마음도 상하지 않게 하려고 그들과 내려가서 커피를 마시며 얘기를 나눴다. 점심시간이 지나자 한나절 일을 마친 직원들이 떠나고 건물 안이 조용해졌다. 나는 딸과 함께 맛있는 점심을 먹고 사무실로 다시 돌아왔다. 내가 그날 계획한 일을 거의 마무리하고 딸이 있는 방에 갔더니 작은딸도 기지개를 켜며 “아빠, 오늘은 정말 좋은 하루였어” 하며 만족해했다. 나는 책상을 정리하고 사무실을 나왔다.

연구소 뒤편 정원에는 이 년 전 식목일에 심은 앵두나무와 살구나무가 있다. 나는 직원들이 오가며 따 먹기도 하는 그 앵두를 딸에게 보여주고 싶었다. 건물 뒤로 돌아가니 유실수가 있는 정원 한쪽에 앵두가 촘촘하게 열려 있었다. 앵두나무를 처음 본 딸은 좋아라 하면서 앵두를 땄다. 우리는 앵두를 한 움큼 수확해 벤치에 앉아 나눠먹었다.

딸의 손에 붉은 앵두즙이 묻었다. 나는 정원수로 사용하는 수도꼭지를 틀어 손을 내밀고 앉아 있는 딸의 손 위에 고무호스에서 나오는 물을 뿌려주었다. 활짝 웃으며 물의 감촉을 즐기는 딸은 어릴 때나 지금이나 변함이 없었다.

아이들이 바라보는 아빠의 모습은 아주 다양하다. 목마 같은 아빠, 친구 같은 아빠, 동료 같은 아빠, 상담자 같은 아빠, 군림하는 아빠 등 그 평가와 판단은 아이들의 몫이다.

나는 아빠인 동시에 한 인간으로서 행복했지만 큰딸이 스페인에서 열 개 도시 순회연주를 마치고 마드리드 공항을 떠날 때 인터뷰한 기자들이 '피아노 없는 피아니스트'라는 점에 놀라움을 표한 것을 알고 아빠로서 애석함과 아픔을 느꼈다.

아빠로서의 삶과 개인의 삶을 구별하지 않은 내 인생은 행복과 고뇌 사이의 진폭이 컸다. 양육에서도 나는 적잖은 시행착오를 겪었지만 만약 똑같은 기회가 다시 주어진다고 해도 특별히 다를 것 같지는 않다.

나는 가르치려 하지도 않았고 내 방식을 고집하지도 않았다. 미래사회를 살아갈 아이들에게 내 방식이 장애가 될 수도 있다고 생각했기 때문이다. 부모는 자칫하면 과거에 얽매여 그 잔재를 되풀이하기 쉽다.

미래사회는 학벌과 지식이라는 한정된 틀 안에서 벗어날 것이다. 주입식으로 배운 지식보다 수백 배, 수천 배 더 많은 정보와 지식을 공유하고 그것을 어떻게 활용 및 통합하는가에 따라 삶이 변화할 가능성이 크다.

인간이 두뇌를 단순 정보와 지식을 저장하는 기능으로만 사용한다면 인공두뇌에 모든 것을 내줘야 할지도 모른다. 하지만 인간은 인공두뇌와 달리 감성이 발달해 감동하고 공감할 줄 알며 타인과의 연대·유대·나눔을 실천한다. 따라서 앞으로 이것이 사회정의로 자리매김할 확률이 높다.

미래사회는 원활하고 막힘이 없는 사고, 사람과 문화를 통찰하는 소양 그리고 사람과의 관계를 이해하는 능력을 갖춘 통합적이고 수평적인 사고를 하는 사람이 이끌어가야 한다. 정해진 틀에 맞춰 아이들을 규격화하는 것이 아니라 각자의 개성을 충돌 없이 최대로 분출하는 자유롭고 창의적인 삶을 개척하도록 환경을 조성하는 것으로 충분할 터다.

그런 의미에서 방목 교육은 부모에게 주어진 개인적, 사회적 책무라 할 수 있다. 방목은 주입이나 획일적인 교육에서 나타나는 난개발의 위험성을 줄이고 아이들 본연의 특징과 개성을 계발하도록 시간적, 공간적 여유를 준다.

현대는 인류 역사 이래로 가장 빠른 속도로 많은 것이 변화하고 있다. 전혀 예측할 수 없이 급격하게 변하는 세파 속에서 우리 아이들이 믿고 의지하며 조언을 구할 수 있는 멘토가 있다면 삶이 더 안정되고 풍요롭지 않을까 하는 생각이 든다.

아빠가 자녀의 멘토가 되는 것은 어떨까? 지위가 높지 않아도, 돈이 없어도 상관없다. 관심, 사랑, 연동으로 자녀와 소통하고 아빠로서 또 한 사람의 사회인으로서 인간적인 친절과 인정을 바탕으로 한 관계로 충분하다. 이 책을 읽은 독자들이 느리고 서툴게 아빠가 된 내 애정 어린 조언을 꼭 실천하기를 바란다.

지금에 이르기까지 나는 많은 사람의 덕을 입었다. 모든 사람에게 빚을 졌다. 그중 내가 가장 많이 빚을 진 사람은 아내와 두 딸이다. 그들은 내가 힘들고 지쳤을 때 나를 일으켜 세우고 인생의 기쁨과 행복을 알게 해준 주인공이다.

아내는 언제나 아이들의 스승이자 멘토였다. 가족에게 독서 습관, 마음 키우기, 정신적 가치의 중요성, 절약을 가르쳐준 아내는 결핍도 축복으로 생각한다. 그녀는 앞으로도 계속 우리 가족의 멘토로 남아 있을 것이다.

지극히 일상적이고 보편적인 경험을 밑바탕으로 책을 쓰도록 격려해준 SBS의 작가와 프로듀서, 또한 기쁜 마음으로 책 출판을 의뢰하고 글을 쓰도록 용기를 준 수오서재의 황은희 대표와 직원들에게 깊은 감사를 전한다.

마지막으로 아내와 딸들에게 언제나 아빠의 믿음을 전하고 싶다.